KB262547

조선시대 명문가의 가훈과 유언

호걸이 되는 것은 바라지 않는다

호걸이 되는 것은 바라지 않는다

호걸이 되는 것은 바라지 않는다

엮고옮긴이_ 정민·이홍식

1판 1쇄 인쇄_ 2008. 4. 22
1판5쇄 발행_ 2008.10.11

발행처_ 김영사
발행인_ 박은주

등록번호_ 제406-2003-036호
등록일자_ 1979. 5. 17

경기도 파주시 교하읍 문발리 출판단지 515-1 우편번호 413-834
마케팅부 031)955-3100 편집부 031)955-3250 팩시밀리 031)955-3111

저작권자 ⓒ 2008, 정민 · 이홍식
이 책의 저작권은 저자에게 있습니다. 저자와 출판사의 허락 없이
내용의 일부를 인용하거나 발췌하는 것을 금합니다.

값은 뒤표지에 있습니다.
ISBN 978-89-349-2964-2 03810

독자의견 전화_ 031)955-3200
홈페이지_ http://www.gimmyoung.com
이메일_ bestbook@gimmyoung.com

좋은 독자가 좋은 책을 만듭니다.
김영사는 독자 여러분의 의견에 항상 귀 기울이고 있습니다.

김영사

조선시대 명문가의 가훈과 유언

호걸이 되는 것은 바라지 않는다

정민·이홍식 엮고옮김

가훈과 유언으로 만나는 아버지

가훈이라 하면 흔히 '가화만사성(家和萬事成)' 같은 짧은 구절을 떠올리는 것이 보통이다. 유언이란 말은 대뜸 재산분배를 연상시킨다. 옛사람의 가훈과 유언은 어땠을까? 그때도 그랬을까?

이 책은 우리 옛 선인들이 남긴 가훈과 유언 31편을 한자리에 모은 것이다. 여러 문집을 뒤져서 우리말로 옮긴 후, 여기에 해설을 덧붙였다. 가훈이 21편, 유언이 10편이다. 이들은 가훈뿐 아니라 시나 편지 형식으로도 자식들에게 가르침을 남겼다. 엮어읽기 방식으로 함께 소개했다. 전체 배열은 작가의 연대순에 따랐다.

'호걸이 되는 것은 바라지 않는다.' 책의 제목이기도 한 이 말은 신숙주가 아들에게 준 가훈에 나온다. 호걸은 사내라면 누구나 꿈꾸는 이상이다. 하지만 그만큼 위험부담이 따르는 것도 사실이다. 아버지는 아들에게, 호걸이 되려 하지 말고 오히려 더 낮추고 더 비워서 가업을 실추시키지 않기만을 바랐다. 특별한 삶보다는 순탄한 삶을 바란 것이다. 부모의 마음이 다 이렇다.

자식이 잘못된 길을 가면 따끔하게 편지를 써서 격렬하게 나무랐고, 벼슬길에 나서면 그에 따른 이런저런 당부를 꼼꼼히 적어주었다. 따로 작정하고서 조목을 나눠 훈계를 내린 경우도 많다. 생각보다 길고 꼼꼼한 내용이 적힌 이들 훈계를 통해 선인들의 자식교육 방법과 그들이 꿈꾼 이상적인 삶의 모습을 만날 수 있다. 신정 같은 이는 일곱 명의 아들 하나하나에게 따로 글을 지어주었고, 조관빈은 네 아들과 며느리에게까지 별도로 당부를 남겼다. 박윤원도 아내와 측실, 심지어 조카며느리에게까지 따로 글을 남겼다. 때로 이들의 목소리는 지나치게 시시콜콜해서 잔소리처럼 들리기도 한다.

순리를 따라라. 선대의 가법을 더럽히지 마라. 사람은 가까이하는 사람의 물이 든다. 너는 어떤 물을 들이겠느냐? 가득 참을 경계해라. 절로 이르는 것도 가려서 받아라. 남을 해치려는 마음을 버려라. 세상의 명리는 재앙일 뿐이다. 허송세월하며 가난 탓을 해서는 안 된다. …… 끝도 없이 이어지는 아버지의 훈계를 듣다 보면 세상 사는 일이 그때나 지금이나 다를 게 하나 없다는 생각이 절로 든다. 다만 다른 점이 있다면, 그때는 이렇게 글로 써서 남겼는데, 지금은 아무도 이런 글을 쓰려 하지 않는다는 점일 게다.

유언은 삶의 끝자리에서 마지막으로 남긴 말이다. 10편의 유언 중에는 당쟁에 몰려 귀양 가서 사약을 앞에 두고 쓴 것도 여럿 있다. 원망의 뜻이 담길 법도 한데, 그들의 말은 오히려 담담하고 태연자약하다. 옥중에서 죽음을 앞두고 쓴 글에서도 오히려 자식의 공부걱정을 앞세웠고, 바른 마음가짐으로 진실되게 살아갈 것을 당부했다. 사약을 앞에 놓고도 원망은커녕 집안에 독서하는 종자가 끊길 것만 걱정했다. 죄인으로 죽으면서도 굽어보고 우러러보아 부끄러움이 없다고 토로하는 아버지의 당당한 선언은 자식들에게 말할 수 없이 든든한 배경이 되어주었다. 평소에 온축된 공부가 없이는 쓸 수 있는 글이 아니다.

정제두나 유척기 같은 이는 자신의 사후에 쓸 관재(棺材)나 장례의 절차까지 하나하나 짚어 일러두었다. 이 책에 미처 수록하지 않은 여러 유언 중에도 이런 내용을 담은 것은 하나둘이 아니다. 남겨 줄 것 없는 가난한 살림을 부끄러워하는 대신, 자식의 부족한 공부를 부끄러워했고, 부와 권세를 누리기보다 잘못된 행실로 가법을 더럽히지 않을까 전전긍긍했다. 때로 가부장적 의식이 지나쳐 여성을 비하하는 듯한 발언이 이따금 보이는 것은 오늘의 입장에서 보면 옥의 티라 할 수 있다.

이렇듯 도타운 아버지의 가르침을 받은 자식들은 다 훌륭하게 되었을까? 한집안 4대가 연거푸 사약이나 형벌로 세상을 뜬 문곡 김수항의 집안은 그 모진 시련과 역경 속에서도 아버지의 당부를 지켜 독서하는 종자를 끊이지 않아, 명문의 명예를 자랑스럽게 지켜냈다. 윤선도의 집안도 오늘날까지 가문의 전통을 충실히 잘 지켜왔다. 하지만 어버이의 간곡한 가르침을 저버리고, 선대에 불명예를 안겨준 후손도 없지 않았다. 훈계의 말씀이 중요한 것이 아니라, 그것을 지켜나가려는 마음가짐이 중요하다는 평범한 사실을 새삼 우리에게 일깨워주는 일례다.

검색의 편의를 위해 뒤에 원문을 따로 실었다. 본문의 번역문과 대조해 볼 수 있을 것이다. 글에 실감을 더하려고 글쓴이의 초상화나 친필 자료들을 널리 수배해서 함께 보였다. 편집부의 노고가 컸다.

명문(名門)이나 명가(名家)는 하루아침에 이룩되지 않는다. 재물이 많고 권세가 높다고 되는 것도 아니다. 사람들은 오로지 물질의 가치만을 좇아서 이리저리 바삐 몰려다니지만, 사람이 사람 되는 가치는 물질 속에는 없다. 자식은 부모가 하는 표양을 보고 자란다. 부모가 자신의 자리를 반듯하게 갖지 않고는 제아무리 훌륭한 가르침도 교언영색의 미사여구에 지나지 않는다. 이제 옛 선인들의 실행에서 나온 힘있는 가르침을 통해 우리의 삶과 자식들의 삶의 자리를 되돌아보는 기회를 가졌으면 한다. 대방의 질정을 청한다.

2008년 꽃봄, 엮은이 씀.

차례

하늘의 도는 가득 참을 꺼리는 법이니

넘치도록 누릴 생각은 말고 오히려 덜어 버릴 것을 생각하라!

호걸 되는 것은 내가 바라지 않는다

신숙주의 가훈

우리 집안의 선대는 처음에 문학으로 자취가 드러났다. 이후 대대로 문학을 지키고 충효와 화목으로 가법을 삼아 서로 전해 잃지 않았다. 내가 부족하지만 선대에 선행을 쌓아 남은 경사를 이어, 여러 임금께 넘치도록 융숭한 사랑을 받으며 오늘에 이르렀다. 언제나 '사물은 가득 참을 꺼린다〔物忌盛滿〕'는 말을 생각하며, 이 때문에 잠자리에 누워서도 잠들지 못하고, 밥상을 앞에 두고도 먹기를 잊었다. 전전긍긍하며 넘치는 것을 떠내고 덜어낼 것만 생각했다.

바라건대 너희가 밤낮으로 마음을 다해 조금이나마 성은에 보답하여 우리 집안의 가업을 실추시키지 않았으면 한다. 하지만 너희 후생들이 오래 지나면 점차 잊을까 염려되므로 그 대략을 적어 가훈을 짓는다. 이는 우리 집안 대대로 지켜야 할 법도이니, 너희는 각자

한 통씩 베껴써서 드나들 때마다 한 번씩 읽어 이를 염두에 두도록
해라. 대저 재주가 높고 빼어난 인물이 되는 것, 호걸이 되는 일은
내가 실로 바라는 바가 아니다. 다만 너희가 삼가 이 가훈을 지켜서
날마다 삼가고 삼가 '삼가는 선비'로 불리며 선조에게 부끄러움을
끼치지 않게 되기를 원한다. 성화(成化) 무자년(1468, 52세) 가을에
보한재에서 쓴다.

첫째는 조심(操心), 즉 마음을 다잡는 것이다.

사람의 마음은 일정함이 없다. 잡으면 있다가도 버려두면 달아난
다. 마음이 없다면 봐도 못 보고 들어도 못 듣는다. 하물며 옳고 그
름과 삿되고 바른 것을 어찌 감히 알 수 있겠느냐? 이런 까닭에 마음
을 가슴속에 간직하고, 심령을 비워 어둡지 않게 해야만 한다. 그런
뒤에야 어떤 일에 닥쳐서도 옳고 그름과 삿되고 바름을 어지럽지 않
게 처리할 수 있다.

대저 마음은 한 몸을 주재한다. 눈으로 빛깔을 보아도 마음이 아
니면 보이지 않는다. 귀로 소리를 들어도 마음이 아니고는 들리지
않는다. 온 몸뚱이를 관장하는 것은 마음을 통해 행해지지 않음이
없다. 이것이 바로 마음이 한 몸의 주재가 되는 까닭이다. 그러므로
온 몸을 바르게 관리하려면 먼저 그 주재가 되는 마음을 바르게 하
는 것만 한 것이 없다.

둘째는 근신(謹身), 곧 몸가짐을 삼가는 것이다.

몸을 닦지 않으면 집안을 가지런히 할 수가 없다. 무슨 말인가? 부
모를 섬김에 효를 다하지 않으면, 내 자식 또한 내가 부모에게 한 것
처럼 한다. 형을 섬김에 공경을 다하지 않으면, 내 아우 또한 내가
형에게 한 것처럼 한다. 그러므로 한 몸을 허물 없이 세운 뒤에야 부

자와 형제와 부부 사이가 비로소 한결같이 바르게 된다. 군신(君臣)과 붕우(朋友)는 이를 한 차례 미루어 옮기는 것일 뿐이다.

겸양하고 삼가, 설령 의리에 맞지 않아 범하는 바가 있더라도 또한 마땅히 포용해야지 낱낱이 살펴 비교해서는 안 된다.

혈기가 왕성할 때는 여색을 경계해야 한다. 색욕의 해로움을 두고 옛사람은 '본성을 찍는 도끼'라고 했다.

말은 싸움을 잘 일으키니 한번 내뱉으면 담을 수가 없다. 때문에 옛날에 말을 삼간 사람은 그 입을 세 번 봉하고 입 막기를 물병 막듯 하였다.

마음이 정성스러우면 겉으로 드러난다. 열 눈이 보면 열 손이 가리킨다. 그러니 군자는 혼자 있을 때를 삼가야 한다.

셋째는 근학(勤學), 즉 부지런히 배우는 것이다.

이목이 좁은데 마음이 넓은 사람은 없다. 이목을 넓히려면 독서만 한 것이 없다. 성현의 도리는 책에 담겨 있다. 진실로 능히 굳세게 뜻을 세웠다면, 차례를 밟아 정밀하게 해야 한다. 오래되면 저절로 얻음이 있다.

배움의 요령은 다만 풀린 마음을 거두는 데 있다. 마음은 가슴속에 있다. 저절로 광명이 사방에 펼쳐져서 비춰 써도 부족함이 없다. 마음이 안정되지 않았는데 능히 배움에 나아간 자는 일찍이 없었다. 풀린 마음을 거두는 데는 요령이 있으니, 다만 경(敬)에 달렸다.

사람이 배우지 않으면 담벼락을 마주한 것 같다. 진실로 배우기만 하고 힘써 행하지 않으면 비록 만 권의 책을 읽더라도 아무 소용이 없다. 그러므로 성현의 책을 읽을 때는 마땅히 성현의 마음을 구해 하나하나 체화해야 한다.

넷째는 거가(居家), 즉 집안생활이다.

오늘날 세속의 부자(父子)와 형제들은 집안을 잘 다스리는 일이 드물다. 문호를 세워 독립하면 각자 노비를 소유한다. 점차 남과 같아져 마침내는 화목하지 않게 된다. 부형(父兄)은 진실로 포용하여 참고, 너그럽게 대하고 사랑을 베푸는 것이 옳다. 잗단 일에 가혹하게 따져서는 안 된다. 자제(子弟) 또한 마땅히 작은 것을 버리고 큰 것을 생각해야 한다. 정성으로 미루어서 서로 느껴 효도와 우애로 보듬어 화목해야 할 뿐이다.

사치의 해로움은 하늘이 내리는 재앙보다 심하다. 집안형편이 궁해지면 함부로 하지 않는 경우가 드물다. 그래서 집안살림은 검소와 절약을 우선 해야 한다. 이는 재물에 인색해 부자 되기를 꾀하라는 말이 아니다. 집안형편이 혹 넉넉하다면 산 사람을 기르고 죽은 사람을 장사 지내며, 근심을 구해주고 다급함을 건져주는 데 어찌 성대하고 넉넉하게 하지 않겠는가?

한집안 친척은 나와 한 뿌리에서 나뉘었다. 선조에게는 똑같을 뿐이다. 진실로 선조가 선행을 쌓아 남은 경사로 문호를 세웠으니, 마땅히 곤궁한 이를 건지고 고아를 구휼해 선조의 복을 고루 나눌 것을 염두에 두어야 한다.

도리에 어긋나게 들어온 재물은 또한 그렇게 나간다. 불의로 이를 취하면 반드시 하늘의 재앙이 있다. 불의로 부자가 되느니 가난한 것이 차라리 낫다. 때문에 군자는 맑고 삼감을 귀하게 여긴다. 여자가 총애를 믿고 함부로 행동하면 마땅히 먼저 끊어 그 총애를 거두어야 한다.

다섯째는 거관(居官), 곧 벼슬살이다.

윗사람은 혼자서 다스릴 수 없고 아랫사람의 도움을 받게 마련이다. 아랫사람을 대우하는 방법은 정성으로 미루어 맡기는 것이다. 의심스러우면 맡겨서는 안 되고, 맡겼으면 의심해선 안 된다. 사람이 의심받는 것을 알게 되면 반드시 그 뜻을 다하지 않는 법이다. 비록 다스리고자 해도 장차 아무것도 이룰 수 없게 되고 만다.

여자는 고우나 추하나 집에만 들어오면 질투를 한다. 어진 이가 나아가면 소인들은 질투하여 온갖 꾀로 이간질한다. 혹 공론으로 격발시키기도 하고, 유언비어로 해코지하기도 한다. 혹 좌우 사람을 시켜 풍자하되 마치 무심코 나온 말처럼 한다. 요컨대 반드시 이간질하고 나서야 그만둔다. 어진 이는 의(義)로 소매를 여며 물러날 뿐 더불어 견주지 않는다. 이때 윗사람은 아랫사람에게 의심이 없을 수 없다. 의심이 한번 일면 또 어쩔 수 없이 가혹하게 조사해서 사실을 밝혀내려 든다. 그렇게 한번 가혹하게 조사하면 모든 일이 끝나고 만다. 때문에 남 헐뜯는 말 미워하기를 급선무로 삼는 것이다.

아랫사람은 윗사람 섬기기를 한결같이 지성(至誠)으로 해야 한다. 일에 닥치면 감춰서는 안 된다. 좋은 일은 윗사람에게 돌리고, 나쁜 일은 자기에게 돌린다. 만약 억울한 일이 있더라도 스스로 반성하고 자책할 일이지 윗사람을 탓하면 안 된다. 비록 같은 지위에 있는 사람에게 해를 당하더라도 또한 정성과 공경으로 대응한다. 형세가 스스로 해명할 수 없게 되면 물러남이 옳다. 평상심으로 사물을 용서하고 맑고 밝게 처신하여 몸을 지킬 뿐이다. 소인은 의로운지 의롭지 않은지는 따지지도 않는다. 그와 더불어 다툰다면 반드시 다치고 만다. 그래서 군자가 이를 삼가는 것이다.

청백(淸白)으로 스스로를 지켜 몸에 얽매임이 없어야 어떤 일을 당해도 태연할 수 있다. 한번 뇌물을 받아 더럽혀지면 남이 알까 두려워 움츠러들고 스스로 부끄러워하게 되니, 어찌 아랫사람에게 능히 명령을 내리겠는가? 마침내 교활한 아전에게 잡혀 낭패를 보게 된다. 그리하여 몸과 이름을 모두 잃은 자가 세상에는 아주 많다. 어찌 슬프지 않겠는가?

무릇 소송을 살필 때, 비록 청탁을 받아 흔들리지 않는다 해도 선입견이 있으면 바름을 얻지 못한다. 때문에 평상심으로 이를 살피고, 지극히 공변되게 처리해야 한다.

여섯째는 교녀(敎女), 즉 딸 교육이다.

여자는 남자의 배필이 되어 집안살림을 주관한다. 집안이 일어나고 망하는 것이 여기에 달려 있다. 세상사람들이 아들 가르칠 줄만 알고 딸 가르칠 줄은 모르니, 미혹하다 하겠다.

부인은 정조와 고요함으로 스스로를 지키고, 부드럽고 순종함으로 남을 섬긴다. 집안살림에만 마음을 쏟고 바깥일에는 간여하지 않는다.

위로 시부모를 섬기되 정성과 공경이 아니고는 그 효를 다할 수 없다. 아래로 하인을 대접함에 사랑과 은혜가 아니고는 그 마음을 얻을 수 없다. 정성과 공경으로 윗사람을 섬기고, 사랑과 은혜로 아랫사람을 대접한다. 그런 뒤에야 부부의 정의(情義)가 좋아진다.

무릇 바느질 같은 일은 또한 마땅히 자신이 직접 해야 한다. 만약 부지런히 하지 않으면 아랫사람을 통솔할 수가 없다.

지아비는 우러러 죽을 때까지 화와 복을 함께하는 존재다. 만약 마땅치 않은 점이 있거든, 어떤 일이 있을 때 잘 바로잡아 경계해 서로 다듬어 허물이 없게 되기를 기약해야 한다. 억지로 해서는 안 되니, 그러면 부부의 은정(恩情)이 끊어진다.

규방 안에서는 늘 은정이 의리를 덮어가려 쉬 허물없이 대하게 된다. 함부로 대하는 마음이 한번 일면 공경하고 삼가는 뜻이 반드시 해이해진다. 이에 교만하고 질투하며 방자하게 굴어 못하는 일이 없게 된다. 부부 사이가 벌어지는 것이 실로 이로 말미암으니 삼가지 않을 수 있겠는가?

여자가 남을 좇아 함께 거처하는 데 골육의 은혜가 있는 것은 아니다. 말이 오가다 보면 의심나고 막히는 것이 생겨 마침내 틈이 벌어진다. 때문에 옛날의 어진 지어미는 겸손함과 유순함으로 잘못과 허물을 덮어 가려주고 정성껏 서로 함께하여, 상하가 편안하게 하고 자신도 여러 복을 누려 죽을 때까지 기림을 받았다. | 원문 292쪽 |

신숙주(申叔舟, 1417~1475)의 『보한재집(保閑齋集)』에 실린 「가훈(家訓)」이다. '물기성만(物忌盛滿)'은 '사물은 가득 차서 넘치는 것을 꺼린다'는 말이다. 대대로 집안이 누린 복이 차고 넘치니, 이복이 변하여 화가 되는 일이 없도록 자손에게 당부하는 글을 적었다. '한 시대의 호걸이 되거나 재주 있는 인사가 되는 것은 바라지 않으니, 다만 아비가 적어주는 가훈을 마음에 깊이 새겨 가업을 실추시키지 않는 후손이 되어달라'고 했다.

가훈은 모두 여섯 항목으로 되어 있다. ①조심(操心), ②근신(謹身), ③근학(勤學), ④거가(居家), ⑤거관(居官), ⑥교녀(教女)가 그것이다. 마음가짐을 바로 하고, 몸가짐을 신중히 한다. 그러자면 부지런히 배워야 한다. 나아가 그 배움을 집안일과 나랏일에 미루어

신숙주 초상화. 초록색 관복을 입고 구름과 기러기 모양의 흉배를 했다. 문관 2품 당시의 그림이다. 신숙주의 인품과 위엄이 잘 나타나 있다. 109.5×167cm, 고령신씨 문중 소장, 보물 제613호.

확장할 수 있어야 한다. 딸 교육에 관한 항목을 따로 둔 것이 인상적이다. 여자는 출가외인이라지만, 한 집안의 흥폐(興廢)가 여자 손에 달렸으니, 바르게 가르쳐 한 집안의 법도를 일으키는 데 중추 역할을 할 수 있어야 한다고 했다.

얼핏 보아 고리타분한 말처럼 들리지만, 찬찬히 음미해보면 집안을 다스리는 이치는 그때나 지금이나 다를 바가 없다. 부모의 언행이 자식에게 모범이 되지 못하니, 자식이 부모 말을 우습게 안다. 마음가짐과 몸가짐이 바르지 않고, 배워 향상하려는 욕구도 없다. 그러니 집안 꼴이 오죽하겠는가? 안에서 새는 바가지가 밖에 나가 새지 않을 까닭도 없다. 직장에 나가 일을 맡으면 책임을 다하기는커녕 문제만 일으킨다. 멋대로 자라 남의 집에 시집가서는 공연한 분란만 일으키고, 얼마 못 가 사네 못 사네 한다.

신숙주의 「가훈」을 찬찬히 읽어 음미해보라. 집안을 일으키는 데 유념해야 할 단계가 차례로 잘 제시되어 있다.

신숙주는 조선 초기의 문신으로 본관은 고령(高靈), 자는 범옹(泛翁), 호는 희현당(希賢堂) 또는 보한재(保閑齋), 시호는 문충(文忠)이다. 1439년 친시문과(親試文科)에서 을과로 급제해 전농시(典農寺) 직장(直長)으로 벼슬생활을 시작했다. 이후 재능을 인정받아 집현전 부수찬(副修撰), 좌부승지(左副承旨), 직제학(直提學) 등 여러 관직을 거쳤다. 계유정난(癸酉靖難) 후 곧바로 도승지가 되었고, 세조가 등극하자 대제학에 올랐다. 이후 병조판서, 예조판서, 대사성 등을 거쳐 삼정승의 요직을 모두 역임했다.

그는 조선 초기 정치적 격동기에 벼슬생활을 하면서 여러 차례 공신에 추대되었다. 수양대군이 계유정난을 일으켰을 때 정난공신(靖

難功臣)에 추대되었고, 세조가 즉위한 후 좌익공신(佐翼功臣)에 올랐다. 남이(南怡)의 옥사를 처리한 후 익대공신(翊戴功臣)에 추대되었고, 성종이 즉위한 후 좌리공신(佐理功臣)에 오르는 등 정치적 사건의 핵심에 늘 그가 있었다.

그는 또한 학문적 소양이 깊어 다양한 책을 편찬했다.『세조실록』과『예종실록』은 물론『동국통감』의 편찬을 총괄했고,『국조오례의』도 개찬했다. 1443년 일본을 다녀온 후 보고 들은 것을 토대로 일본의 풍물과 정치세력, 외교시 필요한 사항 등을 상세하게 밝혀놓은『해동제국기(海東諸國記)』를 저술해 향후 일본과의 외교에 큰 도움을 주기도 했다.

신숙주는 열여섯에 무송윤씨 부정(副正) 윤경연(尹景淵)의 딸과 결혼해 8남 1녀를 두었다. 앞의「가훈」은 그가 52세 되던 1468년에 지은 것이다. 같은 훈계의 내용을 담은 오언고시(五言古詩) 한 편이 따로 남아 있는데, 제목은 '아들 찬의 황금허리띠를 기뻐하며 여러 아들에게 보인다〔喜澯帶金示諸子〕'이다. 함께 읽어보자.

부자 사이 하늘이 낸 친밀함이니	父子天作親
정의(情義)가 천진(天眞)에서 나오는도다.	情義出天眞
아비가 자애하매 자식 효도함	父慈子乃孝
임금과 신하 사이에도 옮길 수 있네.	玆可移君臣
늙은 아비 너와는 같지 않아서	老父不如汝
어린 나이 부모님이 돌아가셨지.	弱齡違兩親
아우와 형님마저 일찍 세상 떠	弟兄亦早歲
혈혈단신 오직 한 몸뿐이었다네.	孑孑唯一身

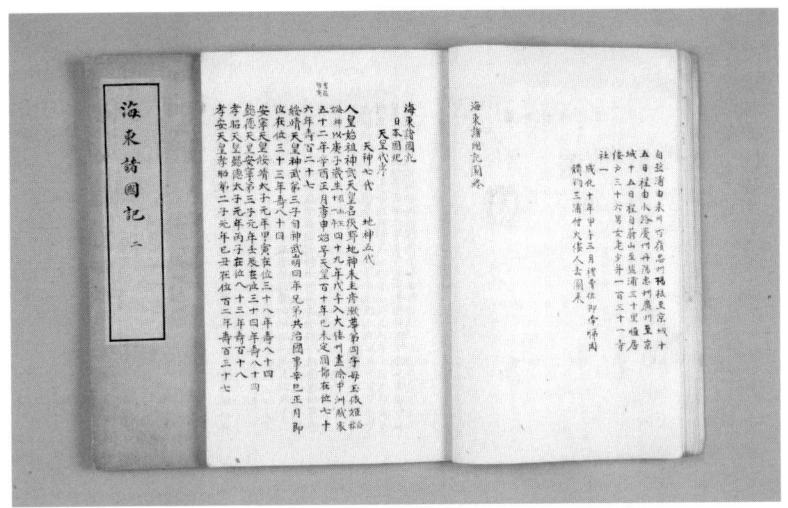

『해동제국기』. 1471년 신숙주가 일본에 관한 각종 외교 국방 관련 정보와 직접 체험한 경험을 정리해 엮은 일본 관련 자료집. 조선 초 한일관계사 연구에 매우 중요한 자료다.

힘겹게 서사(書史)를 읽으면서도	辛勤讀書史
생각나면 남몰래 수건 적셨지.	念至潛添巾
다행히 임금께서 알아줌 만나	那知幸際遇
지위 높은 원훈(元勳) 될 줄 뉘 알았으리.	位極忝元勳
공명은 번번이 세상을 속여	功名每欺世
삼대나 성은(聖恩)을 내리 입었네.	三世蒙聖恩
아들 손자 눈앞에 늘어섰는데	兒孫列眼前
울긋불긋 관복이 어지럽구나.	朱紫看紛紛
너 또한 황금띠를 허리에 차니	汝又橫黃金
비복들도 모두들 기뻐하누나.	婢僕亦欣欣
집안의 늙은이와 젖먹이까지	家中老阿乳

주룩주룩 기쁨의 눈물 흘리네.　　　　喜淚懸津津

네 정녕 네 아비보다 나아서　　　　　汝定勝汝父

네 아비의 찌푸림을 풀게 해주렴.　　汝解汝父顰

내 허리띠 금서대(金犀帶)에 이르렀지만　　我帶至金犀

기쁨 만나 괜스레 구슬피 우네.　　　遇喜空悲嘶

우리 집안 원래는 가난했지만　　　　我家本草茅

선을 쌓음 대대로 미혹됨 없어,　　　積善世不迷

대를 이어 여기에 이르렀으니　　　　繩繩乃至斯

부귀는 네 할 바가 정녕 아닐세.　　富貴非汝爲

하늘 도리 가득 참을 꺼려하나니　　天道忌滿盈

마땅히 덜어 버림 생각하도록.　　　當思挹損之

내 나이 이미 벌써 반백이 넘어　　我年已半百

근력 또한 하마 벌써 쇠하였도다.　筋力亦已衰

벼슬 벗어 일을 사양하려 하여도　投簪欲謝事

멍에 벗음 오히려 알 수가 없네.　脫駕猶未知

내 이제 너희에게 말해주노라.　　我今語汝曹

지기(智奇)롭지 않음은 원치 않는다.　不願不智奇

순박하고 삼가기만 다만 원하니　　但願淳且謹

집안을 보존하는 규범 삼아라.　　保家以爲規

내 바람 이 같음에 그칠 뿐이니　　我願止如此

너희는 부지런히 지녀 살아라.　　汝曹勤自持

　아들이 당상관이 되어 자신에 이어 허리에 금대(金帶) 찬 것을 보
고 대견하고 기쁘면서도, 지나온 세월에 감개가 무량해 쓴 시다. 여

기서도 '하늘의 도는 가득 참을 꺼리는 법이니, 넘치도록 누릴 생각은 말고 오히려 덜어 버릴 것을 생각하라'는 말이 나온다. 멍청한 사람이 되어서는 안 되겠지만, 다만 순박하고 조심하는 사람이 되어주기를 당부한다고도 했다. 일세를 호령하는 빼어난 호걸의 인사가 되기보다 근면하고 신중한 사람이 되어주기를 바란다는 그 당부 속에 난세를 살아온 아버지의 깊은 사랑이 배어 있다. 한 집안을 다스리고 후손에게 그 정신을 이어가는 일이 참으로 쉽지가 않다.

부귀영화에 마음 팔지 마라.
얻으려고 아등바등 애쓸 것도, 지키려고 억지 부릴 것도 없다.
절로 오는 것은 받되, 옳은 것만 가려서 받아라.

저절로 이르는 것도 가려서 받아라

한충이 옥중에서 임종 전에 아들에게 준 유언

무릇 배우는 사람은 무엇보다 먼저 그 마음을 바로 해야 한다. 그런 뒤에야 이 이치를 강구하고 밝혀 삼가 지켜나갈 수 있다. 한 구절 한 글자의 뜻도 흐트러진 마음으로 대충 보아넘겨서는 안 된다. 오늘 한 가지 뜻을 이해하고 내일 한 가지 일을 실천한다. 이것을 서두르고 이것에 힘을 쏟아 한 마음으로 진실하게 해나간다면 저절로 성현의 지위를 향해 가게 된다.

몸 밖의 영화와 몰락, 기쁨과 근심 같은 것은 마땅히 모두 하늘이 하는 바에 귀 기울이되 마음에 두지 않는다. 절로 이르는 것 또한 옳은 것을 가려서 받고, 이르지 않는 것은 굳이 구할 까닭이 없다. 이것이 바로 죽을 때까지 발을 붙이고 서 있을 자리다. 조금이라도 옮기거나 바꿔서는 안 된다.

예로부터 성현들은 이것으로 스스로를 권면했고 또한 감히 이것으로 남을 대하지 않은 적이 없다. 서로 전해온 가르침이 해나 별처럼 환하다.

하지만 돌아보건대 지금은 적막하게 온 세상에 이 뜻을 아는 자가 많지 않다. 부귀와 이로움과 영달의 영역에만 들락거리며 분주하게 내닫다가 요행으로 얻게 되면, 스스로 천하에 일 잘하기로 이보다 나은 것이 없고 한 몸의 사업이 이보다 더 낫지는 못하리라 여긴다. 어둡고도 아득하게 죽을 때까지 깨닫지 못한다. 이는 실로 견문과 습관이 비루하고 빈곤과 곤액에 얽매였기 때문이다.

너희가 앎이나 생각에 줏대가 없고, 발꿈치를 붙이지 않고서 먼저 벼슬과 녹봉을 구하고 이익 추구에 마음을 둔다면, 마침내 사람 된 이치를 알 수 없을 것이다. 낮고 더러운 데 빠져서야 어찌 성인이 후학을 위해 문을 열어 이끌어주실 길이 있겠느냐?

대저 세상에서 과거시험 공부로 벼슬과 녹봉을 구하는 자는 누구나 그것이 어버이를 위한 것이지 자기를 위한 것은 아니라고 말한다. 하지만 진실로 어버이의 마음이 되어, 자기 아들이 과거시험을 보아 벼슬과 녹봉 구하기를 원치 않고 옛것을 배워 어진 이가 되기를 원한다면, 어찌 다시 능히 이것을 버리고 저것을 취한다고 말하겠느냐?

나는 부모님이 일찍 세상을 뜨셔서, 배움은 정밀하지 않으면서 나아감을 구했고 덕이 서지 않았는데도 가려고 했다. 바람먼지는 자옥하고 해와 달은 빛을 잃어 위로는 임금을 요순 같은 성군의 경지로 능히 이끌지 못했고, 아래로는 나 자신을 고요(皐陶)나 기(夔)와 같은 어진 신하의 반열에 능히 두지 못했다.

그러다가 맹수의 어금니와 살모사의 독이 좌우에서 달려들어 이 지경에 이르고 말았다. 어둠속에 깊이 내버려지고 후회함이 오래되었으나 어찌 다 말하겠느냐? 이는 내가 나 자신을 징계하고 너희에게 바라는 것이니, 밖에서 이르는 것을 나의 영화로 삼으려고 들지 말아라. 이제 형장의 칼날이 문앞에 이른 것을 보고 종이를 빌려 간신히 쓴다. 너희는 죽을 때까지 잊지 않도록 해야 할 것이다.

| 원문 294쪽 |

한충(韓忠, 1486~1521)이 옥중에서 죽음을 앞두고 아들에게 남긴 유언이다. 삶의 끝자리에서도 담담하고 늠연한 선비의 마음자리가 잘 나타나 있다.

아비는 나라에 죄를 지어 이제 곧 형장으로 끌려간다. 다시는 너희를 만나 얘기할 수 없겠고, 나 살던 집에 살아서는 발길을 들일 수 없겠구나. 이 아니 안타까우냐.

마지막으로 너희에게 몇 마디 당부를 남긴다. 마음에 새기고 뼈에 새겨 평생 잊지 않도록 해라.

공부하는 사람은 심지를 바로 세워야 한다. 마음이 바로 서야 이치를 밝게 궁구할 수 있다. 한 구절 한 글자도 꼼꼼히 따져 이해하고, 이해한 것은 곧바로 실천에 옮기도록 해라. 성현이란 아득히 먼 존재가 아니다. 하나하나 따지고 실천한 것이 쌓여 자연스러운 호흡처럼 되면 그것이 바로 성현인 것이다.

부귀영화에 마음 팔지 마라. 얻으려고 아등바등 애쓸 것 없고, 잃지 않으려고 억지를 부릴 것도 없다. 나에게 절로 오는 것은 받되,

옳은 것만 가려서 받아야 한다. 덮어놓고 덥석 받으면 뒷감당이 어렵다. 나에게 오지 않는 것을 일부러 끌어오려 하지도 마라. 이런 마음으로 대지에 두 발을 딱 버티고 서서 꿈쩍도 하지 마라.

옛 성현의 공부란 것도 다 이런 것에 지나지 않았다. 초지일관 옳은 길을 떠나지 않고, 부귀빈천에 흔들림 없이 자기 길을 간 것뿐이다. 그런데 어째서 지금 세상에는 그런 사람을 찾아볼 수 없게 되었는지 모르겠다. 그들의 관심은 오로지 부귀와 이익뿐이다. 이것을 얻으려고 수단방법을 가리지 못하고 달려들다가 요행히 손에 쥐면 다 제가 잘나 그런 것으로 안다.

생각에 줏대가 없으면 벼슬과 녹봉을 구하고 이익을 얻는다 해도 그것은 재앙일 뿐이다. 우리가 과거공부를 하는 것은 내 임금을 요순의 반열에 세우고, 나 자신 또한 요순의 신하가 되어 그 보람을 천하와 함께 나누기 위함이다. 그렇지 않고 명예와 벼슬과 녹봉을 위해 과거공부를 하고, 부모의 마음을 기쁘게 하려고 공부를 한다면 이처럼 슬픈 일이 없다.

이 아비는 배움이 정밀치 못하고 덕은 수립되지 않은 상태에서 남보다 먼저 나아가 더 많이 이루려 했다. 그러나 이제 아무 이룬 것 없는 죄인의 몸으로 세상을 떠난다. 나를 세우지 못하고, 발 붙이고 있어야 할 곳에 뒤꿈치를 눌러 단단히 서지 못했다. 이룬 것 없이 여기저기 기웃대다 맹수와 독사에 물려 초주검이 되었다. 그 까닭이 어디 있겠느냐? 이 모든 것이 심지를 바로 세우지 못했기 때문이다.

아! 이제 떠날 때가 된 모양이로구나. 날을 잔뜩 벼린 칼을 들고 옥리들이 들어오는구나. 더 길게 쓰지 못한다. 죽음 앞에서 회한을 담아 적는 아비의 말을 너희는 살에 새기고 뼈에 새겨라. 아비의 전철을 밟아서는 안 된다.

한충은 조선 중기의 문신으로 본관은 청주(淸州), 자는 서경(恕卿), 호는 송재(松齋), 시호는 문정(文貞)이다. 1510년 생원이 되었고 1513년 별시문과에 장원으로 급제한 뒤 정언, 이조정랑, 응교 등의 관직을 역임했다.

1518년 가을 종계변무(宗系辨誣)를 위한 주청사(奏請使) 남곤(南袞)의 서장관(書狀官)이 되어 명나라에 갔지만, 남곤과 의견이 맞지 않아 그의 미움을 샀다. 그래서 충청도 수군절도사로 있던 1520년에 기묘사화가 일어나자 평소 조광조(趙光祖)와 교유했다는 이유로 거제에 유배되었고, 1521년 신사무옥이 일어났을 때도 남곤의 무고로 투옥되었다. 중종의 친국(親鞫)으로 무고임이 밝혀졌지만 옥사를 벗어나지 못한 채 죽고 말았다.

연보에 따르면, 1521년 11월 21일 중종이 친국하여 무고임을 밝히고 석방을 명했지만, 다음 날인 22일 옥중에서 해를 당했다고 한다. 그런데『조선왕조실록』에는 한충이 1521년 11월 3일에 죽은 것으로 기록되어 있고, 앞의「계자서(戒子書)」에는 1521년 12월 27일에 직접 쓴 것으로 되어 있어, 한충이 죽은 정확한 날짜를 산정하기가 쉽지 않아 보인다. 그러나 한충이 남곤의 무고로 투옥되고 그 와중에 해를 입은 것만큼은 분명한 듯하다.

억울한 죽음을 앞두고 세 아들에게 남긴 마지막 메시지는 다른 어떤 글보다 절박하게 다가온다. 마음을 바로잡아라. 생각에 줏대를 세워라. 밖에서 들어온 것을 자신의 영화로 삼지 마라.

이는 검은 머리 속에 살다 보니 빛이 검어지고
사향노루는 잣을 따먹는 동안 배꼽에 잣 향내가 스민다.
사람도 가까이하는 사람에게 물이 든다.

어떤 물을 들일 것인가?

지하에서 네 어미를 볼 낯이 없구나

송순이 자식에게 준 훈계

나는 너희가 일찍 어미를 잃은 것을 불쌍히 여겼다. 게다가 너희의 타고난 기질이 잔약(孱弱)한 것이 안쓰러워 너희가 하는 대로 내버려두고 구속하지 않았다. 실로 늘 어미소가 송아지 핥아주듯 사랑했다. 그 폐단이 이 지경에 이르고 보니, 자애로운 어미가 자식을 망친다는 말이 바로 이를 두고 한 것이로구나. 하지만 너희를 그르친 것이 바로 나이고 보니 또 누구를 탓하겠느냐?

아주 어리석은 자는 죽을 때까지 변하지 않고, 큰 멍청이는 종신토록 깨닫지 못한다는 말을 들었다. 너희는 원래 큰 바보나 멍청이에 비할 바가 아니다. 그러니 어찌 변하고 깨달을 기회가 없겠느냐?

돌아보건대 우리 집안은 대대로 벼슬이 이어져 고아한 문장과 유학의 바탕을 이어받았고, 가풍과 세덕(世德)에 대해 예로부터 아름다운 소문이 있었다. 그런데 어찌하여 선조의 아름다운 실마리를 실추시키고 저러한 무리의 미친 행태를 사모한단 말이냐?

귤이 장강을 건너면 탱자로 변하고, 위수(渭水)가 경수(涇水)로 들어가면 흐려진다고 했다. 맹자의 어머니가 세 번 집을 옮긴 것은 진실로 까닭이 있었다. '노나라에 군자가 없었다면 이 사람이 어떻게 이리 하겠느냐' 하던 공자의 가르침이 이 고장과 너희에게 능히 부끄럽지 않으냐?

아아! 집안이 쇠락하여 너희가 입신양명하는 것을 아직 못 보았는데, 오히려 너희가 제멋대로 함부로 구는 망령됨만 보게 되었구나. 범이나 표범의 가죽과 개나 양의 가죽 중에 어느 것을 택하겠느냐? 들자니 네가 지난번 너와 같은 무리와 더불어 학동(鶴洞)에서 신나게 놀았다더구나. 또 이달 13일에는 취암(鷲巖)에서 술잔치를 크게 벌여, 온 경내가 다 모여 갖은 악기를 다 갖추고 한정없이 즐겨 놀 계획이라 하더구나. 어찌 그럴 수가 있단 말이냐?

바야흐로 지금은 천재지변이 엎친 데 덮친 격으로 일어나, 춘추적의 세 배나 되어 사서(史書)에 글이 끊이지 않는다. 신선의 베개는 화서(華胥)의 꿈을 깨고, 옥 술잔은 향기로운 술맛을 잊었다. 무릇 우리 집안은 대대로 나라의 은혜를 입어 왕의 교화를 받아왔다. 비록 초야(草野)와 산택(山澤)의 사이에 있다고는 해도, 마땅히 시절을 상심하고 세상을 근심하여 눈썹을 태우고 눈을 비빌 틈도 없어야 하거늘, 어찌 진나라의 등 뒤에서 기국(杞國)을 엿보듯 멋대로 담소하고 함부로 노래하며 춤출 수 있겠느냐?

무지렁이 백성조차 차마 하지 못하는 일을 너희가 하고 있으니 그러고도 너희 마음이 편안하단 말이냐? 이미 한 차례 잘못을 해놓고 다시 되풀이할 수 있느냐? 어찌 자꾸 되풀이하면서도 거리낌이 없단 말이냐?

저 광망(狂妄)하고 문자도 알지 못해 마셨다 하면 취하기나 하는 붉은 치마 입은 자들은 진실로 죄줄 것도 없다. 너희는 옛글을 읽고 유관(儒冠)을 썼으면서도 인의예지의 성품을 포기하고, 무지하여 망령된 짓을 하는 잘못을 스스로 받아들였으니, 너희가 군자다운 선비가 되는 것은 바랄 수도 없겠고, 행동을 삼가는 바른 선비 또한 될 수가 없겠구나. 산 사람은 비난하고 저승의 귀신은 나무랄 것이니 장차 면할 곳이 없겠구나.

하물며 예로써 술을 마시는 자야 말해 무엇 하겠느냐? 처음에 상도(常道)에 힘쓰다가 끝내 어지럽게 되는 것은 차라리 처음에 어지러웠지만 마침내 능히 다스려지는 것만 못하니, 반드시 잘못될 것을 내가 알겠다. 지난번 너는 저들이 무리지어 함께 몸을 더럽히며 어지러이 뒤쫓는 것을 비웃었다. 하지만 이제 네가 그 지경 속으로 점차 내달려 들어가면서도 부끄러워하지 않으니, 앞서는 대체 무슨 마음이었더냐?

아! 이[蝨]는 머리에 있으면서 검게 변하고, 사향노루는 잣을 먹고서 향기로워진다고 했다. 시종일관 함께함을 삼가라 하였으니, 선현이 어찌 사람을 속이겠느냐? 네가 능히 유익한 세 가지 벗을 취하지 않고 젖은 김에 물들었으니, 이는 도깨비나 귀신 무리의 일이다. 장차 누구를 좇아 덕성을 훈도하고, 장차 누구를 좇아 선행을 이루겠느냐? 손해만 있고 이익이 없는데도 능히 끊어 버리지 못해 내 마음을 아프게 하니 불효가 크구나. 서경(徐卿)이 조금도 근심하지 않았다던 두 아들에 견준다면 어떻겠느냐?

네 죄가 매질을 받아 마땅함을 모르지 않으나, 너 또한 사람인지라 떳떳한 양심으로 절로 지각하여 깨닫는 이치를 지녔으니 매질을 해서 무엇에 쓰겠느냐? 이제부터라도 능히 네 마음을 물리쳐서 그 허물을 면할 생각을 하도록 해라. 네 덕을 환히 밝히고 사귐을 끊어 부모의 마음을 네 마음으로 삼고 선조의 사업을 네 사업으로 여기도록 해라.

어짊이 아니면 하지를 말고, 의리가 아니면 취하지 말며, 예가 아니면 움직이지 마라. 이렇게만 한다면 지혜로운 사람의 일을 마칠 수 있을 것이다. 집에서는 아름다운 자제가 되고 나라에서는 좋은 사람이 되어, 안으로 스스로 돌아봄에 부족함이 없고 밖으로 아름다운 소문이 성대해, 쇠미한 풍속을 그 맑은 향기로 일으켜서 훌륭한 벗이 먼 곳으로부터 찾아오게 한다면 어찌 훌륭하지 않겠느냐? 그리하면 내가 죽는 날에도 눈을 감을 수 있을 것이다.

만약 놀고 즐기고 게으르고 거만하게 굴면서 음악으로 창화(唱和) 하며, 이 같은 버릇을 깨끗이 고치지 않는다면, 너희를 가르치지 못한 책임이 실로 이 몸에 있으니, 내가 지하에서 네 어미를 볼 낯이 없을 것이다.

아아! 잘못을 미연에 방지하는 것은 오늘로부터 시작하고, 지난날을 뉘우치고 미래를 향하는 것 또한 오늘로부터 시작할 일이다. 오늘은 무슨 날이냐? 임진년 동짓달 초이틀이다.

말로 논하는 것으로는 부족하고, 얼굴을 맞대고 명령하는 것으로도 부족한지라, 붓으로 글을 써서 자식을 위한 계책으로 준다. 벽에다 붙여놓고 좌우명으로 삼아 눈으로 읽고, 쓰든 버리든 품속에 써서 지녀, 고해(苦海) 사이의 방편을 붙좇지 말도록 해라.

다시금 고하여 말한다. 주공(周公)은 보고 안일에 빠지고 놀고 사냥하는 음탕함을 경계하셨고, 공자는 도덕과 인예(仁藝)의 가르침을 내리셨다. 나 또한 이렇게 말한다.　　　　　　　　　| 원문 295쪽 |

면앙정(俛仰亭) 송순(宋純, 1493~1583)이 거듭된 천재지변으로 민심이 흉흉할 때 벗들과 어울려 술자리를 마련하고 논 자식들을 따끔하게 나무라며 써준 훈계의 글이다. 일찍 어미를 잃어 오직 사랑으로 보듬어 길렀지만, 결국 버릇만 나빠지고 말았으니 다 내 탓이라고 스스로를 나무라는 아버지의 마음이 안쓰럽다. 이제라도 늦지 않았으니 마음을 다잡아 분발할 것을 촉구했다.

이〔蝨〕는 검은 머리 속에 살다 보니 검은빛을 띤다. 사향노루는 잣을 따먹는 동안 배꼽에 잣 향내가 스민다. 이렇듯 사람도 가까이하는 사람의 물이 든다. 물은 들게 마련인데 어떤 물을 들이느냐가 중요하다. 어물전의 생선비린내를 함께 묻히고 다녀 눈살을 찌푸리게 할 것인지, 은은한 군자의 향기를 풍겨 절로 눈길이 그리로 향하게끔 할 것인지는 오롯이 나 하기에 달렸다.

너희가 행실을 바르게 고치지 않는다면 내가 지하에 가서 네 어미를 무슨 낯으로 만나겠느냐는 말이 오래 여운으로 남는다. 그 아들들은 아버지의 이 매운 훈계를 듣고 어떤 표정들을 지었을까?

송순의 본관은 신평(新平), 자는 수초(遂初) 또는 성지(誠之), 호는 기촌(企村) 또는 면앙정이다. 1519년 별시문과에 을과로 급제해 여러 관직을 역임했는데, 1533년 김안로(金安老)가 권세를 잡자 귀향해 면앙정을 짓고 시를 읊으며 지냈다.

면앙정은 1533년 송순이 세운 정자로, 전남 담양군 봉산면 제월리의 제봉산 자락에 자리 잡고 있다. 무등산을 비롯한 여러 산에 둘러싸여 풍광이 빼어나다. 가사 「면앙정가」를 낳은 산실이기도 하다.

1537년 김안로가 사사된 뒤 다시 벼슬길에 올라 주요 관직을 두루 거쳤다. 1550년에는 대사헌, 이조참판이 되었으나 사론(邪論)을 편다는 죄목으로 충청도 서천에 유배되기도 했다. 이듬해에 풀려나 1552년 선산도호부사가 되고, 이해에 면앙정을 증축했다. 이후 전주부윤과 나주목사를 거쳐 70세에 기로소(耆老所, 조선시대에 일흔 살이 넘은 정이품 이상의 문관을 예우하기 위해 설치한 기구. 나라에 경사가 있거나 왕이 행차할 때 함께 하례를 하거나 중요한 국사의 논의에 참가해 왕에게 자문을 하는 등의 역할을 함)에 들었고, 1568년 한성부좌윤이 되어 『명종실록』을 찬수했다.

송순은 음률에 밝아 가야금을 잘 탔고 풍류를 아는 호기로운 재상으로 일컬어졌다. 일찍이 박상(朴祥)과 송세림(宋世琳)을 사사했고, 신광한(申光漢)·성수침(成守琛)·나세찬(羅世纘)·이황(李滉)·임억령(林億齡) 등과 교유했다. 문하 인사로는 김인후(金麟厚)·임형수(林亨秀)·노진(盧禛)·박순(朴淳)·기대승(奇大升)·고경명(高敬命)·정철(鄭澈)·임제(林悌) 등이 있다.

면앙정은 그가 41세 때 담양의 제월봉 아래 세운 정자로, 임제·김인후·고경명·임억령·박순·소세양(蘇世讓)·윤두수(尹斗壽)·양산보(梁山甫)·노진 등 많은 인사가 출입하며 시 짓기를 즐겼는데, 이후 호남 제일의 가단(歌壇)을 형성했다. 송강 정철 등이 그의 고희 때 조정의 높은 신분임에도 불구하고 둥우리를 태워 모시고 면앙정에서 노닌 일은 두고두고 미담으로 전해온다.

송순은 우후(虞侯) 설남중(薛南仲)의 딸과 결혼해 슬하에 2남 1녀를 두었다. 두 아들의 이름을 관(寬)과 용(容)이라 지어 자신이 자식들에게 바라는 바를 담았는데, 그 구체적인 내용이 다음의 「명이자

설(名二子說)」에 남아 전한다.

관아! 네 이름을 '관'이라 지었다. 관(寬)이란 관대하고 인자함을 말한다. 옛날 중궁(仲弓)은 관대하면서도 무게가 있어 도량이 후덕하였으니 너는 힘쓰도록 해라. 관아! 나는 네가 관대함으로 사람들을 부리기 바란다.

용아! 네 이름을 '용'이라 지었다. 용(容)이란 포용하여 받아들인다는 뜻이다. 옛날 자장(子張)은 현자를 높이고 무리를 포용해 곧장 거절하는 법이 없었다. 너는 이를 경계하도록 해라. 용아! 나는 세상에 받아들여지지 않을 것을 염려한다.

아마 큰아들은 성품에 너그러움이 부족하고, 둘째는 얼마간 모가 났던 모양이다. 그래서 이름을 바다같이 너그러우라고 '해관(海寬)', 바다같이 포용하라고 '해용(海容)'이라고 지어주었다.

하지만 적장자인 해관은 병오년(丙午年, 공의 나이 54세)에 생원이 되고 이후 참봉이 되었지만 자녀 없이 죽었다. 현감을 지낸 둘째아들 해용 역시 자녀 없이 죽었다. 이에 현감 최세윤(崔世胤, 공의 사위)의 사위이자 종실인 순흥군 몽우(夢禹)의 둘째아들인 정의 이름을 고쳐 해관의 아들로 삼고, 서장자(庶長子) 해청(海淸)의 큰아들인 덕미(德美)를 해용의 아들로 삼았다. 이후 덕미가 면앙정의 종사를 이었다.

송순의 부인 설씨는 계축년(공의 나이 61세) 12월에 예순의 나이로 세상을 떠났다. 송순이 앞의 「훈자(訓子)」에서 '일찍 어미를 잃었다〔早失所恃〕'고 한 것으로 보아, 두 아들을 늦은 나이에 보았던 것으로

보인다. 연보에 서장자 해청을 나이 마흔(임진 6월)에 얻었다는 기록
이 보이는데, 아마도 처음 얻은 아들이라 서자임에도 부기한 것으로
보인다. 그런데 이 두 아들이 공이 81세 되던 해에 차례로 죽고 말았
다. 송순은 아들 잃은 슬픔을 사언시(四言詩)인 「곡자문(哭子文)」에
서 이렇게 노래했다.

네 곡을 내가 하니	汝哭我哭
내 곡은 누가 할꼬.	我哭誰哭
네 장사 내 치르니	汝葬我葬
내 장사는 누가 하나.	我葬誰葬
흰머리로 통곡하니	白首痛哭
푸른 산도 저무는 듯.	靑山欲暮

짧은 스물네 자 속에 자식 잃은 부모의 지극한 슬픔을 넘치도록
가득 담았다.

벼슬길은 산보다 어렵고 물보다 험하다.
도도한 벼슬바다에서 나아가기만 하고 그칠 줄 모르다가
마침내 풍파를 맞는 것은 무슨 마음이란 말인가?

아버님의 가르침을 네게 전한다

유희춘의 「십훈」

　이조참판에 추증되신 돌아가신 아버님 성은공(城隱公)의 언행과 문장은 순수하여 흠이 없었다. 하지만 나는 고아로 일찍 가르침을 잃어 항상 어버이를 여읜 슬픔을 품고 살았다. 또 불초하여 세상에 부모를 드러내지도 못했다. 지금 적어두지 않으면 다 없어질까 염려되어, 삼가 피눈물을 흘리며 아버님이 집안생활에서 보여주신 도타운 행실 10조목을 기록한다. 날마다 경계하고 반성하여 집안의 가훈으로 삼아라.

　첫째는 기상(氣像)이다.

　선군(先君)께서 말씀하셨다. "무릇 사람의 기상은 단정하고 무거워야지 경박하면 못쓴다. 깊이 가라앉혀야지 얄팍하면 못쓴다. 종일 삼가 때가 된 뒤에야 말하도록 해라. 이렇게 하면 덕을 이룰 수 있

다. 당나라 때 배행검(裵行儉)이 '왕발(王勃) 같은 사람은 비록 글재
주가 있지만 경솔하고 천박하니 어찌 벼슬과 녹봉을 누릴 그릇이겠
는가? 양자초(楊子稍)는 침착하고 조용하니 영장(令長) 됨이 옳다'
고 했는데, 나중에 그 말대로 되었다. 이 격언을 너는 마땅히 늘 마
음에 새겨 깊이 살펴라."

둘째는 질욕(窒慾), 즉 욕심을 막는 것이다.

선군은 성품이 고요하고 차분해서 젊어서부터 늙어서까지 음탕한
소리는 듣지 않으셨고, 여색을 몹시 멀리하셨다. 일찍이 말씀이 음
탕함에 미친 적이 없었다. 분수 밖의 재물 보기를 흙덩이처럼 하셨
고, 일체의 번화한 세상맛에 대해서도 담박하여 좋아하시는 바가 없
었다. 일찍이 이렇게 말씀하셨다. "재물과 여색, 노래와 춤, 장난과
놀이를 탐하면 마침내 잘못된 사람이 되고 만다. 너는 마땅히 깊이
경계해라. 후한 사람 노식(盧植)은 마융(馬融)을 스승으로 섬겼다.
창기가 앞에서 노래하고 춤추는데도 노식은 여러 해를 모시고 공부
하며 눈길 한번 돌리지 않았다. 마융이 이 때문에 그를 공경했다. 너
는 마땅히 이를 본받아라."

셋째는 사친(事親)이다.

선군은 23세 되시던 경신년에 할아버님 상을 당해 순천에서 여막
을 지키며 극진히 애모하셨다. 소상이 지난 뒤 무슨 일 때문에 부득
이 해남을 다녀오셨는데, 어머님과 한 방에서 13일간 주무시면서도
예로써 멀리하셨다.

떠나실 때 어머님이 구슬피 눈물을 흘리며 말씀하셨다. "비록 열
흘 넘게 머무셨다고는 하나 따뜻한 대화 한번 나누지 못한 것이 더
슬픕니다." 아버님 또한 안쓰럽게 여기며 떠나셨다. 여종 납비가 그

때 방 안을 지키며 잤는데, 늙어서도 매번 이 일을 말하면서 "앞뒤로 듣고 보아도 우리 주인님만큼 공경할 만한 분은 없었답니다"라며 탄식해 마지않았다. 그 뒤 돌아가신 형님이 이를 듣더니 또한 "남들이 미칠 수 없는 바다"라고 말씀하셨다.

선군이 예를 지키시는 엄격함은 부부 사이에서도 삼가심이 이와 같았으니, 다른 것도 알 수가 있다. 평상시에 어버이를 섬김에도 친애하고 공경하는 마음이 넘쳐났다. 매번 해남에서 맛난 음식을 한 가지라도 얻으면 문득 싸서 보낸 뒤에야 마음을 편히 가지셨다. 일찍이 이렇게 말씀하셨다. "부모님의 편지는 수습해서 잃어버리지 않는 것이 자식 된 도리니라."

넷째는 제가(齊家)다.

선군은 부부간에도 서로 공경하기를 손님처럼 하셨지만, 애정은 처음부터 끝까지 한결같으셨다. 무릇 35년간 한 번도 첩실에게 총애를 나눠주시는 것을 본 적이 없다. 대개 정다우면서도 분별이 있어야 한다는 옛사람의 뜻에 부합한다.

다만 하나뿐인 아우 계근(桂近)과는 서로 아끼서서, 동한 때 강굉(姜肱)이 아우와 우애로워 한 이불을 덮고 잔 것처럼 좋아하셨고, 올벼가 나는 논을 다 그에게 주셨다. 누이가 둘 있었는데, 어머님이 몹시 사랑하셨으므로, 재물을 나눌 적에 좋은 전답과 힘센 노비를 모두 그분들께 양보하셨다. 스스로는 거친 땅과 어리석은 하인을 취하시고는 인하여 문서에다 직접 써서 확실히 하기를 청하셨다.

여러 자식을 사랑하심은 고르게 하여 치우침이 없었으니, 새끼에게 먹이를 고루 나눠주는 뻐꾸기의 사랑이 있었다. 남녀를 가르침은 반드시 예로써 하셨다. 노비 또한 아끼더라도 나쁜 점을 파악하셨고, 미워해도 그 장점은 알고 계셨다. 자상하셔서 안쓰러워하는 마음이 깊었다. 때문에 아버님이 돌아가신 날에는 모든 노비가 어른 아이 할 것 없이 실성하여 호곡하며 마치 자기 부모가 돌아가신 것처럼 하지 않는 이가 없었다. 밖으로 마을에 사는 백성 중에 문하를 출입하던 자들까지도 모두 한숨 쉬고 크게 탄식하며 "덕스러운 분이 돌아가셨다"고들 했다.

선군은 세 아들 가운데 나를 특별히 아끼셔서, 매번 몸소 업고 걸으며 말씀하셨다. "우리 집안을 이룰 이는 이 아들이다." 인하여 경계하셨다. "한집안 안에서는 마땅히 마음을 공평하게 해야 한다. 진실로 한 번이라도 치우치게 되면 일이 어그러지고 윤리가 밝아지지 않는다."

다섯째는 수신(守身)이다.

선군은 나이 삼십 때부터 숨어서 바르게 사는 것을 즐겁게 여겨 문을 닫아걸고 나가지 않으셨다. 손님이 오면 접대만 할 뿐이었다. 대개 세상의 경박한 풍조를 미워해서 남에게 절개를 굽히지 않으려 하셨던 것이다. 장례에 조문을 가거나 재난을 구하는 일처럼 아주 어쩔 수 없는 일이 아니고는 일년 내내 한 번도 문을 나서지 않으셨다. 한 태수가 이렇게 말했다. "옛사람이 큰 은자는 성시(城市)에 숨는다고 했는데, 바로 이를 말함이다."

일찍이 자식을 경계해 말씀하셨다. "어깨를 움츠리고 아첨하여 웃는 것은 여름철 밭두둑에서 일하는 것보다 괴롭다. 노닐고 거처함에 법도가 있으면 반드시 덕 있는 데로 나아간다. 네가 훗날 벼슬길에 나가더라도 또한 기꺼이 바름을 지켜야지, 남에게 절개를 굽혀서는 안 된다."

여섯째는 처사(處事)다.

선군은 매번 일을 처리하실 때 이해(利害)를 묻지 않고 순리에 맞는지만 살피셨다. 만일 순리가 아닐 것 같으면 문득 "이 일은 순리가 아니니, 어찌 할 수 있겠는가?"라고 하셨다. 또 일찍이 자식을 경계해 말씀하셨다. "무릇 사군자(士君子)는 일을 처리함에 다만 마땅히 순리를 따라야지, 이해를 가지고 나아가거나 회피해서는 안 된다."

또 말씀하셨다. "세상사람들은 부처에게 아첨해서 복과 이익을 구하고, 세상에 아부하여 벼슬과 녹봉을 견고하게 하므로, 대부분 호연지기를 알지 못한다. 당나라 때 부혁(傅奕)은 일찍이 불교를 배척했다. 호승(胡僧)이 주문으로 사람을 죽게 만드는데도 부혁의 마음이 흔들리지 않자, 호승 자신이 죽고 말았다. 한유(韓愈)는 불교가 재물을 좀먹고 대중을 현혹함을 미워하여 극력 배척했다. 장강(張綱)은 양기(梁冀)의 권세가 지극해지자, 홀로 수레를 땅에 파묻으며 그의 죄를 탄핵했다. 대사헌 유운(柳雲)이 기묘사화 때 간하여도 듣지 않자, 곧장 글을 올려 말했다. '신의 머리를 베어 간흉의 마음을 통쾌하게 하소서.' 이 같은 분들은 진실로 대장부라 할 만하다."

일곱째는 지인(知人)이다.

선군은 거처에서 조용히 지내신 지 오래되고 보니 묵묵히 사물의 이치를 살펴 깨달으신 바가 아주 많았다. 사람을 알아보는 안목은 세상사람보다 훨씬 뛰어났다. 두터운 외모에 깊은 정을 지녔거나, 양의 바탕에 범의 거죽을 한 자도 그 눈길을 피해갈 수가 없었다. 일찍이 자식을 훈계해 말씀하셨다. "사람을 살피는 방법은 이렇다. 편벽되고 곁에서 아첨하며 진퇴가 빠르고 면전에서 기리는 자는 삿되다. 질박하고 곧으며 순박하고 진실하여 변함이 없고 신의가 있는 자는 바르다. 너희는 마땅히 기억하여 살펴라."

여덟째는 접물(接物)이다.

선군은 사물과 접할 적에 언제나 자상함과 성실과 신의를 바탕에 두셨다. 하지만 마땅히 결단할 곳에서는 용감하셔서 그 뜻을 돌릴 수가 없었다. 일찍이 자식을 훈계해 말씀하셨다. "사람을 아끼지 않을 수 없지만, 구차하게 부합하려 해서는 안 된다. 저만을 위하는 양주(楊朱)의 '위아(爲我)'는 잘못이고, 남에게도 똑같이 한다는 묵적(墨翟)의 '겸애(兼愛)' 또한 틀렸다. 무릇 교제함에 있어서는 사람 가리기를 우선 해야 하고, 가르침은 지성(持誠)을 귀하게 친다. 옳은 사람이 아닌데도 이를 기뻐한다면, 이는 아첨하여 스스로를 더럽히는 것이다. 성의 없이 가르치면 유익함은 없고 해로움만 있다. 너는 마땅히 이를 기억했다가 사물과 접할 때에 살피는 것이 좋겠다."

아홉째는 계사회천(戒仕誨遷), 즉 벼슬을 경계하고 거처를 옮기는 것이다.

선군이 말씀하셨다. "벼슬길은 산보다 어렵고 물보다 험하다. 사람이 능히 벼슬과 녹봉을 사양하고 스스로 숨지 못하는 것은 다만 좋은 밭 열 이랑이 없기 때문이다. 진실로 먹고 마실 만한 전원이 있는데도, 도도한 벼슬바다에서 나아가기만 하고 그칠 줄 모르다가 마침내 풍파를 맞는 것이 무슨 마음이란 말인가?"

인하여 자식을 경계하셨다. "네 운명은 범위의 숫자가 하반(下半)이요, 정괘(井卦)의 구오(九五)에 해당한다. 『주역』의 풀이에 '한번 고개 숙이고 한번 하늘 우러르니, 초수(楚水)와 회산(淮山) 땅에 한이 더욱 길고나'라고 하였으니, 이는 멀리 귀양 갈 조짐이다. 벼슬길은 꼭대기까지 가면 안 되고, 중도에 몸을 거두어 전원으로 돌아와야 한다."

또 말씀하셨다. "순욱(荀彧)은 영천(穎川)이 틀림없이 병화(兵禍)를 입을 것을 알고서, 먼저 가솔을 이끌고 기주(冀州) 땅으로 갔다. 고을사람 중에 땅을 편안히 여겨 이사하지 않은 자는 대부분 해를 입었다. 해남 땅은 바다오랑캐가 처음 닿는 곳이다. 네가 만약 집안을 이루게 되면 마땅히 내륙으로 거처를 옮겨 근심을 멀리하는 것이 좋겠다."

열째는 문학(文學)이다.

선군은 남보다 총명하고 문리(文理)가 투철하셨다. 젊은 시절 과거시험장에서 시험 보는 사람들이 지은 것을 한 번 보고도 줄줄 외우셨고, 수십 년이 지난 뒤에도 여전히 기억하셨다. 여러 서책도 한 번 외우기만 하면 평생 잊지 않으셨다. 그런 까닭에, 책을 자주 읽지는 않으셨지만 고문 중에 빽빽하여 읽기 어려운 곳이나 의미가 맺혀 어려운 부분도 파죽지세로 읽으시곤 했다.

일찍이 스스로에 대해 "나는 책을 봐도 시는 잘 알지 못하고, 글 짓는 것은 의론을 세우는 데 능하다"고 하셨다. 사서와 『시경』과 『서경』, 『예기』와 『소미통감』은 정밀하고 꼼꼼하게 연구하여 외우시지 못하는 곳이 없었다. 중국 산천의 도리(道里)나 역대 치란흥망의 자취도 손바닥을 가리키듯 하셨다. 옛날 일을 살피실 때면 매번 충성스러운 신하에 감개하시고, 간사하고 아첨하는 자들을 미워하셨다. 문자를 가려씀도 모두 삿됨을 누르고 바름을 허여(許與)하기에 힘쓰셨다.

송나라 때 진덕수(眞德秀)가 지은 『대학연의(大學衍義)』에 대해 "나라를 다스리는 기준이요 배우는 자의 지극한 보배니, 구준(丘濬)

의 『대학연의보(大學衍義補)』보다 훨씬 낫다"고 하셨다. 일찍이 『강목(綱目)』을 읽다가 윤씨가 밝힌 견해를 보고는 저도 몰래 손발이 춤을 추었다. 인하여 몸소 그 더욱 정확한 것을 초록하셨다. 한유와 유종원, 소식의 문장 중에 웅위하면서도 명쾌한 것을 다 취하셨다.

『문장궤범』과 『고문진보』, 『동래박의』와 『전등신화』도 그 맥락을 샅샅이 연구하셨다. 제갈량의 「전출사표」와 「후출사표」, 호담암(胡澹庵)의 「상고종봉사(上高宗封事)」, 장문잠(張文潛)의 「약계(藥戒)」, 김일손(金馹孫)의 「중흥대책(中興對策)」 등은 매번 읊조려 외우며 음미하셨다.

마을의 자제들이 좇아서 수업하니, 십수 년간 이들을 이끌어 가르치셨으나 조금도 게을리 하지 않으셨다. 아동에게 글을 가르칠 때는 반드시 먼저 그 핵심내용을 제시하시고, 그 문맥과 이치를 펼치셨다. 그런 까닭에 돌아가신 형님도 어려서부터 문의(文義)에 밝으셨고, 또 글을 잘 지으셨다.

나는 아홉 살 때부터 『통감절요(通鑑節要)』를 배워, 열한 살이 되어서야 비로소 문장의 기세와 말의 맥락을 알았다. 여러 책을 두루 보았지만 막히는 경우가 거의 없었다. 재주가 뛰어나서가 아니라 가르쳐 이끌어주신 보람으로 그렇게 된 것이다. 또 일찍이 부사 이나(李那)가 지은 「훈자시(訓子詩)」를 손수 써서 내게 내려주시니, 그 일깨워주심이 지극했다. | 원문 297쪽 |

유희춘(柳希春, 1513~1577)이 자식을 위해 쓴 훈계다. 특이하게 돌아가신 아버지의 가르침을 회고하는 형식으로 열 가지 가르침

을 베풀었다. 그의 아버지 유계린(柳桂麟)은 벼슬하지 않은 재야의
선비였는데, 그가 열여섯 살 때 세상을 떴다. 아들은 평생 아버지의
가르침을 마음에 새겨두었다가 자기 자식을 위해 꺼내 폈다.

그 열 가지 가르침은 ①기상(氣像), ②질욕(窒慾), ③사친(事親),
④제가(齊家), ⑤수신(守身), ⑥처사(處事), ⑦지인(知人), ⑧접물
(接物), ⑨계사회천(戒仕誨遷), ⑩문학(文學)이다. 항목마다 아버지
의 말씀을 인용하고, 일생의 자취를 서술했다. 어려서 자신을 등에
업고 들려주신 말부터 집안의 일상 속에서 듣고 본 아버지의 언행에
이르기까지, 하나하나 남김없이 마음에 곱씹고 새긴 오롯한 내용들
이다. 아버지를 향한 자식의 존경이 그대로 묻어난다. 특히 벼슬길
을 경계하며 자식의 운명을 예언하고, 마땅한 거처에 대해 언급한
대목은 더욱 인상적이다.

유희춘은 본관은 선산(善山), 자는 인중(仁仲), 호는 미암(眉巖),
시호는 문절(文節)이다. 부인은 여류문인으로 이름 높은 송덕봉(宋
德奉)이다. 김인후(金麟厚)와는 사돈간이고, 김안국(金安國)·최산
두(崔山斗)의 문인(門人)이다. 1538년 별시문과에 병과로 급제했다.

1545년 을사사화 때 김광준(金光準)과 임백령(林百齡)이 윤임(尹
任) 일파를 제거하는 데 협조해달라고 요청했으나 응하지 않았고,
1547년 양재역(良才驛) 벽서사건에 연루되어 제주도에 유배되었다
가 곧 함경도 종성에 안치되었다. 그곳에서 19년을 보내면서 독서와
저술에만 몰두했다. 1565년 충청도 은진에 이배되었다가, 1567년 선
조가 즉위하자 삼정승의 상소로 석방되었다. 이후 장령·집의·사
인·전한·대사성·부제학·전라도관찰사 등을 지냈고, 1575년 예조
와 공조의 참판을 거쳐 이조참판을 지내다가 사직하고 낙향했다.

유희춘은 경전과 역사에 능했다. 시강원 설서 재임 시에 세자(후의 인종)의 학문을 도왔고, 선조 초에는 경연관으로 경사(經史) 강론에 종사했다. 선조는 왕위에 오르기 전에 항상 "내가 공부를 하게 된 것은 희춘에게 힘입은 바가 크다"고 말했다. 만년에는 왕명으로 경서(經書)의 구결언해(口訣諺解)에 참여해『대학』을 완성했고,『논어』의 주해를 마치지 못한 채 세상을 떴다.

외할아버지 최보(崔溥)의 학통을 계승해 이항(李恒), 김인후 등과 함께 호남지방의 학풍 조성에 기여했다. 사후 좌찬성에 추증되었으며 담양의 의암서원(義巖書院), 무장의 충현사(忠賢祠), 종성의 종산서원(鍾山書院)에 제향되었다. 남긴·저서에『미암일기』『역대요록(歷代要錄)』『속휘변(續諱辨)』『천해록(川海錄)』『헌근록(獻芹錄)』『주자어류전해(朱子語類箋解)』『시서석의(詩書釋義)』등이 있으며, 편서로『국조유선록(國朝儒先錄)』이 있다.

부인 송씨와의 사이에 1남 1녀를 두었고, 측실부인에게서 다섯 딸을 얻었다. 외아들 경렴(景濂)은 찰방(察訪)을 지냈는데, 하서 김인후의 딸을 아내로 맞았다. 이「십훈(十訓)」은 문집 권4에 실려 있다. 이 외에도「정훈내편(庭訓內篇)」과「정훈외편(庭訓外篇)」이 더 있다.「정훈내편」에는 '존비장유(尊卑長幼)' 등 집안에서 지켜야 할 예절 5조목을,「정훈외편」은 상하로 나눠 조정에서 벼슬할 때 알아야 할 예절 즉 몸가짐·일처리·교유 등 8조목과 지방관으로 나갔을 때 알아야 할 일 8조목을 따로 실었다.

끝부분에 아버지가 친히 써서 내려주셨다는 부사 이나의「훈자시」는『동문선(東文選)』에 실려 있는「아들 안명에게 부침〔寄子安命〕」이라는 시를 말한다. 그 내용은 다음과 같다.

삭풍이 몰아치고 눈보라 흩날릴 제	朔風號怒雪飄揚
너의 기한 생각하며 길게 탄식하노라.	念汝飢寒感歎長
여색 필히 몸 망치니 경계하고 삼가며	色必敗身須戒愼
말은 몸을 해치나니 세세하게 가늠하라.	言能害己更詳量
광망한 자 벗 삼으면 끝내 유익함이 없고	狂荒結友終無益
교만하여 남을 경시하면 외려 해를 입느니라.	驕慢輕人反有傷
만사에 오로지 충효만을 추구하면	萬事不求忠孝外
하루아침 그 이름이 내 임금께 이르리라.	一朝名譽達吾王

「십훈」의 아홉째 항목을 보면, 아버지가 『주역』의 점괘로 자식의 운명을 경계하면서, "벼슬길은 끝까지 가지 말고 중도에 그만두고 전원으로 돌아오라"고 주문했다는 내용이 있다. 하지만 유희춘은 그 경계를 소홀히 해서 멀리 함경도 땅에서 19년간이나 귀양을 살았다. 그 긴 귀양살이 동안 마음을 다잡아 학문에 몰두할 수 있었던 힘도 아버지의 가르침에서 나왔노라고 말하고 있는 듯하다. 그때 그는 아버지의 훈계를 유념치 못한 것을 뼈저리게 후회했다. 이후 다시 정계에 복귀해서는 전날의 실수를 되풀이하지 않고 중도에 물러나 몸을 온전히 마쳤다.

그가 쓴 방대한 일기는 그 험난한 시절을 살아온 지식인의 내면이 고스란히 담겨 있을 뿐 아니라 일상의 시시콜콜한 정보까지 알차게 담아, 오늘날 당시 사회사를 이해하는 데 더없이 소중한 정보를 제공한다.

무릇 마음이 쉬 드러나 제어하기 어려운 것으로는
말보다 심한 것이 없다.
겸손과 고요함으로 말을 다스려라.

내 너희를 위해 남긴 것이 없다만

이정암의 유서

　내가 작은 종기를 잘못 조리하여 마침내 독한 종기가 되고 말았다. 밤낮으로 고통스럽고 죽음이 아침저녁에 있고 보니 다시 무엇을 말하겠느냐?

　나이 쉰이면 요절했다고 말하지 않는데, 하물며 나는 예순 해를 살았다. 벼슬은 재상의 반열에 올랐고, 게다가 자손까지 있지 않으냐? 기꺼운 마음으로 눈을 감아 조금의 여한도 없다. 너희는 나 죽은 뒤에 장례 등의 일을 검약에 힘써 내 평일의 뜻을 따르도록 해라.

　국장(國葬)이 끝나거든 바로 전포(錢浦)에 있는 죽은 아내의 곁에 묻고, 고양촌의 집에 신주를 모시고 슬픔을 아껴 효를 마치면 될 것이다.

　사람의 부귀와 빈천은 태어날 때 하늘에서 부여받는 법이라 그 사이에 어찌해볼 수 있는 것이 아니다. 내가 평일에 자손을 위해 산업을 영위하지 않은 것은 이 때문이다. 다만 너희가 이미 재주와 덕으로 당세에 입신하지 못했고, 게다가 가업(家業)조차 없고 보니 무엇으로 살아가겠느냐? 틀림없이 무지렁이 백성이 될 터인데, 이 또한 운명이니 어찌하겠느냐?

직장(直長)은 큰형님께 출계(出系)했는데, 또 아들 없이 요절하고 말았다. 제사가 끊길 것을 생각하면 잊을 수가 없구나. 경성(慶成)이 성장하거든 세워 후사로 삼을 것을 의논해보아라. 만약 그 처가 원치 않으면 굳이 할 것은 없다. 늙은 첩은 천리 길을 따르면서 온갖 기쁨과 슬픔을 겪었다. 하지만 아들이 없으니 막내 홍(浤)에게 의탁토록 함이 좋겠다.

넷째는 불행히도 전쟁통에 죽어 골육을 묻은 곳이 제자리가 아니다. 떠도는 넋이 방황할 것이 더욱 마음 쓰이는구나. 잠시 경란(慶蘭)이 크기를 기다려 전포로 이장해서 지하의 혼백이 서로 기대도록 함이 옳을 것이다. 서울 서부의 작은 집은 따로 경란에게 주는 것이 좋겠다. 그 아비가 살았을 때 내가 그 집을 전해주려 했으므로 지금 다시 말해둔다.

전포의 묘지기인 종 언창과 여종 잉금, 그리고 과천 사는 종 막산과 그 소생의 세 자식 등은 제사 지내는 맏자손에게 대대로 전해라. 비록 많더라도 나누지 말고 힘써 거느려 살피도록 해라. 사당에 지내는 제사와 무덤에 지내는 제사는 모두 장자가 봉행케 하고, 여러 자손은 힘껏 비용을 보태면 될 것이다.

이것이 내 유언의 대략이다. 나머지는 모두 도연명이 다섯 자손에게 고한 글 가운데 자세히 실려 있으니, 벽에 붙여두고 힘써 행하도

록 해라. 어지러워 다 말하지 않는다. 두 아들과 네 손자, 그리고 두
사위에게 주노라.

| 원문 301쪽 |

사류재(四留齋) 이정암(李廷馣, 1541~1600)이 죽음을 보름여
앞두고 아들과 손자, 사위에게 준 유서다. 자기 사후의 일을 하나하
나 꼼꼼하게 당부했다. 본문에서 도연명이 아들 엄 등에게 준 「여자
엄등소(與子儼等疏)」에 대해 이야기했는데, 그 글의 중요한 부분만
간추려 읽어보면 이렇다.

내 나이 쉰을 넘겼다. 젊어서는 곤궁하여 늘 집안의 가난함 때문에
동분서주했다. 성격은 뻣뻣하고 재주는 졸렬하여 사물과 더불어 어
그러짐이 많았다. 혼자 자신을 헤아려봐도 필시 세속의 근심을 받으
려니 하였다. 애써 세상을 떠나 지내느라 너희들을 어려서부터 춥고
주리게 하였다. 내 일찍이 한나라 왕패(王覇)의 어진 아내 유중(孺仲)
의 말에 느낌이 있었다. 낡은 솜옷을 걸친다 해도 어찌 자식들에게
부끄럽겠느냐. (중략)

질병을 앓은 후로 점점 쇠약해지는구나. 친구들이 날 버리지 않아
매번 약과 침으로 도움을 받지만, 수명이 장차 다해갈까 염려되는구
나. 너희는 어리고 집은 가난하여 매번 나무 하고 물 긷는 노고를 감
당하니, 어느 때나 면하겠느냐. 이런 생각을 하노라면 달리 무슨 말
을 할 수 있겠느냐. (중략)

『시경』에서는 "높은 산을 우러르며 큰길을 간다"고 했다. 비록 능
히 이렇게 할 수는 없다 해도 지성스러운 마음으로 이를 숭상해야 할

내 너희를 위해 남긴 것이 없다만 • 57

것이다. 너희들은 삼갈진저. 내 다시 무슨 말을 하랴.

나라에 국장(國葬)이 있어 바로 장례를 치를 수는 없을 테니, 국장이 끝난 후에 먼저 간 아내 곁에 묻어달라고 당부했다. 인간의 부귀빈천은 작위(作爲)로 될 일이 아니어서 넉넉한 살림을 남기지 못하고 가는 것을 몹시 미안해했다. 여러 자식과 손자에게 제사 받드는 문제를 말하고, 집안의 큰일들을 하나하나 짚어서 당부를 남겼다.

이정암은 임진왜란 당시 연안성(延安城) 전투에서 중과부적의 상황에서 왜군에게 기적 같은 승리를 거두었다. 그런데 막상 그가 조정에 올린 장계는 "적이 아무날 쳐들어와서 아무날 물러갔나이다"라는 딱 한 줄뿐이었다. 그는 원래 말수가 적은 사람이었다. 제 공을 내세워 자랑하기 바쁠 자리에서도 남의 일 말하듯 한 줄 글로 그쳤다. 죽음을 앞두고 담백하게 써내려간 유서에서 또 그의 성품과 만난다. 뒤쪽의 내용은 재산분배에 관한 것으로 분재기(分財記)에 가깝다.

이정암은 조선 중기의 문신으로 본관은 경주(慶州), 자는 중훈(仲薰), 호는 사류재·퇴우당(退憂堂)·월당(月塘), 시호는 충목(忠穆)이다. 1558년 사마시에 합격하고 1561년 식년문과에 병과로 급제한 후 여러 관직을 역임했다.

1592년 임진왜란 발발 당시 이조참의로 있었다. 선조가 평안도로 피란하자 뒤늦게 호종(扈從)했지만 이미 체직(遞職)된 뒤라 소임이 없었다. 아우인 개성유수 이정형(李廷馨)과 함께 개성을 수비하려 했지만 실패했다. 그 뒤 황해도로 들어가 초토사(招討使)가 되어 의병을 모집하고 연안성을 지킬 결심을 했다. 준비작업을 서두르던 중

왜장 구로다 나가마사〔黑田長政〕가 많은 장졸을 이끌고 침입했는데, 4일간 치열한 싸움 끝에 승리했다. 임진왜란 중 육지에서 거둔 몇 안 되는 승리였다. 그 공으로 황해도관찰사 겸 순찰사가 되었다. 이후 정유재란이 일어나자 해서초토사(海西招討使)로 해주의 수양산성(首陽山城)을 지키기도 했다.

난이 수습되자 풍덕에 은퇴해 시문(詩文)으로 소일하다가 1600년 9월 10일 병으로 죽었다. 저서로 『독역고(讀易攷)』 『왜변록(倭變錄)』 『서정일록(西征日錄)』 『사류재집』 등이 있다.

파평윤씨 윤광부(尹光富)의 딸을 아내로 맞아 슬하에 5남 2녀를 두었다. 부인 윤씨는 정유재란이 일어난 1597년(공의 나이 57세) 7월에 먼저 죽었다. 다섯 아들 중 둘째인 남(湳)과 넷째 위(潿)는 일찍 죽었고, 큰아들 화(澕)도 공보다 먼저 죽은 것으로 보인다. 유서에 두 아들에 대해서만 언급한 것은 이 때문이다.

이정암은 부인 윤씨의 상이 끝난 뒤인 1598년에 남은 아들 준(濬)과 홍(泓)에게 재명(齋名)을 지어주며 말〔言〕에 대한 경계를 강조했다. 제목은 '이자명재설(二子名齋說)'이다.

옛사람은 반드시 재명(齋名)이 있었다. 이름을 돌아보아 뜻을 생각하기 위해서지, 단지 아름다운 이름을 훔쳐 취해 스스로 내세우려는 것이 아니다. 주자의 호는 실제 회암(晦庵)이고 아버지 주송(朱松)의 호는 위재(韋齋)니 또한 스스로 뜻을 취한 것으로, 전기에 기록된 내용을 통해 대개 가늠할 수가 있다.

너희는 타고난 자질이 아주 둔하지는 않다. 하지만 가정의 가르침을 받지 못했고 또 사우(師友)의 일깨움이 부족한데다 변고를 만나고 시습(時習)에 점차 물들어, 군자가 되지는 못하겠고 마침내 무지렁이 백성이 될 것이 틀림없다. 그러나 내가 근심하는 바는 무지렁이 백성이 되는 데 있지 않다. 어지러운 세상에서 살아남기 어려울 것을 걱정할 뿐이다.

지금 네가 어머니의 복(服)을 마치고 사는 곳으로 돌아가겠다고 하니, 나는 아침저녁으로 서로 본보기가 되지 못할 것을 염려한다. 삼가 『논어』의 '행실은 바르게 하되 말은 겸손하게 하라'는 가르침과, 『중용』의 '침묵은 용납되기에 충분하다'는 말을 취하여, 준의 재명은 '손재(遜齋)'라 하고 홍의 재명은 '묵재(默齋)'라 짓는다. 이어서 이렇게 설(說)을 짓는다.

무릇 마음이 쉬 드러나 제어하기 어려운 것으로는 말보다 심한 것이 없다. 수치와 다툼을 일으키는 연유와 계단이 되는 것도 말만 한 것이 없다. 예로부터 성현들이 서로 힘써 삼간 것도 여기에서 벗어나지 않았다. 하물며 준은 빼어나고 예리하며 홍은 우직하니 어찌 병에 맞는 좋은 약이 아니겠느냐?

돌아가 이 설을 벽 사이에 써두고 아침저녁으로 돌아보고 생각하여 염두에 두게 되면, 비록 천리 먼 곳에 떨어져 있어도 슬하에서 친히 가르침을 받는 것과 같을 것이다. 만약 "아버지도 정도대로 행하지 않으신다"고 말하면서 물러나 뒷말을 하고 장 단지를 함부로 뒤집는다면, 내가 오늘 너희 둘에게 바라는 바가 아니다. 너희 둘은 힘쓰도록 해라. 이미 써서 주고, 또 인하여 스스로를 경계한다. 무술년(1598) 상완(上浣)에 쉰여덟의 노인이 덕수별업(德水別業)에서 쓴다.

어머니의 상을 마치고 아버지 곁을 떠나 원래 살던 집으로 돌아가는 아들에게 당부를 겸하여 지어준 글이다. 그래도 곁에 있을 때는 이런저런 일깨움으로 흐트러진 자세를 다잡아줄 수 있었는데, 막상 떠나고 나면 아침저녁으로 잘못을 바로잡아줄 수도 없음을 안타까워했다.

준에게는 『논어』의 '위행언손(危行言遜)'에서 의미를 따와 '손재(遜齋)'라는 재명을 주고, 홍에게는 『중용』의 '기묵족이용(其默足以容)'에서 의미를 따와 '묵재(默齋)'라는 이름을 준다고 했다. 준은 빼어나고 예리하니 겸손으로 말을 다스리라는 뜻이고, 홍은 우직하니 고요함으로 말을 다스리라는 뜻을 담은 것이다. 앞서 읽은, 송순이 두 아들의 이름에 대해 써준 글과 견주어 읽어도 흥미로울 듯하다.

목민관의 모든 일은 백성을 위주로 하는 법,

백성 편에 서는 것이 나라를 위한 길이다.

백성 부리기를 큰 제사 받들듯 해야만

이덕형이 고을 원이 되어 가는 아들 여벽을 훈계한 글

한나라 명제(明帝) 때 일이다. 황제의 누이 관도공주(館陶公主)가 아들을 위해 낭관(郎官) 벼슬을 구했다. 황제가 말했다. "낭관은 밖에 나가 사방 백리의 고을을 다스리니 위로 하늘의 별자리와 상응합니다. 진실로 꼭 맞는 사람이 아니면 백성이 해를 입게 됩니다."

백리의 소임이란 바로 옛날 제후의 직임(職任)을 말한다. 공자는 백성을 얻고 사직을 얻는 것으로 한 관리를 경계하셨다. 성인이 삼가고 무겁게 여기는 바를 떠올릴 수 있다. 한나라 선제(宣帝)와 당나라 선종(宣宗)은 수령 임명을 가벼이 하지 않고 혹 친히 선택하기까지 했다.

대개 임금과 재상이 무겁게 여기는 것으로는 백성의 일보다 다급한 것이 없다. 지난날 선왕의 조정에서는 유일(遺逸), 즉 은거한 뜻

높은 선비를 천거하여 수령으로 삼은 일이 있다. 뿐만 아니라 육조(六曹)로 하여금 재주와 행실이 남보다 뛰어난 자를 선발케 하여, 차례를 뛰어넘어 6품의 직분을 내리기까지 했다. 조정에서 이름과 그릇을 삼간 것이 또 이와 같았다.

너는 채 배우지도 않은 아이인데 임금의 은혜를 입어 갑작스레 주부(主簿)가 되었다. 또 겨우 몇 년도 안 되어 관서고을의 원님에 제수되었다. 이것은 네가 해당 관서의 천거 없이 선왕조의 유일(遺逸)에 참여하게 된 것이나 진배없다.

내가 이미 나라를 저버리고 곳간을 훔쳐, 있어서는 안 될 자리를 차지하고 있는데, 네가 또 내 음덕으로 백성의 수령이 되었다. 정령(政令)을 베풂이 사람을 감동시키지 못한다면 사람들이 모두 무어라 손가락질을 하겠느냐. 어버이를 욕되게 하고 나라를 저버리는 것은 다만 네가 얼마나 근면과 성실로 처신하느냐에 달렸다. 문을 나서거든 마치 큰손님을 만난 듯이 하고, 백성을 부릴 때는 큰 제사를 받들 듯이 해야 한다. 이것이 바로 성인이 인(仁)을 행하는 공으로 권면한 것이니라.

네가 길을 나선 후로 일에 임할 때마다 늘 이 말을 떠올린다면 마음이 흐트러지지 않고 생각이 신중해질 것이다. 상관의 호령에는 조심스레 삼가 좇아서 베풀되, 손님을 시켜 왕래하듯이 절도에 맞게 마땅함을 얻어야 한다.

백성들이 하소연하여 올린 글은 비록 밤이라 해도 신속히 결정하여, 백성들의 괴로움이 비록 사소하더라도 꼭 살피도록 해라. 모든 일을 백성의 정리에 따른다면 관에 누를 끼치는 일은 조금도 없을 것이다. 민심을 얻은 뒤에야 이를 바탕으로 군량(軍糧)을 조처하고 관가의 기물을 갖추는 것이니, 이는 여러 가지 처리하는 가운데 한 가지 일일 뿐이다.

옛사람은 이렇게 말했다. "날을 헤아려 부족하면, 달로 헤아리면 남음이 있다." 네가 능히 관직에 있으면서 직분을 다할 마음을 지녀 밤낮으로 경계해 태만하지 않는다면, 비록 바로 체직되어 돌아오더라도 은혜를 갚으려고 힘을 다하는 자가 많을 것이다.

위의(威儀)를 갖추는 일이나 음식의 절제 같은 것은 모두 관직에 있으면서 지켜야 할 큰 범절이다. 『소학』에서도 "위의가 없이는 남의 윗사람이 될 수 없다"고 하지 않았더냐? 의서(醫書)에도 "음식이 능히 수명을 재촉한다"고 했다. 아랫사람에게는 엄숙하게 대하고, 음식을 절제하여 때에 따르는 것을 특히 소홀히 해서는 안 된다.

정사를 돌보는 여가에는 부지런히 경서(經書)를 읽도록 해라. 밑바탕에 절로 배양되는 점이 있을 것이다. 삼가고 두려워하여 결코 술자리의 몇 줄짜리 글로 여겨서는 안 된다. 너는 이를 유념해라.

내가 늙으신 어버이와 떨어져 지낸 날이 오래인데 또 너를 먼 길로 보내게 되니, 이 마음을 남에게 말하기 어렵구나. 네가 대동강을 건널 때 동편 길을 돌아보면서 오늘 이 자리에서 내가 한 말을 떠올려보아라. 다 적지 못한다.

| 원문 302쪽 |

한음(漢陰) 이덕형(李德馨, 1561~1613)이 음사(蔭仕)로 관서 땅의 고을 원이 되어 나가는 아들에게 준 당부의 글이다.

아들아! 지방관은 그 자리가 몹시 중하다. 오죽하면 황제가 누님의 부탁조차 거절했겠느냐? 그런데도 너는 지닌 덕도 없이 임금의 두터운 은혜를 입었으니, 네 몸가짐이 어떠해야 하겠느냐? 어버이를 욕되게 하고 나라의 은혜를 저버리는 일이 네 마음먹기에 달렸으니 이를 명심해라. 언제나 전전긍긍, 어려운 손님 앞에 선 것처럼 근신해야 한다. 백성 위에 군림할 생각을 버리고 제사를 받드는 제관처럼 살피고 또 살펴야 한다.

윗사람의 명령을 수행하는 것은 절도에 맞춰 하면 될 일이지 지나치면 안 된다. 목민관의 모든 일은 백성을 위주로 하는 법, 백성 편에 서는 것이 나라를 위한 길이려니 알아라. 그밖에 군량을 조달하고 기물을 갖추는 행정사무는 민심을 얻은 뒤의 일일 뿐이다. 하루하루를 부족한 듯이 바쁘게 지내면, 한 달의 일은 여유가 있게 마련이다. 평소 게을리 있다가 일에 닥쳐서야 허둥지둥 해서는 못쓴다.

백성을 자애로 대하더라도 윗사람의 위엄을 잃어서는 안 된다. 술 같은 음식을 절제하지 못하면 건강을 잃게 되니 지나쳐서는 안 된다. 짬이 나거든 부지런히 경전의 글을 읽어라. 든든한 뒷심이 여기서 생겨나는 법이다.

어린 너를 먼 길 떠나보내자니 아비의 마음이 미타미타하다. 대동강을 건너 관서 땅에 접어들 때 아비가 적어준 이 글을 꺼내 다시금 마음에 새겨라. 부디 어진 정사를 베풀어 아비의 자랑이 되어다오.

이덕형은 조선 중기의 문신으로 본관은 광주(廣州), 자는 명보(明甫), 호는 한음·쌍송(雙松)·포옹산인(抱雍散人), 시호는 문익(文翼)이다. 1580년 별시문과에 을과로 급제해 승문원(承文院)의 관원이 된 후 많은 관직을 두루 역임했다.

1592년 임진왜란이 일어나 북상 중이던 왜장 고니시 유키나가[小西行長]가 그에게 충주에서 만나자고 요청하자, 이를 받아들여 단기

서울대학교 박물관에 소장된 이덕형 초상화. 일본 덴리〔天理〕대학이 소장한 초상화를 후대에 다시 모사한 것이다. 복식은 문무관리들의 상복(常服) 차림이다.

(單騎)로 적진으로 향했으나 목적을 이루지 못했다. 왕이 평양에 이르렀을 때 왜적이 대동강에 도착해 화의를 요청하자, 단독으로 적장 겐소〔玄蘇〕와 회담하고 대의로써 그들의 침략을 공박했다.

그 뒤 정주까지 왕을 호종했고, 청원사(請援使)로 명나라에 파견

되어 명군의 파병을 성취시켰다. 이후 한성판윤으로 명장 이여송(李如松)의 접반관(接伴官)이 되었는데, 전란 중 줄곧 그와 행동을 같이 했다.

1608년 광해군이 즉위하자 진주사(陳奏使)로 명나라에 다녀와 다시 영의정이 되었다. 1613년 이이첨(李爾瞻)의 사주를 받고 삼사에서 영창대군(永昌大君) 처형과 폐모론을 들고 나오자 이항복과 함께 극력 반대했다. 이에 삼사가 모두 그를 모함해 처형할 것을 주장했으나, 광해군은 관직을 삭탈하는 것으로 이를 수습했다. 그후 용진(龍津)으로 물러가 국사를 걱정하다 병으로 죽었다.

남인 출신으로 북인의 영수였던 이산해(李山海)의 사위로서 남인과 북인의 중간 노선을 지키다가 뒤에 남인에 가담했다. 이후 포천의 용연서원(龍淵書院), 상주의 근암서원(近巖書院)에 제향되었다. 저서로 『한음문고(漢陰文稿)』가 있다.

이덕형은 한산이씨 영의정 이산해의 딸과 결혼해 슬하에 3남 1녀를 두었고, 측실에게서 3남 3녀를 얻었다. 앞의 본문에 나오는 여벽(如璧)은 부인 한산이씨에게서 얻은 둘째아들로 은산현감(殷山縣監)을 지냈다. '관서고을의 원님에 제수되었다'고 했으니, 여벽이 황해도 은산현감에 제수되어 부임지로 떠날 때 지어준 경계의 글임을 알 수 있다. 『조선왕조실록』 광해군 5년 계축(1613) 5월 28일자 기사에, 사헌부에서 은산현감 이여벽을 파직시키라고 요구하자 광해군이 논하지 말라고 권고한 내용이 전하는 것으로 보아, 이여벽의 은산현감 부임은 이덕형 말년에 이루어진 것으로 보인다.

이덕형은 이 외에도 자식들에게 가르침이 될 만한 인물들과 그들의 언행을 기록해 첩으로 만들었다. 「훈제자첩(訓諸子帖)」이 그것이

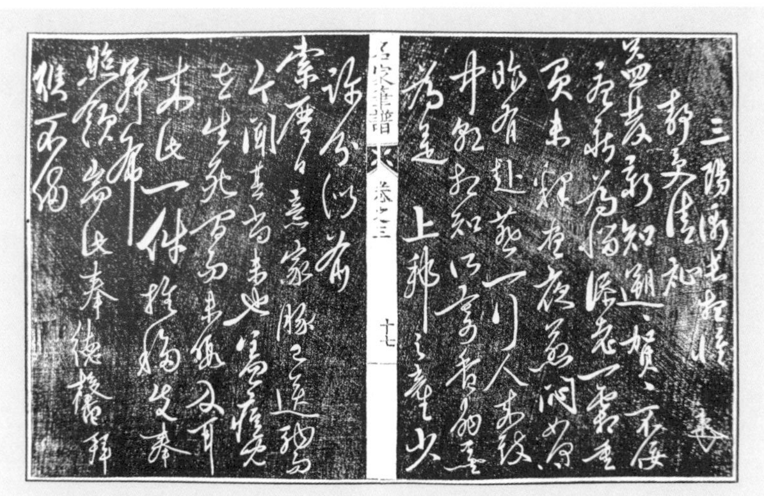

『명가필보』 권3에 수록된 이덕형의 친필 편지. 힘있는 필치로 상대의 안부를 묻고 부탁의 내용을 적었다.

다. 주렴계, 정명도, 정이천, 장횡거, 소강절, 호무이, 주회암(주자) 등 송나라 유자(儒者)들의 본받을 만한 언행을 정리했다.

그는 이 첩 끝에 "우연히 송나라 때 여러 노선생의 언행록을 보고, 그중에서 중요한 것을 뽑아 적어 보낸다. 아이들이 항상 이것을 보고 양심을 감발(感發)할 수 있기를 바란다. 아, 부모의 마음을 너희는 알아야 한다. 무술년 가을 9월 4일"이라고 적었다. 38세 되던 1598년에 자식들의 교육을 위해 지은 글이다.

이해는 정유재란이 마무리된 시기로, 이덕형은 어느 때보다도 바쁜 나날을 보냈다. 명나라 장수 양호(楊鎬)를 개성부까지 따라가 전송했고, 왕명으로 명나라 제독 유정(劉綎)을 따라 남정(南征)에 참여하기도 했다. 4월에는 우의정으로, 10월에는 좌의정으로 혼란한 조선의 정국을 이끌었다. 이렇듯 바쁜 공무의 여가에 자식을 위해 시간을 나눠 적어내려간 「훈제자첩」에 담긴 가르침이 참 거룩하다. 첩 가운데 세 항목만 소개한다.

염계(濂溪) 주무숙(周茂叔)은 어려서부터 옛것을 믿고 의리를 좋아해 명절(名節)로써 스스로를 닦았다. 자신을 위하는 일에는 매우 검약하여, 봉록은 모두 종족과 분사(分司)에게 나눠주고 돌아왔다. 처자가 죽조차 제대로 잇지 못했지만, 그 또한 호탕하게 마음에 두지 않았다. 품은 생각은 시원스럽고 깨끗했으며, 우아하여 운치가 높았다. 특히 아름다운 산수를 즐겨 뜻에 맞는 곳을 만나면 혹 온종일 서성이곤 했다. 황산곡(黃山谷)은 "주무숙은 인품이 아주 높고 가슴속이 깨끗하여〔洒落〕 광풍제월(光風霽月)과 같다"고 했고, 주자는 "이른바 쇄락(洒落)하다는 것은 행동이 청명하고 고원함을 형용한 것이다. 만약 터럭 하나라도 사사로이 아끼는 마음이 있다면 어느 곳에 이 같은 기상이 있겠는가?"라고 했다.

소자용(蘇子容)이 말했다. "인생은 부지런함에 달려 있으니, 부지런하면 다함이 없다. 문지도리는 좀먹지 않고 흐르는 물은 썩지 않는다. 이것이 바로 그 이치다."

손신로(孫莘老)는 자식을 가르칠 때 행실을 중시하고 문예를 다음으로 여겼다. 늘 이렇게 말했다. "선비는 마땅히 기식(器識)을 중요시해야 한다. 문인으로만 불리는 사람은 무릇 볼 것도 없다."

문지도리는 절대로 좀먹는 법이 없다. 고인 물은 쉬 썩지만 흐르는 물은 썩지 않는다. 왜 그럴까? 문지도리는 늘 움직이고, 흐르는 물은 정체되지 않기 때문이다. 사람으로 치면 부지런한 것이다. 하지만 부지런하기만 해서는 안 된다. 거기에 식견을 갖추어야 한다. 나는 너희가 시문(詩文)이나 잘 지어 고작 문인 소리나 듣는 것을 원치 않는다. 듬직하게 행동하고 식견을 길러서 한 세상이 우러르는 우뚝한 선비가 되어야 한다. 그러자면 무엇보다 가슴속에 호연한 기상을 길러야겠지. 성현의 말씀에 부지런히 귀 기울여 광풍제월의 기상을 깃들이도록 해라.

이밖에도 이덕형이 자식들에게 보낸 여러 통의 편지글이 문집에 실려 있다. 꼼꼼하고 다정한 아버지의 가르침이 이들 글 속에도 오롯이 남아 있다.

조상을 받드는 일이 어찌 재물의 많고 적음에 달렸겠는가?

조금이라도 조상을 받드는 의리를 아는 자라면

어찌 재력이 넉넉해지기를 기다리겠는가?

선대의 가법을 더럽히지 마라

김봉조가 아들에게 내린 가훈

우리 집안은 대대로 벼슬을 하여, 조상을 추모하는 정성과 선대를 받드는 예로 세상에서 일컬어졌다. 불행히 아버님이 일찍 세상을 뜨셔서 불초한 내 대에 이르러 집안이 가난해지고 정성이 부족해져서 선대를 받드는 정성이 말이 아니게 되었다. 밤낮으로 두려워하며 마음 편치 않은 것이 이제 30년이나 되었다.

불행하게도 어머님이 또 세상을 뜨신 지 3년 뒤에는 부모님이 살아계실 때 여러 형제에게 나누어주신 약간의 노비와 사소한 전답 외에 남은 것이라곤 단지 노비 네 명과 전답 몇 이랑뿐이었다. 여러 형제가 상의하여 이를 모두 종가에 내놓았다. 대개 종가가 곤궁해 능히 제사를 받들지 못함을 근심하여 이것으로나마 종가에 힘을 보태려 한 것이니, 그 뜻이 지극하다 하겠다.

아아! 조상을 받드는 일이 어찌 논밭과 노비의 많고 적음에 달렸겠는가? 내가 생각해보니, 효성스럽고 자애로운 자손으로서 조금이라도 조상을 받드는 의리를 아는 자라면 어찌 재력이 넉넉해지기를 기다린 뒤에야 그 정성을 다하겠는가? 만약 어그러지고 잔약한 자손이 조상을 받드는 것이 무슨 일인지도 알지 못한다면, 비록 재력이 있더라도 또한 아무 소용이 없는 것이다.

다만 생각건대, 효성스럽고 자애로운 자손은 쉬 얻을 수 없지만, 어그러지고 잔약한 자손 또한 어찌 늘 있겠는가? 만약 중인 이상으로서 진실로 재력이 있어 제사를 받들기에 충분하다면, 결코 감히 선인의 부탁을 잊고 선대를 추모하는 정성을 소홀히 하지는 못할 것이다. 이것이 내가 지금 마음을 써서 돌아보는 까닭이다.

이에 내가 부리는 약간의 노비와 전지(田地)를 더 내어 보탠다. 원컨대 내 자손들이 이 훈계의 말을 읽고 내 가르치는 뜻을 깨달아, 조상을 정성껏 받들고 예로써 제사를 드려 선대의 가법을 더럽히는 일이 없다면 다행이겠다.

전지와 노비는 다음에 함께 적어두었으니, 자손 대대로 종가에 서로 전하여 나누지도 말고 더 보태지도 말아라. 노비의 소생이 오래되어 혹 줄어서 이 수를 채우지 못하거든 힘껏 보충해라. 만약 혹 번성하여 그 수가 점점 많아지더라도 30명이 되기 전에는 또한 나누어서는 안 된다. 40~50명에 이르면 종가에서 스스로 조금 튼튼한 자 30명을 고르고, 그 나머지는 나누어도 괜찮다. 종가가 이로 인해 혹 조금 넉넉해지면 제사 또한 마땅히 정성을 다해 더 풍성하게 할 터이니, 어찌 다행이 아니겠느냐.

세대가 다한 뒤에도 또한 토지의 소출과 노비의 공선(貢饍)은 나누지 말고, 종가에서 주장하여 세대가 다한 선조의 묘제를 지내되, 매년 봄가을로 정성껏 준비해 제사를 올리도록 해라. 자손 중에 혹 내 가르침을 따르지 않고 조상을 받드는 일에 정성을 다하지 않는 자가 있다면, 집안 어른과 종가 사람들이 서로 의논하여 벌을 주고 권면하여 가르쳐라. 그런데도 고치지 않는 자라면 어찌 내 자손이겠느냐?

제사의 절목은 종이 끝에 적어두었으니, 아울러 살펴서 그대로 따르도록 해라. 사치해도 안 되고 모자라도 안 되며, 소홀해서도 안 되고 폐해서도 안 된다. 내가 부탁하는 뜻을 능히 살펴, 여러 형제가 모두 서명을 해서 후세에 남겨 보이도록 해라. 구구한 뜻을 모두들 잘 헤아려주기 바란다.

| 원문 303쪽 |

학호(鶴湖) 김봉조(金奉祖, 1572~1630)가 자식들에게 가훈으로 남긴 글이다. 조상에게 제사를 올리는 자세와 절목을 차례로 적었다. 조상에 대한 제사는 전통사회에서 가장 크고 중요한 행사였다. 그의 집안은 형편이 넉넉지 않았으므로 점차 제사를 등한히 하게 되었던 모양이다. 형제들이 상의하여 그나마 없는 재산을 모두 종가에 귀속시키고, 이로써 선대에 제사 지내는 일을 제대로 치를 수 있게 되었다. 이에 그 경과를 하나하나 설명하고, 여기에 자신의 노비와 전답을 다시 보태면서, 아들 형제들이 이 문서에 서명하여 대대로 이 정신을 이어가기를 바랐다.

이 글을 지은 김봉조의 자는 효백(孝伯), 호는 학호다. 1613년에 문과에 급제해 사도시직장(司導寺直長)이 되었고, 전적(典籍) 및 제

용감정(濟用監正) 등을 역임했다. 서애 유성룡을 사사했으며, 저서에 『학호집』이 있다.

앞의 글에 이어 제사의 자세한 절목을 적은 「제사절목(祭祀節目)」이 있다.

매년 토지의 소출은 풍년에는 30석이요, 보통 때는 25석이며, 흉년에는 20석이다. 추수가 끝나면 창고에 따로 보관하여, 네 차례 중월(仲月)에 시제를 지낼 때 양을 헤아려 넷으로 나눠 제사비용에 쓰도록 해라. 고기값은 노비의 신공(身貢)과 집안에서 마련해라. 제사 때마다 목(木) 3필을 쓴다. 하태(下太) 2석, 차조 2석, 과말(果末) 열 말, 누룩 열 덩이를 또한 따로 보관하여 제사 때 쓰도록 해라. 정월 초하루와 동지, 매월 초하루와 보름 및 절기 때 올리는 차례는 집안에서 형편에 따라 베풀되 정성을 다해야 한다. 술과 쌀은 별도로 곡식 속에 보관하되 양을 알맞게 제하고 내어 써라.

하나. 네 차례 중월에 지내는 제사의 물품 수는 집안에 역병이 있지 않고는 폐할 수 없다. 신위마다 반상을 마련해 한 탁자에 밥과 국 각 한 그릇, 면과 떡 각 한 그릇, 오색 탕에 구운 고기 한 그릇, 물고기 각 열다섯 꿰미, 과일 한 그릇, 사색의 실과(實果)를 놓는다.

하나. 정초와 동지에 지내는 차례의 물품 수는 육포와 젓갈 각 한 그릇, 실과 각 두 그릇, 채소 각 한 그릇, 구운 고기 한 그릇을 놓되, 그릇마다 다섯 꿰미로 하고 탕은 세 그릇을 놓는다.

하나. 초하루와 보름에 지내는 차례의 물품 수는 채소와 과일, 육포와 젓갈로 하되 갖춰진 대로 차린다.

하나. 세속의 절일 즉 삼월 삼짇날, 구월 중양절, 유월 유둣날에 지내는 차례는 육포와 젓갈, 채소와 과일을 놓고, 그때 나오는 물건을 준비된 대로 차린다.

그는 이렇게 자세히 제사의 절목을 적어놓고, 문집에 '가훈(家訓)'이라는 항목을 따로 만들어 이 두 글을 여기에 실었다. 집안에 대대로 내릴 훈계로 조상에 대한 제사 문제보다 더 중요한 것이 없다고 생각한 것이다. 유언이나 가훈 중에 제사와 관련된 언급이 적지 않지만, 제사 문제만을 따로 떼어 집중적으로 쓴 글은 많지 않으므로 여기에 싣는다.

달도 차면 기운다고 했다.
사람의 일도 늘 가득 찼을 때를 조심하지 않으면 안 된다.

가문의 흥망이 이 종이 한 장에 달렸다

윤선도가 큰아들 인미에게 준 훈계

네가 금산의 과거에서 지은 세 편 글을 보니, 부(賦)가 제일 낫더구나. 비록 높은 등수에 두더라도 괴상할 것이 없겠다. 한데 떨어지고 말았으니 안타깝구나. 하지만 서술한 내용 가운데 '납약(納約)' 이하의 내용은 사실을 풀이한 것이 너무 지나치게 소략한 것이 흠이었다. 대책(對策) 또한 좋았다. 하지만 조목에 따라 뜻을 펼친 것이 너무 소략하고 알맹이가 없어 흠이 똑같더구나. 대개 과거시험장의 답안은 지나치게 상세할망정 너무 소략해서는 못쓰는 법이다. 너무 꼼꼼할지언정 지나치게 성글어도 안 된다. 이러한 뜻을 알아두지 않으면 안 될 것이다.

장차 모름지기 마음을 쏟아 고금의 문자를 찬찬히 살펴 문맥을 전환하고 이어받는 묘리를 얻은 뒤에야 글을 지어도 흠이 없게 된다.

만약 옛사람의 글 쓰는 법에 침잠하지 않고, 한갓 문자의 사이에서 사소한 재기만 부리려 들면 반드시 노망하여 지리멸렬하게 되는 폐단이 있을 것이다. 특히 이 점을 알아두지 않으면 안 된다.

매번 방이 붙을 때마다 모두 떨어지고 마는 것은 진실로 부지런하지 않은 까닭이다. 하지만 그 근원을 살펴보면 하늘이 돕지 않는 데서 비롯된 것이다. 하늘의 도움을 얻는 방법은 다만 선행을 쌓는 데 있을 뿐이니, 네가 알아두지 않으면 안 된다. 하물며 자손들이 거의 다하여 길러지지 않으니 제사마저 끊길까 염려된다. 평소의 두려움을 어찌 이루 말로 다 하겠느냐?

너는 몸을 닦아 삼가 행하고 선을 쌓아 인(仁)을 행하는 것을 제일가는 급선무로 삼지 않으면 안 된다. 너는 또한 일찍부터 여기에 생각이 미쳐본 적이 있느냐? 한나라 때 문제(文帝)와 경제(景帝)는 근검절약에 힘써 여러 번 백성들의 세금을 탕감해주었는데, 자손 삼대가 크게 일어났다. 가만히 역대의 역사를 살펴보면, 모두 그러하지 않음이 없었다.

우리 집안의 선대를 들어 말하더라도, 고조는 농사일에 부지런하셔서 종들에게 취하는 것을 가장 가볍게 하셨다. 때문에 증조부 형제가 크게 일어나 한 집안이 안정되게 흥성할 수 있었다. 조부이신 영광군은 비록 의롭지 않은 일은 하지 않으셨으나, 부자가 되는 데 마음을 쏟으신 듯하다. 그래서 살림살이가 쇠퇴했다. 집안 증조이신 행당공(杏堂公)과 졸재공(拙齋公)도 모두 고조의 집안 법도를 체득하시지 못한 까닭에 자손이 모두 쇠퇴하고 말았다.

하늘의 보답이 분명한 것을 여기에서 알 수 있다. 고조와 증조는 절약과 근검으로 일어나셨는데, 후대에는 시속을 좇아 화미(華美)함에 힘써 점차 선대의 가풍만 못하게 쇠퇴하였다. 『주역』의 이치는 달이 꽉 찬 보름이 막 지난 16일을 가장 경계했다. 가득 참은 덜어냄을 부르고 겸손은 유익함을 준다는 등의 말은 지극한 가르침이 아닐 수 없으니, 마음에 새기고 뼈에 새기지 않을 수 없다. 우리 집안에서 마땅히 덜어내야 할 것을 생각하여 다음과 같이 기록하니, 너는 두려운 마음으로 소홀히 여기지 말아라.

하나. 의복이나 말안장 등 몸을 받드는 여러 가지 물건은 모두 마땅히 습속을 고치고 폐단을 줄여야 한다. 음식은 주림을 채울 만큼만 먹고, 옷은 몸을 가릴 정도면 된다. 말은 걸음을 대신할 정도면 그만이고, 안장은 단단하면 그뿐이다. 그릇은 쓰기에 알맞으면 충분하다. 탈것은 다만 멀리 갈 수 있는 놈 한두 마리를 구해 행로에 대비할 뿐이다. 어찌 반드시 잘 달려야만 하겠느냐?

풀을 벨 때는 비록 집에서 기르는 소도 써서는 안 되는데, 하물며 하인 집이나 동네사람의 농사짓는 소를 써서야 되겠느냐? 사람들이 반드시 괴롭게 여길 뿐 아니라 사리에도 크게 맞지 않는다. 이 같은 일은 지금부터 절대로 하지 말아라. 다만 한두 마리 짐말에다 실어오는 것은 괜찮다.

나는 오십 이후에야 명주옷과 모시옷을 처음으로 입어보았다. 시골에 있을 때, 네가 명주옷 입은 것을 본 적이 있는데 마음이 몹시 좋지 않았다. 대개 이 두 물건은 대부(大夫)의 복장이다. 대부이면서도 입지 못하는 자가 오히려 많은데, 하물며 보통사람이 대부의 옷을 입을 수 있겠느냐? 이 같은 복식은 모름지기 물리쳐서 가까이하지 말고, 검소한 덕을 숭상함이 옳을 것이다.

대개 이 같은 물건은 모름지기 박실(樸實)함에 가까워야지 사치스러워서는 못쓰는 법이다. 여기에 비추어서 구할 것 같으면 하나로 열을 알 수 있을 것이다. 제갈공명은 이렇게 말했다. "담박함이 아니면 뜻을 밝힐 수 없고, 고요함이 아니고는 원대함을 이룰 수 없다." 아름답구나, 이 말이여! 이를 경계하여 잊지 않도록 해라.

『단서(丹書)』에는 또 이렇게 적혀 있다. "공경으로 나태함을 이기는 자는 길하고, 나태함으로 공경을 이기는 자는 망한다." 소홀함 또한 나태함이다. 나태함의 폐해가 망함에 이른다면 어찌 한심하지 않겠느냐? 모름지기 공경함을 마음에 지녀 감히 잠깐이라도 여기에 소홀해서는 안 될 것이다. 아녀자의 복식은 늙어서는 명주를 쓰고, 젊어서는 명주와 무명을 섞어 쓴다. 채색비단은 쓰지 않는 것이 좋다.

하나. 노비의 신공(身貢)은 고조 때는 한 사람에 상목(常木) 한 필을 기준으로 삼았다. 그러나 그후에는 혹 더하기도 하고 덜기도 해서 일정치 않았다. 지금은 어떻게 법식을 정했더냐? 사내종은 촘촘히 짠 35자 평목 두 필이고, 계집종은 한 필 반이다. 가난한 사람으로 노역이 많은 자는 양을 감해주되, 부유한 자라고 해도 더 받아서는 안 된다. 이것을 기준으로 삼는 것이 좋겠다.

하나. 집에 두고 부리는 노비에게는 후하게 베풀지 않으면 안 된다. 모름지기 위를 덜고 아래를 보태는 방법으로, 주인집에서 쓸 것을 더욱 줄여 노비가 먹고 입는 것을 넉넉하게 해주어야 한다. 그리하여 나를 보고 살아가는 사람으로 하여금 힘들고 괴로워하면서 원망을 품게 하는 일이 없어야 할 것이다.

날마다 일을 시키는 데에도 모름지기 그 힘을 다 쓰지 않도록 제한을 두어 정해진 법식에 따르도록 해라. 또 노비가 비록 실수를 하더라도, 작은 것은 가르치고 큰 것은 대충 매질할 뿐이다. 매번 자신을 어루만지는 느낌을 갖게 해서 학대당한다는 원망을 품지 않도록 해야 할 것이다. 윗사람의 도리는 다만 관대함을 위주로 함이 마땅하다. 아녀자들은 성품이 편협하니 형벌 주는 권한을 맡겨서는 안 된다. 볼기를 치는 것도 기준을 정해 지나침이 없게 해야 한다. 감히 손수 일처리를 뒤섞어 하지 말고, 또한 모름지기 잘 타이르고 엄히 경계해야 한다.

하나. 간혹 크게 힘쓸 일 외에 사소한 잡일이나 일상적인 심부름 등의 일이 있으면 다만 집안의 노비에게 맡기고 호노(戶奴, 가정을 꾸리고 사는 사노비)에게는 시키지 마라. 편안하게 지내며 스스로 본업에 힘쓰게 하여 사는 즐거움을 누리게 해야 한다. 동네사람은 특히나 자주 부려서는 안 된다. 이 같은 일은 모름지기 유념하여 살펴서 참고 지내는 것이 좋겠다.

하나. 기사(祈嗣, 아들 낳기를 비는 일)는 모름지기 『의학입문(醫學入門)』의 ‘구사조(求嗣條)’와 『기사진전(祈嗣眞詮)』을 바탕으로 부지런히 행하는 것이 지극히 마땅하다. 지인(至人)의 말씀을 믿지 않고 소경이 가리켜 보이는 것을 믿겠느냐? 도에 어긋나는 점쟁이의 말은 귀를 막아 배척하여 아녀자들이 미혹되는 일이 없도록 해야 한다.

『기사진전』 10편 중 마지막편은 기도에 관한 내용인데, 이른바 기도라는 것은 다만 니구산(尼丘山)에서 공자의 부모가 했던 것에 다름 아니다. 공자의 어머니인 안씨처럼 쌓은 덕도 없으면서 기도만 하면, 또한 신의 노여움을 더하지 않겠느냐? 하물며 무속의 황당무계한 주장을 따라서 기도를 한단 말이냐? 한갓 이익이 없을 뿐 아니라 오히려 해롭게 된다는 것이 이 같은 경우를 두고 하는 말이니, 단지 가소로울 뿐만이 아니다.

『기사진전』에서는 개과천선(改過遷善)을 제일가는 급선무로 꼽았으니, 위에서 언급한 일이 모두 이 같은 종류다. 생각하고 또 생각해라. 후사를 구하는 데는 기도가 중요한데도 오히려 할 수가 없으니, 하물며 다른 신을 섬기겠느냐? 일체 물리쳐서 끊어 집안의 도리를 바로잡고, 모름지기 더욱 격앙되어 실추하지 않도록 해라.

하나. 전부터 원근의 노비들은 매번 시장에 나가 물건 팔고 사는 것을 걱정했다. 승노(僧奴) 처간(處簡)이 있을 적에 힘써 내게 말했는데, 내가 즉시 고치라고 명하지 못해 무척 후회스럽다. 내 분부로 담배를 사올 때도 전부터 시가(時價)에 따르게 해서 받아오는 자가 손해보는 일이 없게 했으니, 나중에도 또한 마땅히 이렇게 해야 한다. 지금 만약 서울로 보내게 된다면 더욱이 주고받는 폐단이 없을 것이다. 이밖에 일체의 장사일은 네가 먼저 하는 일이 없도록 해라. 그리고 내 말이라 하여 여러 자제의 집안에 엄히 금해서 일절 하지 못하게 해라. 너는 모름지기 형제를 위한다면서 부형을 속이는 일이 없어야 한다.

하나. 이제 비록 배로 짐을 실어나를 때 노비를 부려 선격(船格, 배를 부리는 곁꾼)으로 삼더라도, 집에서 부리는 종 외에는 모두 때에 맞게 가감해서 선격의 품삯을 지급해야 한다.

하나. 성현이 지은 경전의 가르침은 너희가 말을 알아들을 때부터 내가 귀에다 대고 가르쳐온 것이다. 『소학』은 사람 꼴을 만들어주니 배우는 자라면 마땅히 이것을 위주로 해야 한다. 또한 일생의 언어와 문자 사이에서 너희가 부지런히 애써야 할 것이다. 이제는 모름지기 번거롭게 얘기하지 않으련다. 다만 이따금 고요히 앉아서 마음을 붙여 한가롭게 『소학』을 본다면 반드시 새로 얻는 것이 있을 것이다. 또 장차 경전을 되풀이해서 찬찬히 음미하면 몸과 마음을 다스리는 데 도움 되지 않는 것이 없을 것이다. 이는 모두 일생토록 마땅히 힘쓸 것이요, 죽을 때까지 변해서는 안 될 것이다.

하나. 우리 가문의 흥망이 이 한 장의 종이에 달려 있다. 절대로 허투루 보아서는 안 된다. 장차 손자들 또한 명심하여 읽어서 잊어버리지 않도록 해라.

| 원문 304쪽 |

고산(孤山) 윤선도(尹善道, 1587~1671)가 큰아들 인미(仁美)에게 준 훈계서로, 1660년 공의 나이 74세 때 함경도 삼수(三水)의 귀양지에서 지은 것이다. 살아 돌아갈 수 있을지 알 수 없는 처지에, 집안의 장래를 근심하여 편지글에 하나하나 간곡한 당부의 내용을 담았다. 글의 형식은 편지지만, 항목별로 분장한 가훈이다.

윤선도의 친필이 현재 보물 제482호로 지정되어 해남 녹우당에 전한다. 문집인 『고산유고(孤山遺稿)』에도 실려 있는데 친필본과는 상당히 다르다. 친필본에는 망아지를 길러 이익을 보는 것에 대한 경계와 손자 이석(爾錫)과 그 아내인 청송심씨에 대한 경계 등 문집본에 없는 내용이 다수 실려 있다. 처음 보낸 뒤, 나중에 문집으로 묶을 때 다시 손본 것이다. 여기서는 문집본을 따랐다. 글은 서설 외에 모두 아홉 개의 별항으로 이루어져 있다.

아들아! 멀리 귀양지에서 아비가 보낸다. 지난번 과거시험에 제출했다는 네 글 세 편을 읽어보았다. 부(賦)는 제법이더라만 나머지는 알맹이 없이 지리멸렬하더구나. 과거시험장의 답안은 좀 장황하더라도 자세히 꼼꼼하게 써야 하는 법이다. 글 쓰는 방법을 터득하고

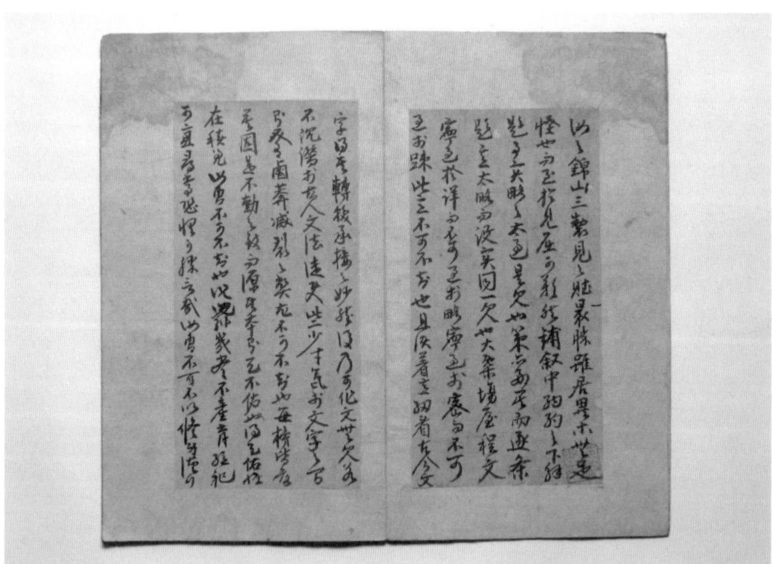

위는 윤선도의 고택인 녹우당(綠雨堂)의 전경. 전남 해남군 해남읍 연동리에 있다. 아래는 녹우당에 보관되어 있는 친필 가훈첩의 첫 부분이다. 보물 제482호로 지정되어 있다.

싶거든 고금의 좋은 문장을 가려서 꼼꼼히 연구해라. 재주만 부리려 들면 차마 읽을 수 없는 글이 되고 마니 특별히 조심해라.

네가 해마다 낙방하는 것은 네 공부가 부족한 탓도 있지만 하늘이 돕지 않았기 때문이다. 하늘의 도움은 어찌 구할까? 선행을 쌓는 것뿐이다. 이제 우리 집안을 돌아보니 후손이 많지 않아 자칫 제사마저 끊기고 말까 걱정이다. 나는 너희가 선행을 쌓고 어짊을 베풀어, 하늘의 복을 받아 후손이 크게 일어나기를 바란다. 역대의 역사를 보더라도 이는 어김없이 징험할 수 있고, 가깝게는 우리 집안의 일만 보더라도 명확하게 알 수 있다.

달도 차면 기운다고 했다. 16일의 달은 보름달과 큰 차이가 없지만 이로부터 급전직하 그믐달을 향해 치달으니, 사람의 일도 늘 가득 찼을 때를 조심하지 않으면 안 된다.

이 다음의 내용은 근검과 절약을 강조하고, 행하(行下) 즉 아랫사람을 대하는 마음가짐과 태도에 대해, 경우에 따라 상세하게 논했다. 윤선도는 그 엄청난 재산에도 불구하고 50세 이후에야 비로소 명주옷을 입었다고 적었다. 하지만 노비에 대해서는 누누이 각박하게 대하지 말고 넉넉하게 베풀어야 한다고 강조하고 또 강조했다. 마지막으로 '이 한 장의 종이에 가문의 흥망이 달려 있으니, 명심하여 그대로 지키라'고 당부했다.

당시 그는 효종의 장지 문제와 자의대비의 복상(服喪) 문제로 서인과 대립하다 삼수에 유배(1659)된 터였다. 8년 뒤인 1667년(공의 나이 81세) 7월에야 특명으로 해배돼 해남으로 돌아가게 된다.

윤선도의 본관은 해남(海南), 자는 약이(約而), 호는 고산 또는 해옹(海翁), 시호는 충헌(忠憲)이다. 1616년에 성균관 유생으로서 이이

첨 등의 횡포를 상소했다가 함경도 경원에 유배되었고, 1633년 증광 문과(增廣文科)에 급제하여 문학(文學)에 올랐으나 모함을 받아 파직되었다. 1636년 병자호란 때는 왕을 호종하지 않았다는 이유로 영덕에 유배되었다.

1652년 복직하여 예조참의 등의 벼슬에 올랐지만 서인의 모략으로 그만두었고, 1657년 중추부첨지사(中樞府僉知事)에 복직되었다. 1658년 동부승지(同副承旨)가 되었을 때 남인인 정개청(鄭介淸)의 서원 철폐를 놓고 서인인 우암 송시열 등과 논쟁하다가 탄핵을 받고 관직이 삭탈되었다.

치열한 당쟁의 틈바구니에서 일생을 거의 벽지의 유배지에서 보냈지만, 경사(經史)에 해박하고 의약과 복서(卜筮) 및 음양과 지리에도 통달했다. 특히 시조 창작에 뛰어난 재능을 보였는데, 그의 시조는 송강(松江) 정철(鄭澈)의 가사와 더불어 우리 시가사(詩歌史) 최고의 작품으로 손꼽힌다.

윤선도는 선조 36년(1603) 계묘년에 17세의 나이로 남원윤씨 판서 윤돈(尹暾)의 딸과 결혼하여 슬하에 3남 2녀를 두었다. 공보다 한 살 위였던 정부인 윤씨는 공보다 17년 앞서 68세의 나이로 세상을 떠났다. 장남은 인미, 차남은 의미(義美), 삼남은 예미(禮美)인데 이중 차남 의미는 공이 50세 되던 해에 25세의 나이로 죽었다. 문집에 의미의 죽음을 애도한 작품이 남아 전한다.

의미의 아들이자 공의 손자인 이구(爾久) 또한 서른을 넘기지 못하고 스물여섯에 세상을 먼저 떠나고 말았다. 후사 없이 딸만 둘 남기고 떠난 손자의 죽음 앞에서 일흔의 노인은 자신의 재앙이 손자에게까지 미쳤다고 한탄하며 슬픔을 토로했다.

고산은 측실에게서 순미(循美)와 직미(直美) 외 3녀를 두었다. 사남인 순미는 공이 52세 되던 1638년에, 직미는 57세 때인 1643년에 태어났다. 더하여 천출로 태어난 아들 미(尾)가 있었다. 미는 고산이 46세에 얻은 아들로, 뛰어나게 총명해 귀천에 관계없이 사랑을 받았던 모양이다. 미가 여섯 살 되던 때부터 뱃길에 동행하게 했고, 계곡을 유람할 때도 앞세워 걷게 했다는 언급이 만시(挽詩)에 보인다.

그러나 미는 1639년(공의 나이 53세) 기묘년 중춘(음력 2월) 초하루에 두창을 앓다가 죽었다. 고산은 영덕의 적소(謫所)에서 풀려나 집으로 돌아오던 중 경주의 요강원에서 부음을 듣고 통곡하며 시를 지었다. 「도미아(悼尾兒)」와 「견회(遣懷)」 두 편에 공의 절절한 마음이 남아 전한다. 특히 3년 전에 죽은 아들 의미에 대한 슬픔이 다하지 않은 즈음에 다시 맞은 자식의 죽음이라 아픔이 더했던 모양이다. 아래 시는 「도미아」의 부분이다.

너 죽어도 염하여 못 거둬주고	汝沒斂不撫
너 아플 때 약 한번 못 써보았네.	汝病藥不試
그래서 내 상심 더욱더 크니	所以增我傷
애통함을 어디에도 견줄 수 없네.	痛悼無與比
밥상에선 눈물이 수저에 지고	臨飡涕垂匙
말을 타니 눈물이 고삐 적신다.	騎馬淚霑轡

보고 듣고 말하는 것이 모두 슬프다!

마음은 생각의 지배를 받고, 행동은 생각의 결과다.
바른 행동에 앞서 바른 생각이 먼저다.

내가 평생 지녀 지킨 경계

허목이 자손에게 내린 18조목의 훈계

재물과 이익을 즐거워 말고	毋樂貨利
교만과 가득 참을 부러워 말라.	毋羨驕盈
괴상하고 허탄한 것 믿지를 말고	毋信怪誕
남의 허물을 말하지 말라.	毋言人過
의심하는 말은 친족을 어지럽히고	疑言亂族
투기(妬忌)하는 아낙은 집안을 망친다.	妬婦亡家
여색 좋아하는 자 제 몸을 망치고	好色者敗身
술 마시기 즐기면 생명을 해친다.	崇飮者戕生
말 많음은 반드시 피해야 하고	多言必避
지나친 노여움은 경계해야 한다.	多怒必戒
말은 충직하고 믿음성 있게	言必忠信

행실은 도탑고도 공경스럽게.	行必篤敬
상례와 제례는 조심스레 행하고	喪祭必謹
집안간엔 반드시 화목해야 한다.	宗族必睦
사람 가려 벗 사귀면 허물에서 멀어지고	擇人而交者遠過
마을 가려 집 정하면 욕볼 일이 다시 없다.	擇里而居者遠辱
군자의 행실은	君子之行
남 이기는 것을 능함으로 삼지 않고	不以勝人爲能
스스로를 지킴을 어질게 여긴다.	自守爲賢
이를 힘써 잊지 말라.	勉之毋忘

내가 늙어 죽을 때가 다 되었다. 이미 죽은 자의 혼백으로 하여금 부끄럽게 하지 마라. 이 말은 모두 내가 내 몸에 친히 경계하고 힘써 신칙(申飭)한 것이니, 말한 내용이 더욱 절실하다. | 원문 306쪽 |

미수(眉叟) 허목(許穆, 1595~1682)이 자손에게 내린 18가지 훈계를 담은 글이다. 짤막한 말 속에 깊은 경계를 담았다.

내 늙고 병들어 살날이 많지 않으니 유언으로 알고 들어라. 내 가르침은 간단하다. 나도 평생 화두로 들고 살아온 경계니 어찌 말을 너저분하게 하랴.

재물과 이익, 교만과 가득 참 같은 것은 되도록 멀리해라. 괴상한 것 좋는 버릇, 남 험담하는 습관은 모두 제 복을 깎는 짓이다. 공연히 의심하는 말을 꺼내 친족간에 분란을 일으켜서는 안 된다. 아낙네의 투기는 집안을 망치는 가장 빠른 길이다. 여색에 빠지고 술에 빠지면 제 몸을 망치고 명을 재촉한다.

말 많아 좋을 일은 없다. 성냄은 더딜수록 좋은 법, 화내기 전에 한 번 더 참는 법을 배워라. 말은 충직하고 믿음 가게, 행동은 도탑고도 공경스럽게 해야 한다. 상례와 제례를 보면 그 집안의 법도를 알 수 있다. 어찌 살피지 않으랴. 집안의 화목이 깨지면 남에게 손가락질을 받게 된다.

사람 가려 사귀고, 동네를 가려 살아야 한다. 그저 남 이기는 것만 좋아하고 스스로를 지키지 못한다면, 천하에 가장 어리석은 인간이 바로 그다. 나 죽은 뒤에 너희 하는 모습을 보고 내 넋이 부끄럽지 않도록 명심하고 또 새겨라. 이것이 내 마지막 당부다.

허목은 조선 중기의 문신으로 본관은 양천(陽川), 자는 문보(文甫) 또는 화보(和甫), 호는 미수, 시호는 문정(文正)이다. 노론과 남인의 당파간 대립이 첨예하던 시대에 남인의 영수로 활동했다. 1680년 경신대출척으로 남인이 실각해 정계를 떠날 때까지 치열한 정치적 삶을 산 인물이다.

그는 학문과 그림, 글씨, 문장에 모두 능했다. 이기론(理氣論)에 있어서 기(氣)는 이(理)에서 나오고 이는 기에서 행하므로 이기를 분리할 수 없다고 주장했으며, 또 독특한 도해법(圖解法)으로 해설한 『심학도(心學圖)』와 『요순우전수심법도(堯舜禹傳授心法圖)』를 지어 후학을 교육했다. 글씨는 특히 전서에 뛰어나 동방 제1인자라는 찬사를 받았다. 작품으로 삼척의 〈척주동해비(陟州東海碑)〉 시흥의 〈영상이원익비(領相李元翼碑)〉 파주의 〈이성중표문(李誠中表文)〉이 있고, 그림으로 〈묵죽도(墨竹圖)〉가 전한다. 저서로는 『방국왕조례(邦國王朝禮)』 『경설(經說)』 『경례유찬(經禮類纂)』 『미수기언(眉叟記

言)』 등이 있다.

허목은 생전에 자신의 저술을 손수 편차(編次)해 '기언(記言)'이라 이름하고 서문까지 써놓았다. 이 서문에서 허목은 문집의 이름을 '기언'이라 한 이유를 설명했다. 군자의 영욕(榮辱)은 언행에 따라 달라지기 때문에 늘 삼가야 한다. 이를 늘 염두에 두었던 미수는 말을 하면 반드시 기록하여 날마다 반성하고 힘썼다. 스스로 쓴 글을 '기언'이라 한 이유도 여기에 있다.

그는 영의정 이원익의 손녀이자 완선군(完善君) 이의전(李儀傳)의 딸인 전주이씨와 결혼해 슬하에 3남 2녀를 두었고, 측실에게서 2녀를 얻었다. 앞의 「훈자손십팔계(訓子孫十八戒)」는 이들 자손에게 남긴 열여덟 조목의 훈계다. 각 조목에 담긴 내용은 자손들에게만 전하려 한 것이 아니라 그 스스로 평생 갈고 닦은 것들이었다. 실제로 허목은 자신의 전(傳)과 명(銘)을 지어 후세인을 경계했을 뿐 아니라 다양한 자경문(自警文)으로 스스로를 다잡았다. 「자성잠(自省箴)」「자경이명(自警二銘)」「자경(自警)」「희로지계(喜怒之戒)」 등이 대표적인 작품이다. 「자성잠」을 함께 읽어보자.

마음을 주관하는 것은 생각이다. 또한 행동에는 아홉 가지 생각이 있다. 생각하면 얻고 생각하지 않으면 잃는다. 엄숙하지 않고, 공경하지 않으며, 태만하고 게을러 제멋대로 하는 것은 모두 생각하지 않는 데서 오는 허물이니, 삼가지 않을 수 있겠는가? 옛사람은 죽기 전에 바름을 얻고자 힘썼다. 늙어 죽는 것을 스스로 목표 삼지 말고, 이를 적어 스스로를 돌아봐야 할 것이다.

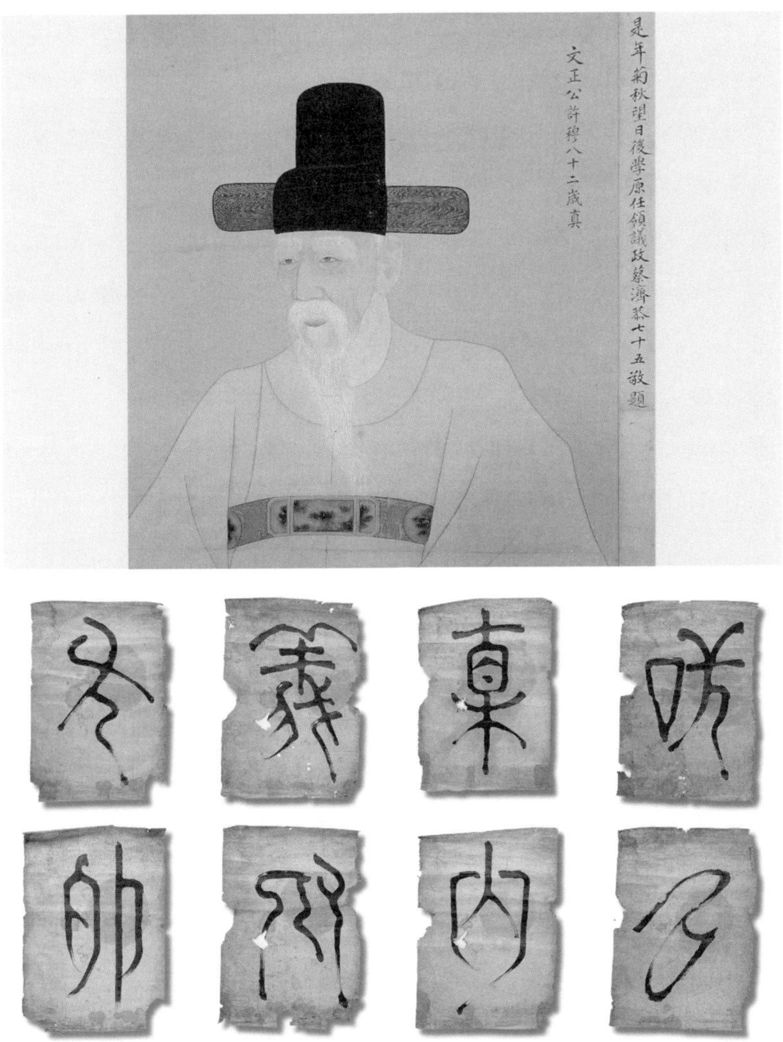

위는 보물 1509호로 지정된 미수 허목 초상. 오사모에 담홍색의 시복(時服)을 입고 서대(犀帶)를 착용한 반신상이다. 당대 최고의 어진화사(御眞畵師) 이명기가 모사했다. 56.8×72.1cm. 아래는 허목의 독특한 전서체. 미수체라는 이름이 붙었을 정도로 독특한 개성을 엿볼 수 있다. 오른쪽부터 위아래로 차례대로 읽으면 경이직내(敬以直內), 의이방외(義以方外)의 여덟 자가 된다. 의미는 '경으로써 안을 곧게 하고, 의로써 밖을 방정하게 한다'는 뜻이다.

마음은 생각의 지배를 받고, 행동은 생각의 결과다. 그러니 바른 행동에 앞서 바른 생각이 먼저다. 『논어』에는 군자가 갖춰야 할 아홉 가지 생각이 제시되어 있다. 밝게 보고, 똑똑히 들으며, 낯빛은 온화하게 하고, 용모는 단정히 하며, 말은 충성스럽게 하고, 일은 공경스럽게 할 생각을 한다. 의문 나면 묻고, 분할 때는 더 큰 일을 떠올리며, 이득을 보면 의로운 것인지 아닌지를 생각한다. 사람이 이 아홉 가지 생각을 늘 지녀 몸가짐을 바로 할 때 비로소 밥벌레가 아닌 군자가 될 수 있다.

다음은 「자경이명」이다. 스스로를 경계하는 짧은 글 두 편으로 이루어져 있다.

스스로를 사사로이 하는 자는 남을 속인다. 하늘의 이치가 환히 드러나 있으니 사람은 속일 수가 없다. 한갓 스스로 속는 것일 뿐이다. 그런 까닭에 그 몸을 성실하게 하여 반드시 자신을 속이지 않는 것으로부터 시작해야 한다.

어버이를 공경하는 자는 발 한 번 들 때에도 감히 부모를 잊지 않는다. 어두움을 따라 허물을 부르지 말고, 험한 곳을 밟아 몸을 위태롭게 하지 말라. 어버이를 사랑하는 자는 한 마디 말을 해도 부모를 잊지 않는다. 구차하게 남을 욕해서 비난을 사지 말고, 구차스레 웃으며 남에게 아첨하지 말라.

사실 큰 가르침은 너무나 평범해서 오히려 싱겁게 들린다. 하지만 그 싱거운 말씀을 실천하기가 참 어렵다. '스스로를 속이지 않는다.' '그른 길로 가서 비난받지 않는다.' '몸을 위태롭게 할 험한 곳에는 가지 않는다.' '남 욕하지 않는다.' '아첨하지 않는다.' 허목은 이런 말들을 스스로 되뇌면서 한세상을 살았다. 스스로 쓴 자신의 묘지명에서 그는 자신의 삶을 이렇게 요약했다. 제목은 '허미수자명(許眉叟自銘)'이다.

노인은 허목이니 자가 문보라는 사람이다. 본디 공암 사람이나 한양 동쪽 성곽 밑에 살았다. 노인은 눈썹이 길어 눈을 덮었으므로 스스로 미수(眉叟)라 호를 지어 불렀다. 태어날 때 손에 문(文) 자가 있었으므로 또한 스스로 문보라고 자를 삼았다.

노인은 평생 고문을 몹시 좋아했다. 늘 자봉산 가운데 들어가 고문으로 된 공씨전(孔氏傳)을 읽었다. 늦게 문장을 이루니, 그 글은 툭 터져 어지럽지 않았고, 시원스러움을 좋아해 스스로 즐겼다. 마음으로 옛사람이 남긴 가르침을 좇아 늘 스스로를 지켜 몸에 허물이 적게 하려 했지만 할 수는 없었다.

그 「자명(自銘)」에 말한다. "말은 그 행실을 가리지 못했고, 행실은 그 말을 실천하지 못했다. 한갓 큰 소리로 성현의 글을 즐겨 읽었으나 그 허물은 하나도 고치지 못했다. 돌에 써서 뒷사람을 경계하노라."

자식에게 준 가르침이나 스스로에게 한 다짐이 차이가 없다. 이런 것이 삶의 일관성이다. 일관성은 자신감에서 나온다. 거저 생기지 않는다. 평생 옳은 길을 향해 매진하는 노력 끝에 생겨난다.

아비의 두 벗을 너는 스승으로 섬겨라.
모든 일을 여쭙고 행하면 허물이 적을 것이다.

할 말은 많은데 기운이 다해가는구나

김경여가 아들 진수에게 남긴 유언

내 비록 어리석어도 죽고 사는 이치는 익히 알고 있다. 살던 곳을 떠나 원래 있던 곳으로 돌아감에 무슨 여한이 있겠느냐? 다만 지하에서도 눈을 감을 수 없는 것은 지은 죄가 깊고 무거운 까닭이다.

평생 아버님의 얼굴을 알지 못한 채 홀로 어머니만을 모셨다. 효도로 봉양할 마음이 없는 것은 아니었으나 정성스러운 뜻이 얕고 얇아 하루도 편안히 즐겁게 모시지를 못했다. 이제 연세가 여든이신데 급히 내가 먼저 돌아가게 되니, 내 마음의 아픔이 어찌 끝이 있겠느냐. 너는 모름지기 내 지극한 뜻을 알아, 온갖 일에 받들어 봉양하여 마땅함을 잃는 일이 없도록 해라.

사람은 임금과 스승과 어버이를 한결같이 섬겨야 한다. 명보(明甫) 송준길(宋浚吉)과 영보(英甫) 송시열(宋時烈)은 나의 지극한 벗이요, 너의 스승이다. 무릇 큰일이 있거든 반드시 여쭈어본 뒤에 행하여, 마을과 고을에서 죄를 얻는 일이 없도록 한다면 다행이겠다.

돌아가신 아버님의 무덤을 이장하는 일은 뜻만 있었지 실행에 옮기지 못했다. 나 죽은 뒤에는 이 일을 처리할 수 없을 듯하여 염려스럽구나. 세월이 오래 지나고 보면 또한 낭패가 될 염려가 없지 않다. 이 일은 모름지기 사징(士徵) 및 여러 형제와 더불어 상의해서 잘 처리하도록 해라. 무덤을 이장하는 일을 혹 실행하지 못하더라도 석물(石物)을 세우는 것은 가장 시급하니, 너는 유념하도록 해라. 할 말은 많은데 기운이 다해가는구나.　　　　　| 원문 307쪽 |

송애(松崖) 김경여(金慶餘, 1596~1653)가 1653년 5월 11일 병으로 세상을 뜨기 전 아들 진수(震粹)에게 남긴 유언이다. 김경여는 자가 유선(由善), 호가 송애, 시호는 문정(文貞)이다. 이귀(李貴)의 사위요 김장생(金長生)의 문인으로, 병자호란 때 남한산성에 호종했다. 인조가 청나라에 항복한 후 비분강개하여 회덕으로 내려가 머물렀다. 우암 송시열, 동춘 송준길과 친교가 깊었다. 후에 대사간이 되었으나 노모를 모시기 위해 벼슬에서 물러났고, 만년에 충청도관찰사를 거쳐 부제학에 올랐으나 사퇴하고 물러나 세상을 떴다.

그는 이 유언 외에 임금께 올리는 「유소(遺疏)」를 따로 남겼다. 송시열과 이희조(李喜朝) 및 이기홍(李箕洪) 등이 「유소유계첩에 쓴 발문〔遺疏遺誡帖跋〕」을 남겨 그의 뜻을 기렸다. 슬하에 3남 2녀를 두었는데, 현감을 지낸 진수와 측실 소생의 두 아들이 있었다. 아들 진수는 「가장략(家狀略)」에서 부친의 죽음 당시 일을 이렇게 적었다.

이때 우암 선생은 동쪽 고을에 계셔서 아직 돌아오지 못했다. 아버님은 여러 차례 선생이 돌아왔는지 물으셨다. 마치 직접 대면해서 부탁하실 것이 있는 것 같았다. 하지만 끝내 선생은 대오지 못하셨다.

동춘 선생이 영결하는 자리에 오니, 아버님은 손을 잡고서 말씀하셨다. "내가 부족한 사람으로 나라의 은혜를 무겁게 입었건만 터럭만큼도 보답하지 못했네. 죽는 것이야 유감이 없지만 이것이 부끄럽네 그려. 저 아이가 비록 재주는 없네만 또한 가르칠 수 없을 정도는 아니라네. 나 죽은 뒤에 자식처럼 살펴주게. 그래서 저 아이가 허물이 적은 사람이 되도록 해준다면 참 고맙겠네."

죽는 것은 조금도 두렵지 않다. 다만 살아 아버님 얼굴을 기억하지 못하는 불효와 어머님을 성심껏 봉양하지 못한 것이 참 부끄럽다. 게다가 팔십 노모가 살아계신데 먼저 세상을 뜨는 비통함을 어이 견디랴. 내가 다 못한 봉양을 네게 맡긴다. 내 두 벗을 너는 스승으로 섬겨, 모든 일을 여쭙고 행하면 허물이 적을 것이다. 또 한 가지 내 아버님의 무덤을 이장하는 일을 네게 부탁한다. 사정이 여의치 않거든 우선 비석이라도 급히 세우도록 해라.

아버지는 이렇게 유언을 마치고 나서, 임종을 지키러 온 벗에게 다시 당부를 남겼다. 여보게! 나 먼저 가네. 자네와 함께 건너온 한 세상이 참 고마웠네. 이룬 것 없이 가는 몸이 부끄럽네만, 저 아이를 다시 한 번 부탁하네. 자식처럼 거두어주게. 향당(鄕黨)에서 손가락질을 받지 않는 사람이 되도록 잘 이끌어주게나.

곁에서 자식은 또 그 말씀말씀을 새겨서 기록으로 남겼다.

나는 네가 못난 아비의 전철을 따르지 않고
바른 몸가짐과 마음가짐을 지닌 단정한 사람이 되기를 바란다.

술꾼 아비의 훈계

김휴가 자식을 경계한 글

미친 듯이 세상을 희롱하고, 뻣뻣하게 사물을 업신여기는 것은 군자의 아름다운 덕이 아니다. 비록 '자취를 더럽혀 도를 깨끗이 하고 몸을 보전하여 해를 멀리한다'고들 하지만, 명분을 밝히는 가르침 중에도 절로 명철보신(明哲保身)하는 길이 있으니 어찌 반드시 이렇게만 하겠느냐?

나는 어두운 때를 만나 정치는 혼탁하고 어지러웠다. 아예 자취를 숨길 작정으로 마침내 과거공부도 그만두고 감히 술 마시는 것만 일삼았다. 마침내 '술꾼'이라는 이름을 얻게 되자, 속으로 몸을 보전하는 좋은 계책이라 여겼다. 하지만 술 취한 뒤에는 위태롭게 큰 소리로 말하며 곁에 아무도 없는 듯 굴어 남의 말을 듣곤 했다.

이제 와 생각해보니 후회해도 소용이 없구나. 너는 마땅히 이를 몹시 경계하도록 해라. 마음을 두고 몸을 행함은 모름지기 단정한 사람을 법도로 삼아야 할 것이다.

독서는 성현의 경전을 바탕으로 삼아야 한다. 그 다음엔 『시경』과 『이소(離騷)』를 읽어 빼어난 기운을 보태야겠지. 무릇 글을 지을 때도 규모를 크게 하고 운격을 높이 지녀 반드시 옛사람의 법도를 따라야 한다. 과거시험장의 진부하고 물러터진 자태를 일삼아서는 안 된다.

| 원문 308쪽 |

경와(敬窩) 김휴(金烋, 1597~1638)가 자식을 경계하여 타이른 내용이다. 짧지만 남는 여운이 길다.

아들아! 아비가 비록 술꾼 소리를 들으며 이룬 것 없이 한세상을 건너왔다만, 내 오늘은 네게 할 말이 있다. 세상이 어지러우면 일부러 자취를 더럽혀서 도를 지킨다고 했다. 그렇게 해서라도 어지러운 세상에서 제 한 몸 보전해 해를 피해보자는 것이겠지. 하지만 군자의 미덕은 뻣뻣하게 잘난 체하거나 미친 척 세상을 낮춰보는 데서 나오지 않는다.

돌아보니 아비의 한평생은 명철보신(明哲保身) 네 글자에 얽매여 전전긍긍 살아온 것에 불과하구나. 내 이제 와 후회하지만 무슨 소용이 있겠느냐? 나는 네가 못난 아비의 전철을 따르지 않고, 바른 몸가짐과 마음가짐을 지닌 단정한 사람이 되었으면 싶다.

성현의 경전은 만세에 변치 않을 말씀이니 늘 가까이 두고 새겨야 한다. 하지만 장부란 기상이 없을 수 없다. 그러니 경전을 읽는 여가에 틈틈이 『시경』과 『이소』를 읽어, 경전공부 하느라 막힌 기운을 풀어주어야겠지.

글은 규모가 있고 격조가 드높아야 한다. 그저 과거시험장에서 점수나 더 받으려고 아등바등하는 진부한 행태를 답습해서야 어찌 글이라고 할 수 있겠느냐? 벼슬하고 못하고는 중요한 것이 아니다. 하지만 사람이 군자의 덕을 갖추지 못한 것은 그야말로 진땀나는 일이 아닐 수 없다. 아비의 술버릇을 배우지 말고, 군자의 몸가짐을 깃들이도록 해라.

김휴는 조선 중기의 학자로 본관은 의성(義城), 자는 자미(子美) 또는 겸가(謙可), 호는 경와다. 그는 성격이 올곧고 불같아서 결코 불의와 타협하는 일이 없었다. 1617년 폐모론을 주장한 정조(鄭造)가 경상도안찰사로 부임해 예안(禮安)을 순시하던 길에 도산서원(陶山書院)에 들러 자기 이름을 원록(院錄)에 기재한 일이 있었다. 그는 이를 보고 분개하여 '유적(儒籍)을 더럽히는 자'라며 그 이름을 지워 버렸다.

1627년 사마시에 합격했으나 벼슬길에 나가지 않았다. 그 뒤 조경(趙絅)의 간곡한 권유와 천거로 강릉참봉에 임명되었지만, 스승인 여헌(旅軒) 장현광(張顯光)의 학통을 계승해 성리학을 깊이 연구하는 데 몰두했다. 뿐만 아니라 서책을 도시(圖示)하고 분류, 정리하는 등 우리나라 서지학(書誌學)의 기초를 마련하고 그 발달에 기여한 공로가 크다. 저서로는 『경와집』 『해동문헌총록(海東文獻總錄)』이 있다.

김휴는 안강노씨 노경임(盧景任)의 딸을 아내로 맞아 슬하에 1남 1녀를 두었다. 42세로 생을 마감한 그는 하나뿐인 아들 학기(學基)에게 많은 경계의 글을 남겼다. 앞의 「계자설(戒子說)」은 그 가운데 하나다. 이 외에도 분묘(墳墓), 사당(祠堂), 제사(祭祀), 지갈(誌碣), 유고(遺稿) 등에 대한 유언을 「유계오사(遺戒五事)」라는 글에 담아 남겼다.

병중의 당부를 적은 「병중에 써서 아들에게 주다〔病中書贈雄兒〕」를 함께 읽어보자.

돌아가신 아버님이 강가에서 병이 위독하실 때 시를 지어 나를 이렇게 경계하셨다.

학문하면 훗날에 존영을 얻겠지만	學問他日得尊榮
잡박한 기예는 한갓 성정 해친다네.	雜藝徒能喪性情
한 마디 말이라도 실천하면 족하나니	一語踐行斯亦足
만 마디 말 외워봤자 무슨 성취 있으랴.	萬言空誦竟何成
애친과 경장을 바탕으로 삼고서	愛親敬長根基地
성의와 수신이 그 다음 단계일세.	誠意修身次第程
네 아비 한평생 병을 달고 살아서	汝父一生長抱病
언제나 너에게 가문 부흥 희망했네.	尋常望汝振家聲

내가 젊었을 때 성품이 완전히 둔하지는 않아서 학문에 힘을 쏟으려 하였다. 부형의 바람이 절실했고 스스로의 다짐도 얕지 않았다. 하지만 뜻을 굳세게 세우지 못해 반생을 헛되이 지나보내고 말았다.

이 시에서 기대하는 뜻이 마침내 어디에 있겠느냐? 너는 자질이 민첩하고 성품이 굳세, 내가 몹시 기쁘다. 다만 너는 책을 많이 읽지 않고, 받은 기운도 가볍고 맑은 데에 치우쳐 있다. 바라건대 모름지기 십분 힘을 쏟아 기질을 변화시켜, 반드시 본마음을 회복하고 구습을 벗어던져 자포자기로 돌아가는 일이 없도록 해라.

『시경』에서 '따스하고 공손한 사람, 도덕의 바탕일세'라고 했으니, 이 말을 항상 가슴에 품어 잃지 마라. 그러면 선인(善人)과 군자가 될 수 있을 것이다. 이에 삼가 앞의 시에 차운하여 주노니, 너는 힘쓸지어다. 네 병든 아비의 희망을 저버리지 말아다오.

예전에 아버지가 자신에게 준 당부를 이루지 못해, 이를 다시 자신의 아들에게 전해주는 부정이 뜨겁다.

그는 또 자식을 위해 근독(謹獨), 불기(不欺), 개과천선 등에 관한 내용을 경전과 현유(賢儒)의 글에서 뽑아 『조문록(朝聞錄)』을 엮었다. 『조문록』은 「조문록(朝聞錄)」 「조문보록(朝聞補錄)」 「조문속록(朝聞續錄)」 「조문부록(朝聞附錄)」으로 구성되어 있다. 여러 경전에서 간추린 글과 함께 「가세유훈(家世遺訓)」이 실려 있다. 대단히 풍부한 내용이다.

끝부분에 「조문록후지(朝聞錄後識)」가 실려 있는데, 아들 학기와 조카 종원(宗源)을 권면하는 내용이 담겨 있다. 종원은 노경임의 외손이며 김윤(金鋆)의 아들로 공의 문인이기도 했다. 세상을 뜨기 다섯 달 전에 그는 아들과 조카를 위해 이 글을 짓고 자신의 못다 이룬 책의 완성을 당부했다.

이 책에 기록한 것은 모두 밑에서부터 차근차근 단계를 밟아 올라가는 공부에 절실한 내용이다. 긴요한 것은 오로지 근독(謹獨)에 달렸으니 너희는 알아두지 않으면 안 된다. 송나라 때 가암(賈黶)은 "내가 범중엄 공의 '불기(不欺)'라는 두 글자의 가르침을 얻어, 평생 써도 다 쓰지 못하였다"고 말했다. 그러니 하물며 이 한 권의 책이야 말해 무엇 하겠느냐?

마침 내가 병이 위독하여 정신이 어지럽다. 병이 낫기를 기다려 중요한 말을 다시 편집해 빠진 내용을 보충하려 했다만, 짧은 시일 안에 능히 이룰 수 있는 일이 아니고 보니, 이후에 바라는 바는 오로지 너희에게 달려 있는 셈이다. 반드시 상세하게 증정(證正)함을 더하여 빠진 부분을 보완해 완전한 책을 만들도록 해라. 도를 아는 군자에게 나무람을 받게 되어서는 안 될 것이다.

하지만 모름지기 너희가 독서하여 이룸이 있기를 기다린 뒤에야 바야흐로 이 일을 할 수 있을 것이다. 만약 병든 사람이 오늘 노망든 것처럼 한다면 이 책을 완성하는 것 또한 어렵지 않겠느냐? 너희는 힘쓰도록 해라. 숭정 12년 3월 25일에 쓴다.

더하여 김휴는 죽기 하루 전에 자신의 죽음을 예견하고 스스로 만시(輓詩)를 지었다. 평생에 지녀 품었던 뜻을 이루지 못한 채 세상을 떠나는 안타까움이 사뭇 절절하다. 제목은 '임종자만(臨終自輓)'이다.

배움에 뜻 두고도	學何有志
이룬 것 하나 없네.	竟無所成
예를 실천하려다가	禮何欲履
죽음에 이르렀네.	而至滅生
위로 부모 저버렸고	上負爾親

아래로 나를 등졌구나.　　　下負爾身

너 무슨 낮이 있어　　　爾何顔面

돌아가 선인 뵐까?　　　歸見先人

　앞서 본 글에서 스스로를 술꾼이라고 자조했지만, 실제로 그가 이뤄낸 학문적 성취는 술꾼의 그것과는 아예 거리가 먼 대단한 것이었다. 평생을 노력하고도 자신의 삶 앞에 한없이 부끄러워한 선인들의 삶의 자세가 우리를 또 부끄럽게 한다.

젊어 노력하지 않으면 무정한 세월 앞에 안타까운 탄식만 남는다.
인생을 빈 배에 싣지 마라. 큰 뜻을 품어 그 길로 매진하라.

너희가 소인 됨을 면해야 눈을 감겠다

권시가 두 아들에게 남긴 유서

수년 이래로 내가 점점 쇠약해짐을 느낀다. 올 가을부터는 하루가 다르고 한 달이 같지 않구나. 근래에는 설사병까지 앓아 기운이 다 떨어져서 아예 드러누웠으니, 갈 때가 다 된 듯하다. 요행으로 소생한다 해도 어찌 세상에서 기력이 오래가겠느냐? 평소 마음에 둔 일이 많았다만, 하루아침에 갑작스레 말을 못하게 될까 몹시 염려스러우니, 한번 듣고 나서는 천번 만번 마음에 새겨 시행하기 바란다.

기(愭)는 성품이 살리기를 좋아하고 죽이기를 싫어한다. 이는 천지가 만물을 내는 마음이요, 선조의 어질고 두터운 뜻을 잃지 않은 것이다. 다만 바탕이 약하고 기질이 조급한 것이 문제다. 게다가 고집 부리기를 좋아하니 온전한 성품을 이루는 데 부족할까 염려되는구나. 힘써 평이하게 포용하는 국량(局量)을 넓혀 비루하고 인색한

싹을 없애서 강대(剛大)한 지경에 이르길 바란다.

네가 타고난 바탕 위에서 독실하게 하려 한다면, '경(敬)'과 '서(恕)' 즉 공경과 용서라는 말이 가장 중요할 것이다. 기질을 바로잡으려면 고요히 침묵하며 천명에 귀 기울여 변화를 꾀해야 한다. 특히 자장(子張)이 '명(明)' 즉 밝음에 대해 물은 대목을 너는 마땅히 죽을 때까지 외우도록 해라. 자장이 어떤 사람이더냐? 그런데도 공자는 오히려 이것으로 다스리셨다. 하물며 너는 나약하고 결단성이 없으며 조급한데도 너무 살피기만 하니, 어찌 이것을 경계로 삼지 않을 수 있겠느냐?

옛사람은 또 말했다. "임금이 환관이나 궁첩(宮妾)을 만나는 시간이 적고, 어진 선비나 대부를 만나는 시간이 많다면 어진 성군이 되지 못할까 염려하지 않는다." 참으로 지극한 말이라 하겠다. 어찌 임금만 그렇겠느냐? 선비도 다를 게 없다.

내가 죽은 뒤에는 네 아우에게 집안일과 어머니 봉양을 맡기고, 너는 밖으로 나가 유학하도록 해라. 집에 들어와서는 아침저녁으로 문안을 드리는 일 외에는 틀어박혀서 책을 읽으며 절차탁마해 성취를 이루어서 내 명성을 더럽히는 일이 없어야 할 것이다. 그리하여 소인 됨을 면해야만 내가 눈을 감을 수 있겠구나.

유(惟)야! 옛사람은 이렇게 말했다. "가르치지 않고서 죽게 만드는 것을 '폭(暴)'이라 한다." 너는 성품이 '폭'에 가깝다. 힘써 편벽된 것을 바로잡아 인(仁)을 이루도록 해라. 너는 공손치 않은 것을 좋아하는데, 공손치 않은 것은 불인(不仁)에 가깝다. 공손치 않다는 것은 행동거지가 거만한 것만을 두고 하는 말이 아니다. 대개 우주 만물과 천하만사를 아무렇지 않게 여기는 것을 말하는 것이다. 때문에 네 아비가 가르쳐 이루게 하려는 뜻에 마음을 쏟고 애를 쓰는 것을 뻔히 알면서도, 역량이 미치지 못하면 문득 조급하게 성을 내고 함부로 망령되이 굴어, 남몰래 비웃으며 이를 좋지 않게 여긴다. 네 아비나 형의 조급함에 비하면 낫긴 해도, 진실로 지성으로 사물을 사랑하는 마음이 없다. 이대로 가면 불인하게 될 터이니, 보통일이 아니다. 네가 능히 아비의 말을 알아듣겠느냐?

네가 송시열의 사위가 되고서도 성년이 되도록 병으로 읽지 않고 게을러 배우지 않으면서도 오만하게 자족하였다. 그런데도 내가 너를 금하지 않은 것은 어째서겠느냐? 너희가 배우려 들면, 단지 책을 읽은 뒤에 배움이 되는 것이 아니라 일용의 생활이 바로 배움인 것이다. 배우려 들면 성인의 법과 선현의 가르침이 모두 남아 있어 너 스스로 알게 되니 내가 무엇을 말하겠느냐?

배우려고만 한다면 너는 네 아비보다 훨씬 나은 사람이 될 듯싶다만 네가 내켜하질 않으니 어찌한단 말이냐? 네 아비는 배우려 했지만 능히 하지 못했고, 내 자식은 배울 수 있는데도 하려 들지 않으니 다 글렀구나. 내가 죽은 뒤에 집안일을 처리하고 어미를 봉양하는 것은 너 스스로 맡도록 해라. 그리하여 네 형으로 하여금 먼 곳에 배우러 다니며 독서하여 마침내 성취하게 한다면 그나마 다행이겠다.

나는 태어난 지 겨우 네 해 되었을 때 어머니가 세상을 뜨셨고, 관례를 치르고 혼인을 하자마자 아버님마저 세상을 뜨셨다. 나는 부모가 계셨어도 그 삶을 봉양하지 못했고, 그 뜻을 잇지 못했다. 50년간 세상에 살면서 한 것이라곤 불효뿐이로구나.

아버님은 평생 배움에 뜻을 두는 것을 좋게 보셨다. 일찍이 말씀하시기를 "매사에 반드시 옳음을 추구해서, 이류로 떨어지지 말아야 한다"고 하셨다. 또 말씀하시기를 "모름지기 배워서 허물 듣는 것을 기뻐해야 하니, 작은 허물과 큰 잘못이 흔히 스스로 허물 듣기를 기뻐하지 않는 데서 뿌리내리게 된다"고 하셨다.

또 말씀하셨다. "인(仁)이란 두루 미치는 방법이니, 이는 모두 공부에 착수해서 힘을 얻어 남을 일깨우는 말이다. 두루 미치는 방법이란 대개 자기에게 미루어 남에게 미쳐, 남과 내가 나란히 서는 것을 두고 하는 말이다. 세상사람들은 매번 책을 읽으면서 실지(實地) 얻기를 구하지 않고 다만 입과 귀로 명리(名利)를 얻는 밑천으로 삼으면서, 책을 읽으면서 실지를 구하고 생각이 떠오르면 반드시 기록하는 것을 두고 참람하게 의심하는 것이라고 말한다."

선인이 평생 품으신 뜻이 이 글에 드러나 있다. 주한열(周翰說)과 유공진(柳公袗)이 보고 읽은 후에 독실한 군자라고 했다. 내가 일찍이 번다한 것을 깎아내 간결하게 해서 후세에 전하기 위해 서둘러 간행하여, 선인이 자신을 이루고 남을 이루게 하려 하신 뜻에 부응코자 한 것이 오래되었다.

돌아보건대 내가 불초하여 감당치 못하는 바가 있어 나이가 조금 더 들기를 기다렸으니, 이는 안목이 조금 나아지기를 바란 것이다. 하지만 어리석고 게으름이 날로 심해지고, 가난하고 군색하여 일에 힘 쏟을 틈이 없어 날짜를 미루며 일할 겨를도 없이 오늘에 이르고 말았다.

내가 죽은 뒤에 너희는 내 뜻을 헤아려, 유(惟)는 영보(英甫, 송시열)에게 부탁해 네 아비의 뜻을 이루어달라고 청해라. 영보가 유의 말을 듣고서 기꺼이 죽은 벗의 소원을 이뤄준다면 얼마나 다행이겠느냐. 윤서방에게 빌어 날 위해 그 뜻을 불쌍히 여겨 시례(詩禮)를

익히는 여가에 장차 이 글을 세 차례 찬찬히 살펴보아 이 계획을 이루어준다면 내가 죽어도 여한이 없을 것이다.　　| 원문 308쪽 |

탄옹(炭翁) 권시(權諰, 1604~1672)가 두 아들에게 남긴 유서다. 큰아들 기(愭)와 둘째아들 유(惟)에게 각각 당부의 말을 적었다. 두 아들의 성품을 솔직히 다 말하고, 자신의 바람을 얹었다. 바탕은 착하지만 허약한 몸에 성질이 급하고 고집이 센 첫째에게는 포용력과 결단성을 촉구했다. 급한 성질은 경(敬)으로 다잡고, 고집불통은 서(恕)로써 다스려나가라고 주문했다.

둘째에 대해서는 편벽된 성질로 불손하고 난폭해 공부도 하지 않고 사물을 사랑하는 마음도 없는 점을 나무랐다. 자신의 벗인 송시열과 혼인을 맺고 그에게 나아가 글을 읽게 했는데도 병을 핑계로 게으름을 피우며 멋대로 구는 것을 안타까워했다. 머리가 있어 노력하면 큰 성취를 이룰 수 있는데도 노력하지 않는 것을 지적했다.

두 아들에게 자신의 사후 역할을 분담시킨 대목도 눈길을 끈다. 큰아들에게는 유학을 떠나 학문으로 성취할 것을 당부했고, 둘째에게는 집안살림을 맡겼다. 집안의 명예를 실추시키지 않으려는 아버지의 안타까운 마음이 구절마다 묻어난다. 이런 유서를 받아든 자식들은 무슨 생각을 했을까?

권시의 본관은 안동, 자는 사성(思誠), 호는 탄옹이다. 송시열과 같은 기호학파로 예론에 밝았다. 그는 함양박씨 박지경(朴知警)의 딸을 아내로 맞아 슬하에 2남 3녀를 두었다. 장자 권기는 1623년(공의 나이 20세)에 태어났다. 1665년(공의 나이 62세)에야 정시(庭試)에 을과(乙科)로 합격했다. 이후 지평, 사간, 승지, 대사간 등의 벼슬을 역임했다. 둘째아들 권유는 기와는 두 살 터울로 1625년 공이 스물둘 되던 해에 태어났다. 정릉참봉 등의 벼슬을 역임했다.

이 글은 1651년(辛卯, 공의 나이 48세)에 지은 것이다. 큰아들 권기가 정시에 합격하기 14년 전이다. 그는 큰아들이 정시에 합격한 것을 보고 7년 뒤에 세상을 떠났다.

권시는 190편에 달하는 많은 편지를 남겼다. 그는 노소 대립의 중심에 있던 송시열, 윤선거와 사돈지간이었고 윤휴와도 친분이 있었다. 둘째아들 유가 송시열의 딸과 결혼했고, 윤선거의 아들인 명재(明齋) 윤증(尹拯)이 바로 그의 사위다. 이런 정황으로 인해 많은 편지에서 이들 사이의 갈등을 무마하려는 노력과 고충이 엿보인다.

이 외에도 그의 문집에는 자신을 경계하는 글이 꽤 많이 실려 있다. 그중 「수감자경지(隨感自警識)」는 열아홉 되던 1622년 자신에게 경계가 될 만한 문구를 정리한 것이고, 「붕우견경지(朋友見警識)」는 친구들에게 받은 글에서 경계가 될 만한 것을 간추려 모아놓고 아울러 스스로 경계로 삼을 만한 말을 덧붙인 것이다. 또한 「자평(自評)」 「자경(自警)」 「자계(自戒)」 등의 시도 남겼다. 특히 「자계」는 30세 되던 1633년에 지은 24수의 연작시다. 그때까지 자신의 언행을 반성하고 정리하면서, 앞으로는 자신을 수양하는 공부에 전념하겠다고 스스로 다짐하는 내용이다.

이러한 반성과 다짐들은 고스란히 두 아들에게 옮겨졌다. 앞의 「양아유서(兩兒遺書)」와 「시양아(示兩兒)」 등의 시편을 통해 쉽게 확인할 수 있다. 「시양아」를 함께 읽어보자.

네 아비 중도에 공부를 폐하여   不見伊翁中道廢

한갓 늙어 흰머리만 물든 것을 못 보았나.   徒然老大雪毛侵

공연한 말 너흴 위해 은근히 외우노니   空言爲汝慇懃誦

진실된 마음으로 각고하여 공부하라.   刻苦工夫眞實心

너희는 젊은데도 노력하지 않으니   汝曹年少不努力

세월은 무정하게 하루하루 흘러간다.   歲月無情日日侵

성인 되고 현인 됨이 군자의 일이거니   爲聖爲賢君子事

남아라면 초심을 저버리지 말아야지.   男兒愼莫負初心

세상의 온갖 일 서책에 달렸으니   百無事在書房房

고요 속에 시서 익혀 배움 날로 성장하리.   靜裏詩書學日長

처자식 사랑함은 몸 망치는 일이거니   憐子愛妻壞了事

남아라면 몇 개의 굳센 마음 품어야지.   男兒幾箇是剛腸

툭 트인 커다란 공변된 이치   廓然大公理

하늘 뜻엔 치우침 전혀 없다네.   天意自無偏

너희는 억지로 일을 푼다며   小兒强解事

신세를 빈 배에 맡기는구나.   身世任虛舡

젊어 노력하지 않으면 무정하게 흘러가버린 세월 앞에 안타까운 탄식만 남는다. 사람은 초심을 지켜 고요 속에 기운을 길러서 배움을 성장시켜야 한다. 그러지 않고 처자식 사랑에 폭 빠져서 굳센 본디 마음을 버리고 안락에 빠진다면, 그것은 다름 아닌 제 한 몸을 망치는 길이다. 인생을 빈 배에 실으려 들지 마라. 큰 뜻을 품어 그 길로 매진하라.

너희가 배움을 잃는 것이 지극히 염려스럽구나.
천번 만번 부지런히 노력하여 게을리 하지 마라.

내가 평소 공부한 군자의 길

유계가 아들에게 준 가훈 18조

군자의 배움은 마음을 보존하는 것보다 절박한 것이 없다. 마음을 보존하는 방법은 경(敬)을 지니는 것이 가장 중요하다. 경은 한 마음의 주재(主宰)니, 동정(動靜)에 통하고 본말(本末)을 갖추었다. 말과 행실을 삼가지 않는 것은 마음을 보존하지 못했기 때문이다.

마음을 보존하면 말이 조심스럽고, 말이 조심스러우면 행실을 삼가게 된다. 언행을 삼가는 것은 덕에 가깝다. 마음을 다스리는 것은 경을 주로 하여 욕심을 맑게 하는 것에 지나지 않는다. 경을 주로 하면 욕심이 맑아진다. 욕심이 맑아지면 마음이 깨끗해진다. 마음이 깨끗해지면 이치가 환해지고, 이치가 환해지면 도가 이루어진다.

하늘과 땅 사이의 온갖 사물은 모두 군자의 도(道)다. 이 도는 내 한 마음에 바탕을 둔다. 때문에 내 마음의 작용을 성찰하여 어그러짐이 없게 하고, 내 마음의 본체를 지켜 길러 치우침이 없게 해야 한다. 그렇게 되면 천지가 제자리를 잡고 만물이 길러진다. 이에 군자의 지극한 공부는 기약하지 않고도 절로 그렇게 된다. 대저 마음이란 기(氣)의 정밀하고 상쾌한 것이다. 때문에 상등(上等)의 지혜가 아니고서는 가지런하지 못한 탄식이 없을 수 없다. 그 가지런하지 않은 곳을 붙들어, 바싹 붙어 힘을 쏟으면 인(仁)이 문득 그 가운데 있게 된다.

인은 잠깐 사이라도 마음에서 끊어지면 안 된다. 한때라도 끊어지면 바로 그때 마음을 잃고 만다. 하루 동안 끊어지면 하루 동안 마음을 잃게 된다. 처음 배우는 사람은 이 점을 가장 명심해서 더욱 힘을 쏟아야 한다.

인욕(人慾)이 깨끗이 없어지면 천리(天理)가 온전해진다. 우러러 부끄러움이 없고, 굽어 거리낄 것이 없다면 안연(顏淵)이 즐거워한 곳을 살펴볼 수 있을 것이다.

『대학』 서문에서는 기질을 변화시키는 것에 대해 말했다. 기질을 변화시키기란 지극히 어렵다. 그래서 안연 같은 성인도 석 달 뒤에 인(仁)을 어긴 탄식이 없을 수 없었던 것이다. 이 또한 기질의 병통이다. 군자의 공부는 반드시 기질을 변화시키는 것이 으뜸이니, 더더욱 힘을 쏟아야 한다.

귀와 눈은 사물을 좇으므로 덕을 잃기가 가장 쉽다. 그래서 성인은 보고 듣고 말하고 행동함에 있어 극기복례(克己復禮)를 으뜸가는 공부로 삼으셨던 것이다. 배우는 자는 마땅히 가장 절실하게 경계해야 할 것이다.

자신이 지닌 기질의 병통은 비록 능히 알면서도 고치지 못하는 자가 간혹 있다. 이는 심력(心力)이 부족한 때문이다. 이런 사람은 자기가 알고 있는 기질의 병통으로 나아가 부지런히 마음을 쏟으면서 움직이고 멈추는 사이에도 늘 주목하고, 말하고 침묵하는 사이에도 늘 여기에 주목한다면 고칠 수 있을 것이다.

군자가 임금을 섬기는 것은 마땅히 어버이를 섬기듯 해야 한다. 어버이는 어찌 섬기는가? 곧음으로 할 뿐이다. 임금은 어찌 섬기는가? 곧음으로 할 뿐이다. 성인의 문하에서 '직(直)'자의 부절(符節)은 어디고 합당치 않은 데가 없다. 어버이를 섬기고 임금을 섬기는 도에 있어 더욱 절실하다고 나는 생각한다.

군자가 뜻에 맞지 않으면 떠나는 것은 중국의 도다. 우리나라에서는 다만 몸을 바쳐 끝까지 노력하다가 죽은 뒤에야 그만두는 도를 써야 할 것이다.

근세 산림에 종사하는 자는 도학(道學)의 종자라 말하고, 벼슬길에 종사하는 자는 명리(名利)를 좇는 부류라고 말한다. 이는 진실로 비루한 말이다. 옛날의 정자(程子)와 주자(朱子)는 지금의 퇴계와 율곡이니, 어찌 벼슬길 가운데서 덕을 이룬 사람이 아니겠는가? 대저 군자의 도는 현재 처한 자리에서 행하여야만 할 것이다.

자사(子思)는 천명(天命)의 성(性)을 말했다. 성이란 바로 사람의 본연을 가리킨다. 건순오상(健順五常)이 치우치기도 하고 온전하기도 한 것이 바로 이것이다. 사람이든 사물이든 모두 천명을 받았지만, 이같이 치우치고 온전한 차이가 있는 것은 타고난 기운이 같지 않기 때문이다. 타고난 기운으로 말미암아 각자 마땅히 갈 길을 가게 되는 것은 자연의 이치 아님이 없다. 맹자가 말씀하신 "천하에서 말하는 성(性)은 '고(故)'일 뿐이다"라는 것이 이것이다.

이른바 기질지성(氣質之性)이라는 것은 본연에서 얻은 이치가 형기(形氣) 가운데 떨어져 있는 것이다. 그래서 일상에서 행동하는 사이에 강함과 부드러움, 둔함과 예리함이 형기에 따라 각기 달라진다. 사람의 어질고 어리석음과 사물의 선하고 악함이 바로 이 기질이 부리는 바 아님이 없다. 공자가 말씀하신 "성(性)은 서로 가깝다"는 것이 이것이다.

사람과 사물의 대본지성(大本之性)은 바로 천명 가운데서 형기를 뛰어넘어 말한 것이다. 전체의 덕은 모든 사물이 다 갖추었고 흠결도 없다. "천하를 통틀어 하나의 성(性)"이라고 한 것이 이것이다.

증자는 『중용』에서 명덕(明德)을 말했다. 명덕이란 바로 심성(心性)을 합쳐 말한 것이다. 이것은 사람과 사물이 다 같다.

주자가 말씀하셨다. "마음의 본체는 선하지 않음이 없다." 또 이렇게 말씀하셨다. "악이 마음이 아니라고 말할 수 없다." 마음이란 기운의 정밀하고 상쾌한 것이다. 정밀하고 상쾌함으로 본다면 본래부터 텅 비어 밝다. 하지만 형기로 본다면 처음부터 들쭉날쭉하다. 그 텅 비어 밝은 것은 비록 저 형기 가운데 두더라도 그 본체는 본래부터 텅 비어 밝다. 그런 까닭에 일찍이 선하지 않음이 없다고 말한 것이다. 그 가지런하지 않은 것은 비록 이렇듯 정밀하고 상쾌한 묘를 지녔다 해도 그 본체는 절로 가지런하지 않다. 때문에 "악이 마음이 아니라고 말할 수 없다"고 한 것이다.

대저 무릇 일리(一理)와 일기(一氣)는 도체(道體)의 자연스러움이다. 기(氣)를 버리고서 이(理)만 논한다면, 이는 포착할 곳이 없고 도는 설명할 수가 없다. 그런 까닭에 천지는 음양의 지위로 나뉘고, 건곤은 건순(健順)의 덕을 지니는 것이다. 사람과 사물이 분별이 없고, 귀하고 천함에 구별이 없다면 이것을 어찌 도라고 할 수 있겠는 가? 한마디로 말한다면 이렇다. "이가 통하는 곳에서 기의 국한됨을 본다면 명(命)은 또한 가지런하지 않다. 기가 국한된 곳에서 이가 통함을 본다면 성(性)은 온전하지 않음이 없다."

이것은 내가 평소 힘써 공부한 것이다. 기록하여 너에게 보이니 모름지기 체득하도록 해라.　　　　　　　　　　　　│ 원문 310쪽 │

시남(市南) 유계(兪棨, 1607~1664)가 아들 명윤(命胤)에게 준 「가훈(家訓)」 18조다. 실제로는 가훈이라기보다 자신이 평소 공부하면서 깨달은 핵심을 정리한 것이다.

군자의 공부는 한마디로 말하면 마음을 보존하는 공부다. 내가 내 마음의 주인이 되는 공부, 마음이 제멋대로 돌아다니지 못하게 하는 공부가 진짜 공부다. 이 공부를 제대로 하면 욕심이 사라지고 마음이 깨끗해져서 세상 이치가 또렷이 보인다. 그러자면 어떤 노력을 해야 하겠느냐?

늘 마음을 성찰하여 어그러지거나 치우침이 없도록 해야 한다. 늘 쉼없이 노력하고 살피면 인(仁)이 마음속으로 들어올 것이다. 이 인은 잠깐이라도 마음에서 놓쳐서는 안 된다. 마음에 인이 없다면 나도 없다. 내가 없으면 살아도 헛사는 것이니, 명심하고 또 명심해라.

그러자면 지금까지의 습관을 끊고 기질을 변화시켜야겠지. 공자는 극기복례를 인을 얻는 처방으로 제시하셨다. 듣고 보는 것에 빠져들지 않고, 인으로 중심을 세워 마음을 주재할 수 있어야 한다. 극기복례는 어찌 해야 하나? 그것은 바로 '직(直)'의 정신일 뿐이다.

세상이 이상해져서 저마다 산림의 처사(處士)만 귀한 줄 알고, 벼슬길에 있는 사람은 명리를 좇는 부류라고 손가락질한다. 하지만 저마다 그렇게 숨어버린다면 세상의 바른 도리는 누가 편단 말이냐? 군자가 가는 길은 언제나 주어진 상황에서 최선을 다하는 것일 뿐이다. 그밖에 도학의 중요한 개념 몇 가지에 대해 설명을 남기니 마음에 새겨 체득하도록 해라.

유계의 본관은 기계(杞溪), 자는 무중(武仲), 호는 시남, 시호가 문충(文忠)이다. 1633년 식년문과에 급제했다. 병자호란이 일어나자 척화를 주장했다가 뒤에 이로 인해 임천에 유배되었다. 1639년 해배되었으나 벼슬을 포기하고 금산(錦山)으로 들어가 학문에 전념했다.

1644년 주서(注書)로 기용된 후 1646년 무안현감을 지냈고, 1649년 부교리 때 인조가 죽자 왕의 장례절차를 상소, 예론(禮論)에 따라 제도화했다. 이어 인조의 묘호 문제로 다시 온성에 유배되었다가 풀려났으며, 1658년 송시열 등의 천거로 문학(文學)에 등용되었다. 효종이 죽고 복상 문제가 제기되자 서인으로서 기년설(朞年說)을 지지하고 삼년설을 주장하는 남인을 논박, 제거했다. 후에 대사헌, 이조참판 등을 지내다가 신병으로 사직했다.

유계는 성리학에 밝고 예론과 사학(史學)에 정통했다. 1714년에 간행된 저서 『가례원류(家禮源流)』는 노론과 소론 사이에 치열한 당쟁을 불러일으켰다. 임천의 칠산서원(七山書院) 등에 제향되었으며, 저서에 『가례원류』『시남집』『여사제강(麗史提綱)』등이 있다.

그는 평생 성리학과 예학에 잠심(潛心)하여 큰 족적을 남겼다. 문집인 『시남집』에는 아들 명윤에게 보낸 편지 열한 통이 실려 있다. 그 가운데 두 통을 함께 읽어보자.

너희가 배움을 잃는 것이 지극히 염려스럽다. 천번 만번 부지런히 노력하여 게을리 하지 말아라. 사마천의 『사기』는 그리 긴급하지 않은 듯싶다. 어찌 먼저 실지(實地)에 힘을 쏟지 않는단 말이냐? 이왕에 읽기 시작했거든 백번 안쪽으로는 섣불리 그만두어서는 안 된다.

근래에 읽는 것은 무슨 책이냐? 장년의 하루는 몹시도 아까운 법이니, 절대로 허투루 놀아서는 안 된다. 『논어』 주를 정독해서 한편으로는 견식을 통하게 하고, 한편으로는 작문 방법을 익히는 것이 좋겠다. 노곡(老谷)이 세상을 떴다는 소식에 놀라움을 금할 수가 없구나. 임향(林鄕)에 살게 되면서 좋은 이웃이 있음을 기뻐하여 조만간 강호에서 단란하게 지내려 했는데, 이제 영영 가고 말았다니 더더욱 마음이 아프다. 이 노인의 실다운 행실은 후생들이 마땅히 알아야 한다. 피눈물로 삼년을 우니 무덤의 나무에 꽃이 피지 않았다. 상복을 입은 채 의병을 일으켜 행재소에서 임금을 모셨으니, 지성이 아니고는 어찌할 수 있는 일이었겠느냐? 묻히던 날, 내 어찌 뇌사(誄詞)가 없으랴만, 스스로 능히 할 수 없는 사정이 있었으니, 지하에서도 마땅히 말 없이 용서해줄 것이다. 네가 내 대신 가서 곡하고 여러 고아에게 내 이 마음을 전해다오. 또 모름지기 이따금 가보아야 할 것이다.

정쟁의 와중에 여러 번 귀양을 가 오랜 세월 멀리 떨어져 지내면서도 그는 이렇게 자식들의 공부와 범절을 하나하나 살폈다.

실질을 갖추어야지 겉보기만 번드르르한 것은 절대 못쓴다.

저 소나무와 대나무를 보아라.

곧은 절개를 지녀 늘 늠름해도 꽃을 뽐내는 법이 없지 않더냐?

작약은 번화해도 열매 맺지 못하나니

홍여하가 아들에게 준 훈계

거친 밥과 헌 솜옷으로 사치함을 끊고서

근면과 근신으로 헛된 자랑 하지 마라.

  — 장공(丈公)은 「계자서(戒子書)」에서 "부지런함〔勤〕과 삼감〔謹〕이

    라는 두 글자를 따라 올라가면 무한히 좋은 일이 있다"고 했다.

명사(名士)가 되려 하면 명예 외려 줄어들고

이익 쫓는 집안에는 재앙 근심 많아진다.

  — 친척이 화목하지 않아 작은 이익 다투느라 송사를 일으켜 재앙 불

    러들이는 것을 경계하라. 온 마을사람이 천하고 악하게 여기고 집

    안의 도리가 기울고 엎어진다.

작약은 번화해도 열매 맺긴 어려운 법.

  — 예쁜 아내가 반드시 훌륭한 자식을 낳는 것은 아니고, 문사(文士)

가 꼭 일을 알차게 처리하는 것은 아니다.

솔〔松〕과 대〔筤〕의 절조(節操)로 꽃을 즐겨 피우랴.

— 화려한 문사(文詞)는 군자가 숭상할 바가 아니고, 얼굴을 꾸미고
화려하게 단장하는 것은 곧은 부인이 할 바가 아니다.

정녕코 후손 향해 다시금 말하노니

남 해치는 마음으로는 도에서 멀어지리.　　　　| 원문 312쪽 |

목재(木齋) 홍여하(洪汝河, 1620~1674)가 아들에게 준 훈계의
글이다. 시 구절 중간중간에 본문 내용과 관련 있는 구절을 인용했
다. 내용을 다시 한 번 음미해보자.

아들아! 너는 '근(勤)'과 '근(謹)'이라는 두 글자를 늘 가슴에 새겨
두어라. 근(勤)은 근면함이니 부지런히 노력하는 마음이다. 근(謹)
은 삼감이니 항상 조심하는 자세다. 이 두 글자가 네 가슴에 스며들
면 거친 밥과 헌 누비옷이 부끄럽지 않고, 사치와 방종이 부끄러울
것이다. 이 아니 좋으냐! 부적처럼 이 두 글자를 지녀 살아라.

이름이 나고 싶으냐? 이름은 행위의 결과이지 목표가 아니다. 네
가 이름에 집착하면 사람들은 너를 기리기는커녕 천하게 여겨 거들
떠보지 않을 것이다. 재물의 이익을 많이 가져 떵떵거리며 살고 싶
으냐? 그로 인해 오히려 재앙과 근심이 끊일 날 없을 것이다. 더욱이
잗단 이익을 다투겠다고 친족간에 송사를 일으키는 것은 온 집안에
재앙을 불러들이는 첩경이니라. 마을사람들은 침을 뱉고, 집안의 도
리는 땅에 떨어져 손쓸 수 없게 될 것이다.

작약은 화려하지만 열매가 없다. 겉보기만 그럴 듯하고 실속이 없

다. 이 또한 남의 손가락질을 받는 일이다. 얼굴 예쁜 여자가 훌륭한 자식을 낳는 것은 아니다. 글 잘한다고 일도 잘하는 것은 아니다. 실질을 갖추어야지, 겉보기만 번드르르한 것은 절대 못쓴다. 저 소나무와 대나무를 보아라. 곧은 절개를 지녀 늘 늠름해도 꽃을 뽐내는 법이 없지 않더냐?

특별히 너희에게 당부하고 또 당부할 일은 혹여라도 남 해치는 마음을 품지 말라는 것이다. 남 해코지할 마음을 품고서는 도를 향해 가는 군자의 마음이 깃들 곳이 없다. 그리 되면 결국 세상에서 버린 사람이 되고 말겠기에 하는 말이다.

홍여하는 본관은 부계(缶溪)고, 자는 백원(百源)이며, 호는 목재 또는 산택재(山澤齋)다. 사후에 부제학에 추증되었고, 문경의 근암 서원(近嵒書院)에 제향되었다.

1654년 식년문과에 을과로 급제해 예문관 검열(檢閱)로 관직생활을 시작했다. 정언(正言)이 되어서는 효종에게 시사(時事)를 논하는 소를 올려 왕의 가납(嘉納)을 받았으나 반대파의 배척을 받아 고산 찰방으로 좌천되었다가 1년 만에 사퇴했다.

1658년 다시 벼슬길에 나가 경성판관이 되었지만, 왕에게 올린 소에 이후원(李厚源)을 논박한 구절이 있었던 일로 말미암아 이조판서 송시열이 사직하는 등의 문제를 일으켜 황간에 유배되었다. 이듬해에 풀려났으나 벼슬을 단념하고 고향에 돌아가 오직 학문에만 전념했다.

1674년 서인이 실각하고 남인이 정권을 잡자 다시 등용되어 병조정랑, 사간에 제수되었지만 병으로 나가지 못하고, 그해 12월 14일 세상을 떠났다.

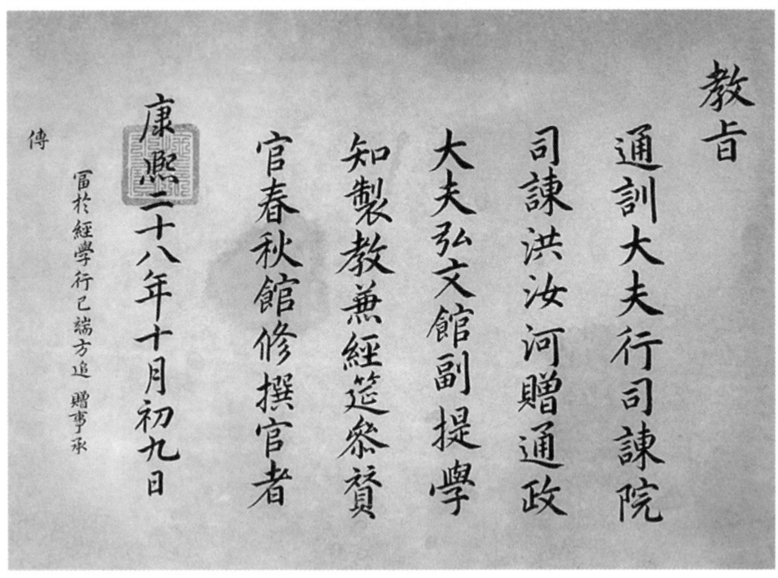

教旨
通訓大夫行司諫院
司諫洪汝河贈通政
大夫弘文館副提學
知製教兼經筵參贊
官春秋館修撰官者
康熙二十八年十月初九日
傳
冨於經學行己端方追贈事承

위는 홍여하의 위패를 배향한 문경 근암서원. 서원 철폐 때 훼철된 것을 복원한 것이다. 문경시청 소장 사진. 아래는 1689년 홍여하 사후에 홍문관 부제학 겸 춘추관 수찬 등의 지위를 추증한 교지다.

　홍여하는 몇 번의 정치적 부침을 겪고 비교적 젊은 나이에 생을 마감했지만, 주자학에 밝아 당시 사림의 종사(宗師)로 일컬어졌다. 뿐만 아니라 생전에 많은 저술을 남겼는데, 이현일(李玄逸)이 지은 행장과 권유(權愈)가 지은 묘갈명에 의하면『사서발범구결(四書發凡口訣)』『주역구결(周易口訣)』『의례고증(儀禮考證)』『휘찬려사(彙纂麗史)』『동사제강(東史提綱)』『용학구의(庸學口義)』와 몇 권의 문집이 집에 남아 전한 것으로 확인된다. 그중『동사제강』13권 7책은 정조 연간에 목판으로 간행되었는데,『휘찬려사』와 더불어 17세기 사대부들이 고대사를 어떻게 인식했는지 그 특징을 확인할 수 있는 중요한 자료다.

　홍여하는 장수황씨 군수 황덕유(黃德柔)의 딸을 아내로 맞아 2남 3녀를 두었고, 다시 문소김씨 별좌 김규(金烇)의 딸을 아내로 맞이해 2남 1녀를 두었다. 그 외 측실에게서 얻은 두 아들이 있다. 앞의「훈자편(訓子篇)」은 이 자식들에게 남긴 경계의 시로 세상을 뜬 1674년에 지은 것이다.

높은 지위를 영예로 여길 것이 아니라

언제나 올바름으로 자신을 검속해 실족하는 일이 없도록 하라.

세상의 명리는 재앙일 뿐이다

신정이 여러 아들에게 써준 훈계

우리 집안이 대대로 관직을 이어온 것이 8백여 년이다. 고려 5백 년 동안 대대로 이름난 사람이 있었다. 우리 선조이신 봉선공(奉先公)은 쇠미하여 혼란스러운 때를 당해, 시사(時事)가 날로 그릇되어 가는 것을 보시고, 평산(平山) 땅의 별업(別業)으로 물러나 살면서 세상을 마치고자 하셨다. 능히 장수를 누리시어, 둘째아드님이신 인재공(寅齋公)과 막내아드님이신 서호공(西湖公)이 우리 조정에서 과거에 급제하는 경사를 보셨다.

그후 집안이 번창했다. 우리 집안의 직계만 하더라도, 서호공의 아드님은 전생주부(典牲主簿)가 되셨고, 그 아드님은 사직령(社稷令)이 되셨다. 고조부이신 이간공(夷簡公)은 약관에 장원급제하여 관직이 참찬(參贊)에 이르렀다. 아들 셋을 두셨는데 맏이는 군수가

되셨고, 둘째가 바로 내 증조부이시니 벼슬은 송도도사(松都都事)에
그치셨다. 그 다음은 참봉이 되셨다.

돌아가신 할아버님 신흠(申欽) 공은 세상에서 보기 드문 우뚝한
자질로, 젊은 나이에 과거에 급제하여 차례차례 승진해서 높은 지위
에까지 올라, 세상에 이름난 신하가 되셨다.

이때부터 우리 집안은 비로소 큰 가문이 되었다. 백부이신 동회
(東淮) 신익성(申翊聖) 공은 문장과 행실로 여러 이름 있는 인사가
추천했으나 나라의 법제에 묶여 그 재주를 펴지 못하셨다. 돌아가
신 아버님 신익전(申翊全) 공은 맑고 순박하며 온화하셔서 가학(家
學)으로 성취하셨지만 지위는 이경(貳卿, 참판의 지위)에 지나지 않
았다.

나는 학문이 부족하고 아는 것도 없으면서 외람되이 과거에 급제
해 분수에 넘치는 관직을 거쳤고, 갑작스레 1품에 올라 지위가 재상
아래에 있었다. 스스로 돌아보매 부끄럽기 그지없어 자나깨나 편치
가 않았다.

게다가 여덟 아들을 두었는데, 맏아들은 제조랑(諸曹郎)에 선발되
었다가 지금은 시령(市令)에 임명되었다. 둘째아들은 어린 나이에
벼슬길에 들어, 옥당을 거쳐 전조(銓曹)로 들어가니, 당시에 명망이
높았다.

아우 신엽(申曄)이 이때 마침 홍문관 부제학을 맡아 나와 함께 살
고 있었다. 조회하러 갈 때 내가 탄 수레가 앞장을 서면, 아우 엽과
셋째아들 계화(啓華)가 뒤를 따랐다. 부르고 외치는 소리가 마을 안
에 잇달았으므로 사람들이 혹 그 귀하고 성대함을 일컬었으나, 나는
몹시 두렵기만 했다.

서호공이 비록 인재공을 형으로 두셨지만 겨우 정언(正言)에 배수되었고, 결국 벼슬을 버리고 돌아와 숨으셨다. 주부공과 사직공은 모두 하급관료로 묻혀 지내셨고, 또 형제 중에도 높은 요직에 오른 사람이 없었다. 참찬공은 당세에 이름을 떨쳤지만, 여러 아들은 모두 현달하지 못했다. 할아버님이 지위가 가장 높고 이름이 한세상에 드높았으나, 종조부는 낙척불우(落拓不遇)하셔서 끝내 크게 떨치지 못하셨다.

나같이 불초한 자가 외람되이 잘못된 은총을 입어 아우 및 아들과 함께 모두 요직에 들어가 사람들이 가리키는 바가 되었으니, 매양 한번 생각할 때마다 복이 아니라 재앙이려니 하였다.

아아! 내 나이 육십이 다 되어간다. 세상을 향한 마음은 재처럼 식어, 문을 닫아 청소도 하지 않으며 날마다 술을 마시니, 얼마 지나지 않아 저승 가는 나그네가 되지 않겠느냐? 너희는 아비의 이러한 뜻을 생각하여 삼가고 또 삼가 스스로를 지키기를 석경(石慶)의 가법(家法)처럼 하여라. 벼슬이 높아짐을 영예로 여기지 말고, 오직 행동이 검속함에 어그러짐이 없기만을 생각해야 한다.

자제들을 가르쳐서 우리 집안의 명성에 누가 되지 않도록 한다면, 내 비록 아무것도 모른 채 황량한 들판에 뼈로 묻힌다 해도, 사시(四時)에 올리는 술잔을 흠향함과 마찬가지라 할 수 있을 것이다. 힘쓰고 힘쓸지어다.

| 원문 313쪽 |

신정(申晸, 1628~1687)은 조선 중기의 문신이다. 본관은 평산(平山), 자는 백동(伯東), 호는 분애(汾厓), 시호는 문숙(文肅)이다.

할아버지는 영의정을 지낸 신흠(申欽)이고, 아버지는 참판 신익전(申翊全)이며, 어머니는 조창원(趙昌遠)의 딸이다. 청송심씨 교리 심희세(沈熙世)의 딸 사이에서 3남 2녀를 두었고, 양천허씨 판관 허섬(許暹)의 딸 사이에서 6남 3녀를 두었다.

가학(家學)의 전통 속에서 학문을 닦았다. 1648년 사마시에 합격하고 1664년 음보(蔭補)로 빙고별검(氷庫別檢)에 임명되었으며, 그 해에 춘당대문과(春塘臺文科)에 병과로 급제했다. 1667년 검열·설서·지평·정언·대교 등을, 1669~1674년에는 문학·수찬·응교·집의·전라도관찰사·대사간·대사성·평안도관찰사 등을 두루 역임했다.

1675년 남인이 집권해 서인이 추방될 때 파직되었다가 3년 후 도승지로 다시 등용되었다. 1679년 한성부좌윤으로 있을 때 남인인 허적(許積)을 탄핵하다가 오히려 자신이 삭탈관직당하기도 했다. 1680년 경신대출척으로 남인이 물러나자 대사헌에 발탁되었다. 인경왕후(仁敬王后)가 죽자 빈전도감제조(殯殿都監提調)를 맡아보았고, 그 후 우참찬·예조판서·공조판서·좌참찬·예조판서·이조판서 등을 지냈다. 개성부유수에 이어 판의금부사로서 예문관제학을 겸직한 뒤, 1685년 예조판서가 되었다. 한성판윤을 거쳐 강화부유수로 재임하던 중 죽었다.

바른 정사로 일세의 추중(推重)을 받은 이름난 재상이었고, 시문과 글씨에 뛰어나 관각(館閣)의 전책(典冊)이나 국가의 금석문자를 찬술한 것이 많다. 특히 시에 뛰어나 격조가 청절(淸絕)하다는 평을 들었다. 저서에 『분애집』『분애유고』『임진록촬요(壬辰錄撮要)』 등이 있다.

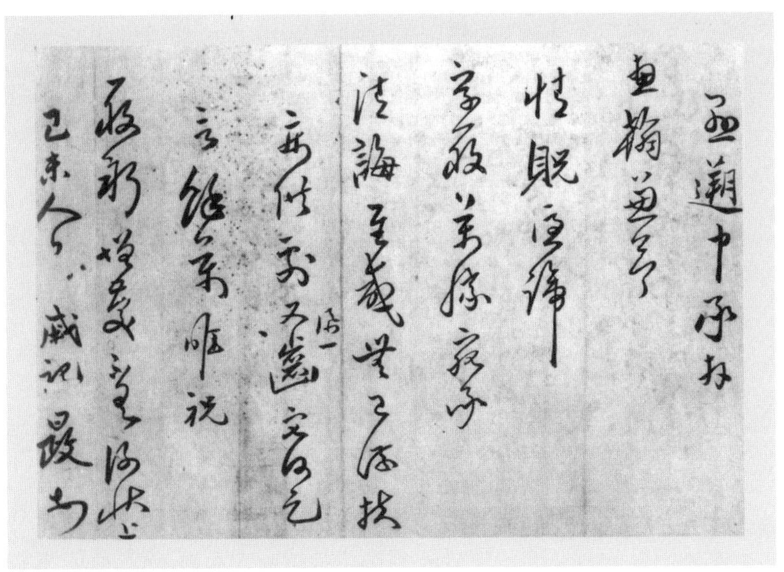

신정의 친필. 먼 친척이 보내온 물품을 받고 고맙다고 답장하면서 안부를 전한 편지. 단정하면서도 힘있는 글씨다.

앞의 「시제자문(示諸子文)」은 만년에 여덟 아들에게 유언 삼아 훈계로 내린 것이다. 고려 때부터 이어온 집안의 자랑스러운 내력을 밝히고, 부족한 자신이 과분한 광영을 누리는 것에 대해 두려운 마음을 말했다.

지위가 판서의 반열에 올랐으면서도 그는 늘 전전긍긍 분에 넘치는 부귀를 두려워했다. 높은 지위를 영예로 여길 것이 아니라, 언제나 올바름으로 자신을 검속하여 실족하는 일이 없도록 하라고 당부하고 또 당부했다. 윗자리에 선 사람의 몸가짐과 마음가짐이 어떠해야 하는지 잘 보여주는 글이다.

이와는 별도로 그는 자신의 일곱 아들을 평하는 대단히 흥미로운 글을 따로 남겼다. 아들 하나하나에 대해 각자의 개성과 바람, 그리고 축복하는 내용을 담았다. 제목은 '평칠자(評七子)'다.

나는 아들 아홉을 두었다. 맏이는 어려서 죽었고, 막내는 아직 강보에 있다. 나머지 성장한 아들은 간책(簡策)에 이름을 올려 조정에 출사했다. 아직 어린 것은 글을 가르쳐 과제를 주어 읽히고 있는데, 제일 어린 녀석도 능히 따라하며 외워 읽곤 한다.

내가 병들어 누워 있는 중에 슬하에 둘러앉아 있는 것을 보고, 각각 그 타고난 자질의 높고 낮음을 가지고 글을 지어준다. 대개 힘이 빠져 거의 죽게 되었으면서도 애정의 뿌리가 오히려 남은 때문이다. 옛사람은 "자식을 아는 것은 아비만 함이 없다"고 했는데, 훗날 이를 징험해본다면 혹 이 말에 부합될는지 모르겠다.

둘째 운(雲)은	
순수하고 질박하며	純而質
효도하고 우애 있네.	孝且友
글 함부로 쓰지 않아	文不肆
너를 어이 허물할까.	伊何咎
고을 수령 인끈 차니	佩郡綬
누림 또한 두텁도다.	享亦厚
부부 사이 정다우니	樂于飛
좋은 후손 있으리라.	宜有後

右雲

셋째 명(明)은

계수나무 향기에다 　　　　　桂有芬

난초 향기 지녔구나. 　　　　　蘭有馨

주현(朱絃)처럼 울리고 　　　　朱絃鳴

백벽(白璧)같이 곧구나. 　　　　白璧貞

사람 재주 미워하고 　　　　　人嫌才

귀신 이름 시기한다. 　　　　　鬼忌名

네 자취 감추어서 　　　　　　韜爾跡

전형(典刑)을 보존하라. 　　　　保典刑

　　　　　　　　　　　　　　右明

넷째 요(堯)는

궤에 감춘 옥일러니 　　　　　櫝韞玉

굳이 팔 것 없다네. 　　　　　不必沽

혼자서 거처하며 　　　　　　處於獨

홀로 즐김 넉넉하다. 　　　　　足自娛

옛 글을 탐구하니 　　　　　　探墳索

덕 있어 안 외롭네. 　　　　　德不孤

선대 유업 이어받아 　　　　　繩先武

백행(百行)을 갖추도록. 　　　　百行俱

　　　　　　　　　　　　　　右堯

다섯째 정(鼎)은

고삐 풀린 송아지요 　　　　　犢未牿

길 안 든 수레라네. 　　　　　車難服

닦지 않은 거울이라 　　　　　鏡未拭

꼴 비추기 어렵겠네.　　　　　形難燭

너의 자질 바꾸기를　　　　　變爾質

내 빌고 또 비노라.　　　　　我所祝

변화를 원하거든　　　　　　欲其變

오직 배움 있어야지.　　　　唯有學

　　　　　　　　　　　　　　　　　右鼎

여섯째 우(禹)는

안 다듬은 박옥이요　　　　　璞未制

울지 않는 거문고라.　　　　琴未響

꾸미잖은 몽둥이요　　　　　椎無文

큼지막한 그릇일세.　　　　　廓有量

치로 재면 너무 짧고　　　　寸而短

자로 재면 너무 길다.　　　　尺而長

상서롭고 순종하니　　　　　祥且順

하늘이 도우리라.　　　　　天宜相

　　　　　　　　　　　　　　　　　右禹

일곱째 상(商)은

헌걸차고 키도 크며　　　　　頎而長

덩치 크고 몸집 좋다.　　　　碩而豐

겉으로는 말수 적고　　　　　默乎外

안으로는 총명하네.　　　　　晢于中

떠받들고 꿇어앉는　　　　　擎而跪

그 모습 공손하다.　　　　　厥容恭

네 마음 변치 말고　　　　　一爾心

가풍을 이어가라.　　　　　　　　繼家風

右商

여덟째 봉(鳳)은
높고도 깊으니　　　　　　　　　崇且深
그 자질이 우뚝하다.　　　　　　稟殊卓
나면서 어밀 넘어　　　　　　　生超母
아주 뛰어날 듯하나　　　　　　欲遠踔
얼마나 나아갈지　　　　　　　　厥有進
헤아릴 수가 없네.　　　　　　　不可度
우리 가문 크게 하여　　　　　　大吾門
변함없게 하려무나.　　　　　　庶無忒

右鳳

　젊어서 죽은 큰아들과 강보에 싸인 막내를 제외한 나머지 일곱 아들 하나하나에 대해 평한 글이다. 아버지가 관찰한 자식의 성품과 그에 대한 평가를 담았지만, 사실은 각각의 아들을 향한 아버지의 바람도 더불어 담겨 있다.

　운아! 네게는 따로 말이 필요없겠구나. 글도 진중해서 함부로 쓰는 법이 없으니 내가 좋게 본다. 너는 이미 과거에 급제하여 고을 수령으로 나가 있고, 부부의 금슬도 좋으니 훌륭한 후손이 이어질 것을 의심치 않는다. 지금의 성취를 잘 이어가거라.

　명아! 너는 재주가 너무 빼어난 것이 나는 걱정이구나. 빛나되 번쩍거리지는 말라고 했는데, 네 재주는 너무 두드러져서 사람의 미움을 받고 귀신이 시기할까 두렵다. 부디 네 빛을 감추고 재주를 숨겨라.

요야! 너는 아직 다듬지 않은 원석 같은 아이다. 굳이 세상에 나서서 이름을 드러내기보다는 경전공부에 잠심하여 학자의 길을 가는 것이 좋겠다. 비록 홀로 지내더라도 그 즐거움이 무궁할 게다. 경전 속에서 천고를 벗 삼으니, 덕은 외롭지 않다고 했다. 나는 네가 벼슬길보다는 학문의 길을 가주면 좋겠구나.

정아! 내 걱정은 다만 너밖에 없구나. 고삐 풀린 망아지가 따로 없고, 길 안 든 수레가 바로 너를 두고 하는 말이로구나. 때가 덕지덕지 묻은 거울이라 비춰봐도 모습이 보일 리 없다. 내 진실로 말한다. 너는 그 성품을 고치도록 해라. 변하지 않고는 아무것도 이룰 수 없는 법! 어찌 해야 하겠느냐? 공부하고 또 공부하면 된다. 거울을 닦고, 고삐를 묶고, 수레에 기름을 쳐야지. 그래서 훌륭한 사람이 되어야지.

우야! 나는 도타운 성품을 지닌 네가 좋다. 비록 아직 거칠어 다듬어지지는 않았지만, 네가 지닌 질박함은 너의 가장 큰 자산임이 분명하다. 세상사람들은 온통 겉을 꾸미기만 바쁜데, 너는 진득하게 순명하며 네 천성을 잘 지녀 보존하니 더없이 상서롭구나. 네 앞길에는 하늘이 늘 함께할 것을 내가 믿어 의심치 않는다.

상아! 인물은 여러 형제 중에 네가 가장 잘났구나. 게다가 과묵하고 총명하니, 내가 더 바랄 것이 없다. 네 공손한 몸가짐을 아비가 사랑한다. 한결같이 그 마음을 지녀 가풍을 크게 떨치는 사람이 되어라.

봉아! 네 타고난 자질을 보니 높고도 깊어, 이제 크게 성장하면 그 성취를 가늠할 길이 없겠구나. 부디 훌륭하게 자라서 집안의 자랑이 되어다오.

아파서 몸져누운 아버지 곁에 빙 둘러앉은 믿음직한 자식들을 보다가 조금 기력을 차려 한 줄 한 줄 내려쓴 아버지의 마음이 참 도탑다. 오늘날에도 자식들에게 이런 글 한 편씩 내려주는 부모가 있다면 자식에게 얼마나 큰 힘이 될까?

내가 너무 많은 것을 누려 재앙을 입었다.
너희는 나를 경계 삼아 겸손의 의미를 새기고 또 새겨라.

독서하는 종자가 끊이지 않게 하라

김수항이 아들에게 남긴 유언

내 지위가 재상의 반열에 올랐고, 나이 예순을 넘겼다. 명을 받아 죽는다 해도 다시 한스러울 것은 없다.

그래도 굳이 꼽자면 몇 가지 한이 있으니, 세 조정에서 망극한 은혜를 입었음에도 터럭만큼도 보답하지 못하고 마침내 큰 욕됨에 빠져 충성하려던 뜻을 저버리고 만 것이 첫 번째 한스러움이다. 젊어서부터 배움에 뜻을 두고 의리서(義理書) 보기를 좋아하여, 늙도록 감히 이 뜻을 잊지 않았다. 하지만 나약하고 게으름이 습관이 되어, 능히 단 하루도 그 힘을 실답게 쓰지 못한 채 마침내 들은 것 없이 죽게 되니 이것이 두 번째 한스러움이다.

비록 진작 세상길에 나오긴 했어도 벼슬에 대한 뜻은 실로 적었다. 성품이 산수를 좋아하여, 언제나 벼슬을 그만두고 한가롭게 지내며 적막한 물가에서 노년을 보내고자 일찍이 백운산 가운데 띠집을 얽으려고 했다. 뜻은 실로 여기에 있었으나 세상일에 얽매여 마침내 처음 품은 뜻을 이루지 못했으니, 이것이 세 번째 한스러움이다. 이는 너희가 알아두지 않으면 안 되겠기에 이를 써서 보인다.

나는 위태로운 때를 만나 오래도록 있지 말아야 할 자리를 외람되이 차지했다. 널리 백성을 건지는 책임은 본시 내가 감당할 바가 아니었다. 관직과 나라를 병들게 한 죄는 진실로 이루 다 속죄할 길이 없다. 하지만 임금을 사랑하는 한결같은 마음만은 귀신에게라도 물어볼 수 있다고 스스로 말하겠다. 오늘에 이르러 구구한 이 마음 또한 스스로 말할 길이 없고 보니, 다만 마땅히 후세에 양자운(揚子雲)이 알아주기를 바랄 뿐이다.

할아버님이 돌아가실 때 일찍이 '상례와 제례는 검소하게 하라'는 유언을 남기셨다. 나는 보잘것없어 선조께 실로 만에 하나도 미치지 못한다. 하물며 지금 임금에게 죄를 얻어 선대의 덕에 누를 끼쳤으니, 더더욱 아무 일 없이 죽은 사람과 같게 해서는 안 된다. 상례와 제례의 모든 일은 힘써 검약하게 해서 조금이라도 정도에 넘치지 않도록 해야 할 것이다. 내 이러한 뜻을 따르도록 해라.

우리 집안의 상례와 제례는 옛날의 예법에 어긋난 것이 적지 않다. 할아버님은 늘 선대에 이렇게 행한 것이 이미 오래되었으니, 경솔하게 마음대로 고치기가 어렵다고 가르치셨다. 하지만 그 가운데 고치지 않을 수 없는 것이 있거든 후손이 잘 헤아려서 고쳐도 괜찮다는 가르침 또한 남기셨다.

무릇 일이란 오래되고 보면 마땅히 고쳐야 하니, 한결같이 잘못을 고수해서는 안 된다. 이제 내가 죽거든 상례와 제례의 모든 예법은,

옛날과 지금이 같지 않거나 재력이 미치지 못하는 것을 제외하고는 한결같이 『상례비요(喪禮備要)』에 따라 행하도록 해라.

신도비(神道碑)는 지나치게 사치하거나 크게 세워 폐습을 본받아서는 안 된다. 할아버님의 신도비 또한 분부에 따라 비석을 세우지 않았다. 이제 내 무덤에는 다만 짧은 표석만 세우고 지석을 묻도록 해라. 지석에는 세계(世系)와 생졸(生卒)과 이력만 간략히 적어, 장황한 글로 남의 웃음을 사는 일이 없도록 해라.

내가 평소 재덕(才德)도 없이 한갓 선대의 음덕으로 나라의 은혜를 두터이 입어 지위를 훔치고 분수를 넘어, 스스로 재앙을 빨리 불러들였다. 오늘의 일은 가득 넘치는데도 그치지 않고, 물러남을 구하였으나 얻지 못해 이 지경에 이르고 말았다. 비록 후회하나 무슨 소용이 있겠느냐.

무릇 내 자손들은 마땅히 나를 경계로 삼아 언제나 겸퇴(謙退)의 뜻을 지니도록 해라. 벼슬길에 나가서는 높은 요직을 멀리하고, 집안생활에서는 공손과 검약을 힘써 행하여라. 교유를 삼가고 의론을 간략히 함에 이르러서는 한결같이 선대에 남기신 법도를 따라, 몸을 이끌고 집안을 보존하는 방법으로 삼는다면 더 바랄 나위가 없겠다. 이제 여러 손자의 이름에 '겸(謙)' 자를 붙인 것도 바로 이러한 뜻에서다.

옛사람은 독서하는 종자가 끊어지게 해서는 안 된다고 했다. 너희가 능히 부지런하게 여러 자식을 가르쳐, 마침내 충효와 문헌의 전통을 실추시키지 않는다면, 문호를 지키는 것이 꼭 과거시험이나 벼슬길에만 달려 있지는 않을 것이다.

기사년(1689) 4월 7일 문곡옹(文谷翁)은 아들 창집(昌集)·창협(昌

協) · 창흡(昌翕) · 창업(昌業) · 창집(昌緝)에게 주노니, 여러 손자가
성장하기를 기다려 또한 이 글을 보여주어라. | 원문 314쪽 |

문곡(文谷) 김수항(金壽恒, 1629~1689)이 숙종조 남인과 노론
의 당쟁(기사환국) 와중에 남인의 모함으로 진도에 유배되었다가 사
약을 받아 죽기 전 자식들에게 남긴 유언이다. 그는 18세에 사마시
에서 장원으로 급제하고, 23세에 알성문과에서 연거푸 장원에 올랐
다. 44세에 우의정을 지냈고 뒤에 영의정에까지 올랐다.

세 임금을 섬겼으나, 당시 서인과 남인의 반목은 골이 너무 깊었
다. 죽고 죽이는 정쟁이 그칠 날 없었다. 오늘에 와서 어느 한 편을
들어 옳고 그름을 갈라 말하기는 어렵다. 하지만 그가 죽음을 앞에
두고 보여준 한두 가지 언행을 통해 그 사람됨은 가늠할 수 있다.

적소(謫所)에서 그는 손님과 바둑을 두고 있었다. 한창 바둑을 두
는데 흰 가마가 안뜰로 들어오는 것이 보였다. 김수항이 바둑을 두
면서 천천히 말했다. "오늘 장차 사약을 내린다는 후명(後命)이 있
어, 집사람이 나를 위로하러 온 모양일세." 바둑 두던 손님이 깜짝
놀라 그만 두자고 말했다. 하지만 말없이 바둑돌을 놓는 그의 안색
에는 흔들림이 없었다.

잠시 후 아들인 농암 김창협과 삼연 김창흡 형제가 마당에 엎드려
울었다. 김수항이 아들들을 나무랐다. "후명은 아직 이르지도 않았
다. 너희는 나를 위로하고 기쁘게 해야 할 것이다."

그리고 잠시 후 후명을 전달하러 온 사신이 도착했다. 김수항은
절을 올리고 왕명을 받았다. 그러고는 여러 아들에게 말했다. "내가

김수항의 반신 초상화. 눈매에서 그의 곧은 성품이 드러난다. 일본 덴리〔天理〕대학 소장.

세상사람들을 보니, 후명을 가져온 사신을 마치 원수처럼 여기더구나. 이는 임금의 명을 공경하지 않는 것이다. 너희는 그러지 마라." 그러고 나서 사신을 향해 "간밤 꿈에 시를 한 수 지었네. 들어보겠는가?" 하고는 이를 읊어 보여준 후 사약을 받들어 마시고 세상을 떴다.

또 이런 이야기도 전한다. 김수항은 아내 나씨가 자신이 죽은 후 뒤따라 세상을 버릴 것을 염려했다. 그래서는 안 된다고 당부하고 또 당부하다가, 마침내는 유서와는 별도로 '여러 자식을 올바로 키우지 못하면 지하에서도 만나지 맙시다'라는 글을 써서 아내에게 주었다. 부인은 울면서 그 글을 받아 몸에 간직했다. 그녀는 남은 평생 자식들의 훈도에 힘써 후대 육창(六昌)으로 일컬어지는 여섯 형제를 길러냈다. 그리고 남편이 자신에게 써준 글을 품은 채 관 속으로 들어갔다.

죽음을 앞두고 쓴 유서에서 그는 세 가지 안타까운 일을 적었다. 나라에 큰 은혜를 입고도 보답하지 못한 일과 공부에 뜻을 두고도 마침내 성취하지 못한 일, 끝으로 산수에 묻혀 노년을 보내려던 꿈을 이루지 못한 것이 그것이다. 그리고 직분을 옳게 수행하지 못해 나라에 큰 누를 끼친 것을 안타까워했다. 그러나 임금을 사랑하는 붉은 뜻만큼은 조금의 부끄러움도 없다고 떳떳이 밝혔다.

이어 상례와 제례를 간소하게 치르고, 무덤에는 신도비를 세우지 말고 간략한 이력만 지석에 새겨 묻으라는 당부를 남겼다. 또 손자들의 이름에 '겸(謙)' 자를 돌림자로 삼아, 자신을 낮춰 지나침을 경계하라는 뜻을 일렀다.

문집인 『문곡집』에는 사약을 받고 쓴 시 「문후명(聞後命)」이 실려 있다.

세 조정에 몸을 담아 무슨 보탬 있었던가.　　三朝忝竊竟何裨

한 번 죽음 이제껏 분수에 마땅하다.　　一死從來分所宜

다만 오직 임금 사랑 이 마음 피와 같아　　唯有愛君心似血

마땅히 구원에서 귀신 보내 알게 하리.　　九原應遣鬼神知

또 삶의 끝자리에서 손자들의 돌림자를 정해 자식들에게 보여주며 쓴 시도 있다.

가득 참은 귀신의 시기 부르고　　盛滿招神忌

영명(榮名)은 재앙의 뿌리가 되네.　　榮名作禍根

모름지기 한 글자 '겸(謙)'을 주노니　　須將一謙字

힘써서 자손들을 경계하여라.　　勉勉戒諸孫

억울한 죽음을 앞두고 왜 할 말이 없었겠는가? 하지만 그 깊은 원망은 접어두고 한 마디도 내비치지 않았다. 다만 '내가 너무 많은 것을 누려 재앙을 입었다. 그러니 너희는 나를 경계 삼아 겸손의 의미를 새기고 또 새겨 재앙의 뿌리를 멀리하라'고 당부했다. 죽음 앞에 선 그 담대하고 담담한 자세가 마음에 길게 여운을 남긴다.

눈앞의 역경은 자기 역량을 드높일 든든한 힘이다.
가난타령으로 허송세월 하지 말고, 술타령으로 덕성을 잃지 마라.
독서로 뜻을 세우고, 쉼없이 마음밭을 개간하라.

술을 멀리하고 책을 가까이하라

송규렴이 자식과 사위와 조카들을 경계한 시

남아의 사업은 태산과도 같나니	男兒事業泰山如
아홉 길 쌓는 공부 소홀할 수 있으랴.	九仞工夫可忽諸
뜻은 쉬 달아나니 통제를 엄히 하고	意馬易奔宜猛制
마음 개간 어려우니 호미질은 정밀해야.	心田難闢盍精鋤
덕성 보존하려 하면 술을 멀리해야 하고	要全德性須疏酒
몸과 이름 세우는 것 독서에 달려 있다.	欲立身名在讀書
세월은 한번 가면 되돌릴 수 없는 법,	歲月一過追不得
허송세월 집안 가난 탄식하지 말려무나.	莫敎虛老歎窮廬

 송규렴(宋奎濂, 1630~1709)이 자식과 사위와 조카들에게 공부

하는 사람의 마음가짐을 경계하여 준 시다.

'위산구인(爲山九仞)에 공휴일궤(功虧一簣)'라 했다. 아홉 길 높이의 산을 쌓는데, 한 삼태기의 흙에서 공이 무너지고 만다는 뜻이다. 99퍼센트까지 다 해놓고, 나머지 1퍼센트가 부족해서 끝내 보람을 보지 못한다. 하물며 남아의 사업이란 태산과도 같다. 갈 길이 멀다. 그러니 그 바탕을 이루는 아홉 길 산 쌓는 기초공부를 어찌 소홀히 하겠는가?

생각은 널을 뛰고, 마음밭은 조금만 방심하면 잡초가 우거진다. 툭하면 달아나는 뜻을 다잡아서 꼼짝도 못하게 눌러앉혀야 한다. 금세 황폐해지는 마음밭은 호미질을 쉬지 않고 해서 부지런히 개간해라. 그러자면 어떻게 해야 할까?

아버지는 술을 멀리하고 책을 가까이하라는 처방을 내놓는다. 세월은 기다려주는 법이 없다. 청춘은 한번 지나가면 다시 오지 않는다. 공부에도 때가 있다. 허송세월로 다 늙은 뒤에 집안이 원체 가난해서 아무것도 할 수 없었다고 핑계를 대서는 안 된다고 쐐기를 박았다.

훌륭한 공격수는 밀집한 수비수를 뚫고서 골을 넣는다. 눈앞의 역경은 실로 내 역량을 드높일 든든한 힘이다. 가난타령으로 세월을 보내지 말고, 술타령으로 덕성을 잃지 마라. 독서로 뜻을 세우고, 쉼 없이 마음밭을 개간해라.

송규렴은 조선 후기의 문신으로 본관은 은진(恩津), 자는 도원(道源), 호는 제월당(霽月堂), 시호는 문희(文僖)다.

송준길의 문인으로 열아홉 살 때 사마시에 합격했고 이후 여러 관직을 역임했다. 1674년 효종비 인선왕후(仁宣王后) 장씨(張氏)의 복

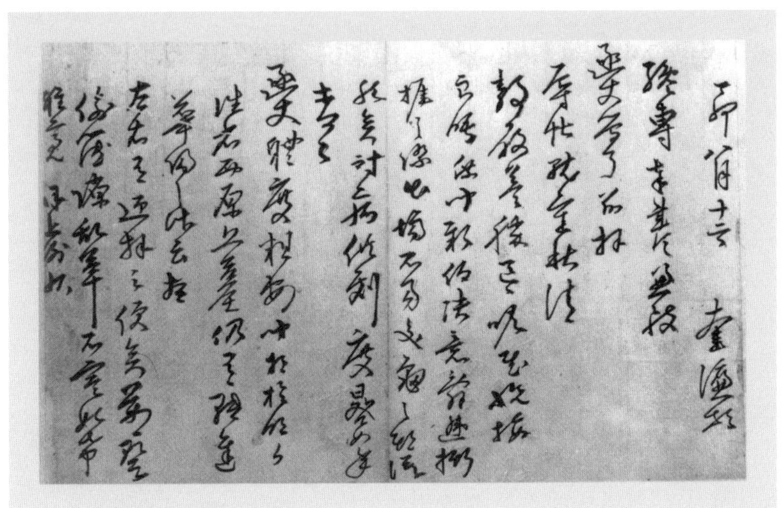

송규렴은 송준길에게서 글을 배워 대사헌, 지중추부사 등을 지냈다. 학문이 뛰어나 송준길, 송시열 등과 함께 삼송(三宋)으로 일컬어진다. 사진은 친필 문안편지다.

상 문제에서 남인의 주장인 기년설(朞年說)이 채택되고, 대공설(大功說)을 주장한 송시열과 송준길 등이 귀양을 가게 되자, 이들의 신원(伸寃)을 주장하다가 파면당했다.

서인을 대표하는 정치가로 송시열과 송준길의 학맥을 잇는 학자의 삶을 살았다. 후대 사람들은 송규렴, 송시열, 송준길을 동종(同宗)·동향(同鄉)이라 하여 삼송(三宋)이라 부른다.

안동김씨 청음(淸陰) 김상헌(金尙憲)의 손녀인 김광찬(金光燦)의 딸을 아내로 맞아 슬하에 2남 2녀를 두었다. 큰아들은 판서를 지낸 옥오재(玉吾齋) 송상기(宋相琦)고, 둘째아들은 부사 송상유(宋相維)다. 송규렴은 이들에 대한 경계를 여러 시편에 남겼는데, 특히 다음의 「시아배(示兒輩)」는 앞의 글과 여러 모로 닮았다.

이 세상에 남아로 태어났으니	落地爲男子
천금도 마침내 가볍지 않네.	千金儘不輕
미인은 마땅히 성품을 찍고	嬌妖應伐性
술은 정녕코 삶을 해치리.	麴糵定傷生
교만과 사치를 통렬히 끊고	痛絕驕奢念
두려운 마음 항상 품도록 해라.	恒存畏懼情
어둠속서 더더욱 경계할 만해	暗中尤可戒
신의 눈 본디부터 저리 환하니.	神目本昭明

대장부로 세상에 태어났으니 천금인들 귀하다 하겠느냐! 하지만 자칫 여색에 빠지고 술에 맛들이면 성품을 해쳐 마침내 쓸모없는 인간이 되고 말 것이다. 게다가 교만과 사치는 제 몸을 찍는 도끼날임을 잊어서는 안 된다. 군자는 신독(愼獨) 공부에 힘 쏟는다고 했다. 남이 안 보는 데서 더욱 몸가짐을 신칙하고 삼가야 한다. 이것이 너희에게 바라는 내 당부다.

그는 또한 호방한 사람이었다. 그의 문집에는 '아원(我願)' 즉 '나의 소원'이라는 제목의 시가 한 수 실려 있다. 함께 읽어보자.

내 소원은 억장(億丈)의 빗자루를 손에 들고	我願手持億丈帚
먹구름과 짙은 안개 쓸어내어 없애는 것.	掃蕩頑雲與淫霧
중천에 뜬 흰 해를 통쾌하게 바라보며	快覩白日當中天
일척검 손에 들고 옥관으로 나서는 것.	還將尺劍出玉關

한 번 쳐서 오랑캐를 단번에 바수고서   一擊碎倒燕然山

영청의 사막 위에 누린내를 씻어내리.   永淸沙漠無腥羶

그런 뒤에 바람 타고 자주색 학 올라타고   然後乘風駕紫鶴

만리라 훨훨 날아 허공으로 들어가서   萬里飄然入寥廓

서왕모의 요지연(瑤池宴)서 크게 한번 취하리니   大醉王母瑤池筵

양옆의 겨드랑이 깃촉이 돋아나리.   畢竟兩腋生羽翰

육합(六合)과 팔황(八荒) 간을 날아서 내려와   飛流六合八荒間

곤륜산 꼭대기에 돌아와 홀로 서리.   歸來獨立崑崙巔

그 포부가 시원스럽고 품은 뜻이 적지 않았음을 알 수 있다.

자신을 낮추는 겸손, 잠시도 허투루 보내지 않는 근면,
빈틈없는 꼼꼼함, 묵직한 무게감이 느껴지는 침묵.
아들아! 너는 이 네 가지 덕목에 몸과 마음을 푹 담가라.

네 가지 덕을 지녀라

최석정이 아들에게 준 훈계

경계한다. 너는 교만하지 마라. 교만하면 덕을 손상하게 된다. 어찌 해야 교만하지 않을까? 핵심은 겸손에 있다.

경계한다. 너는 게으르지 마라. 게으르면 직분을 망치게 된다. 무엇으로 게으름을 없앨까? 요점은 부지런하고 삼가는 데 있다.

경계한다. 너는 성글게 하지 마라. 생각이 성글면 새게 마련이다. 무엇으로 성근 것을 다스릴까? 자세히 살피면 된다.

경계한다. 너는 경박하게 굴지 마라. 기운이 뜨면 날리게 마련이다. 어찌 해야 경박함을 누를까? 고요 속에 잠기면 된다.

풀이한다. 겸손은 덕의 기초다. 근면함은 일의 줄기다. 꼼꼼함은 정사(政事)의 핵심이다. 고요함은 마음의 본체다. 군자가 겸손을 지키면 덕을 높일 수 있다. 능히 부지런하면 하는 일을 넓힐 수 있다.

자세하고 신중하면 정사를 세울 수 있다. 차분히 고요하면 마음을 보존할 수 있다. 군자가 이 네 가지 덕을 행한 뒤에야 자신을 간직하고 사물에 응대할 수 있을 것이다. 을해년(1695) 겨울, 존소자(存所子)가 쓰노라.

| 원문 316쪽 |

명곡(明谷) 최석정(崔錫鼎, 1646~1715)이 아들에게 준 훈계다. 네 가지 해서는 안 될 일과 이를 다스리는 네 덕목을 차례로 말했다. 해서는 안 되는 일 네 가지는 교만과 나태, 성긂과 들뜸이다.

교만은 덕을 손상시켜 사람구실을 못하게 만든다. 나태는 맡은 일에 충실하지 못하게 만들어 손가락질을 받게 한다. 성긂은 대충 생각해서 얼렁뚱땅 하는 것이니, 하는 일마다 낭패를 보게 된다. 들뜸은 재주를 못 이겨 날리는 것이니, 촐싹맞고 경박하다는 비난을 면할 수 없다.

그렇다면 누구나 흔히 빠지는 이 네 가지 병통은 무엇으로 바로잡을까? 그 처방은 겸손과 근면, 꼼꼼함과 침착함이다.

교만을 버리고 겸손을 얻으면 내면에 덕이 확립되어 든든한 배경이 되어준다. 나태를 부지런함과 삼감으로 바로잡으면 무슨 일을 맡겨도 감당하지 못할 바가 없다.

성긂은 자세히 살피는 꼼꼼함으로 고칠 수 있다. 일에 닥쳐서 대충대충 그럭저럭 처리하다 보면 당장은 큰 문제가 없어 보여도 여기저기서 새는 곳이 생긴다. 마침내는 감당할 수 없는 지경에 이르러 어떻게 손을 써볼 수도 없게 된다. 들떠 날리는 것은 가만히 침묵을 깃들여서 치료한다. 사람은 때때로 자신을 돌아보아야 한다. 어디로 가고 있는지, 무엇을 하고 있는지 찬찬히 새겨보아야 한다. 되는대로 제멋대로 하면 뒤죽박죽 엉망진창이 되어 일을 크게 그르치고 만다.

자신을 낮추는 겸손, 잠시도 허투루 보내지 않는 근면, 빈틈없는 꼼꼼함, 묵직한 무게감이 느껴지는 침묵. 아들아! 너는 이 네 가지 덕목에 몸과 마음을 푹 담가라. 그때에야 비로소 세상을 향해 제 목소리를 내고, 맡은 바 직분을 큰 허물 없이 해낼 수 있다. 얄팍한 재주를 믿고 함부로 나대지 마라. 오늘 할 일을 내일로 미뤄 일을 크게 만들지 마라. 내게 맡겨진 일은 다른 손이 가도록 해서는 안 된다. 경솔하게 함부로 나서지도 마라.

최석정은 조선 후기의 문신으로 자는 여시(汝時) 또는 여화(汝和), 호는 존와(存窩) 또는 명곡, 시호는 문정(文貞)이다. 지천(遲川) 최명길(崔鳴吉)의 손자로 1697년에 우의정을 지냈고, 1699년에는 좌의정과 홍문관 대제학을 겸했다.『국조보감』의 속편과『여지승람』의 증보 편찬을 지도했다. 1701년에는 영의정으로서 장희빈의 처형을 반대하다 유배되었으나 곧 풀려났다. 소론(少論)의 영수로 많은 파란을 겪으면서도 여덟 번이나 영의정을 지냈고, 당시 배척받던 양명학(陽明學)을 발전시켰다

그의 집안은 당대의 대표적인 문한가(文翰家)로, 경주이씨 좌의정 이경억(李慶億)의 딸을 아내로 맞아 슬하에 1남 2녀를 두었다. 곤륜(昆侖) 최창대(崔昌大)가 그의 아들이다.

최석정은 일찍부터 문한(文翰, 글을 잘 짓는 사람)으로 명성을 떨쳤고 특히 소차(疏箚, 상소문)와 같은 공거문(公車文)에 뛰어났는데, 스스로도 문학적인 시문보다는 전장제도(典章制度)의 정리 같은 학술적인 면에 많은 관심과 노력을 기울였다.

아들 최창대가 행장(行狀)에서 기술한 공의 저술을 살펴보면, 조
선 초기부터 전해내려오던 법전과 수교(受教) 등을 정리하여『전록
통고(典錄通考)』를 편찬했고, 『여지승람(興地勝覽)』과『속동문선(續
東文選)』을 증보·재편했으며, 민간의 야승과 설화를 모아 정사의 참
고로 삼으려 했던『문선사보(文選史補)』는 미처 완성하지 못했다고
한다.

이밖에도 연안부사 때 편차한『연안지(延安志)』, 역법과 천문학을
정리한『천동상위고(天東象緯考)』, 자학(字學)과 음운을 연구·정리
한『경세정운서설(經世正韻序說)』·『운회전요(韻會箋要)』·『육서보
(六書譜)』등의 저술이 있었다. 산학에도 뛰어나『구수략(九數略)』을
지었고, 육경과 사서에도 정통해 관련 저술이 있었다.

『명곡집』권11은 잠(箴)과 찬(贊), 명(銘)과 잡저(雜著)로 구성되
어 있는데, 잠에는「계녀잠(戒女箴)」과「시아사덕잠(示兒四德箴)」외
에도 여러 편이 있다. 앞에 옮겨놓은「시아사덕잠」은 최석정이 50세
되던 1695년에 지은 것이다. 아래는 딸을 훈계한「계녀잠」이다.

첫째는 부덕(婦德)이다. 성행(性行)과 심지(心志)는 부드럽고 순하
고 곧으며 고요함에 힘써야 한다. 억지로 하거나 제멋대로 하면 안
된다. 둘째는 언어다. 응대하는 말씨는 공손하고 신실해야 한다. 말
이 떨어지기 무섭게 대답하고 그때그때 편리한 대로 하면 못쓴다. 셋
째는 용모다. 체모(體貌)와 행동거지는 온화하면서도 장중해야 한다.
아리땁게 꾸미거나 곁에서 아양을 떨어서는 안 된다. 넷째는 일이다.
베를 짜거나 음식을 지어 올릴 때는 부지런히 애쓰고 절약해야 한다.
제멋대로 태만하거나 사치하면 못쓴다.

딸아! 아비의 말을 들어라.

먼저 여자가 갖춰야 할 덕성에 대해 이야기하마. 행실은 '유순정정(柔順貞靜)'해야지 '변강전자(辨强專恣)'해서는 못쓴다. 유순하더라도 그 안에 곧음[貞]이 깃들어야 한다. 곧음은 또 고요함을 동무 삼는 법. 내키지 않는 것을 억지로 하거나 제 가늠만 가지고 멋대로 해서는 안 된다.

둘째로는 여자가 힘써야 할 언어에 대해 말해보련다. 묻는 말에 대답하는 말씨는 공손하면서도 믿음성이 있어야 한다. 어른이 묻는 말에 생각해보지도 않고 말이 떨어지기가 무섭게 대답하면 못쓴다. 잘 알지도 못하면서 되는대로 둘러대는 것은 천하에 몹쓸 습관이다. 어른이 물으시거든 깊이 생각하고, 말하기 전에 한 번 더 생각한 후에 대답하도록 해라. 침착하고 차분해서 말씨에 믿음이 가도록 해야 한다.

셋째로, 아녀자의 용모는 어떠해야 할까? 봄바람처럼 온화하되 범접하기 힘든 장중함을 지녀야 한다. 얼굴을 아리땁게 꾸미려고만 들고 자태를 지어 달콤하게 구는 것은 천한 창기나 하는 짓이다. 다른 사람을 따뜻하게 대하더라도 만만하게 보여서는 안 된다. 또 함부로 대하기 어려운 무게를 지니더라도 쌀쌀맞은 냉정함과는 구분할 줄 알아야겠지.

마지막으로, 여자가 가정에서 담당해야 하는 일에 대해 말하마. 길쌈하여 옷을 짓고 음식을 만들어 가족을 먹이는 일은 여자가 가정에서 하는 가장 큰 일이다. 부지런히 노력하고 아껴서 절약하는 습관이 몸에 배지 않으면 안 된다. 대충대충 하거나 사치에 물들면 큰일이다.

덕성과 언어, 용모와 집안일. 이 네 가지를 늘 살펴 좋은 딸, 어진 아내, 미쁜 며느리, 훌륭한 어머니가 되어다오. 너를 보고 사람들이 우리 집안을 칭찬하게 해다오.

최석정은 이렇듯 네 가지 덕목을 꼽아 사람을 가르쳤다. 다시 두 편을 더 읽어보자. 먼저 읽을 것은 「네 가지 요체에 대한 경계〔四要箴〕」다.

몸가짐을 삼가면 행동이 곧게 되고	謹以持己則動惟貞
아래를 엄히 단속하면 명령이 행해진다.	嚴以束下則令必行
정밀하게 살피면 이치가 환해지고	精以察理則理可明
부지런히 일하면 일이 잘 이뤄진다.	勤以做事則事乃成

몸가짐은 삼가고, 아랫사람은 엄하게 단속한다. 이치는 꼼꼼히 살피고, 일은 부지런히 한다. 이렇게 하면 행동은 곧고, 영(令)이 서며, 이치가 밝아지고, 일이 이루어진다.

그는 이렇게 늘 네 가지로 정돈해서 보여주기를 좋아했다. 장릉에 봉해졌을 때 아랫사람에게 보여준 「사자잠(四字箴)」에도 네 글자로 요약해서 행동의 준칙으로 제시한 것이 있다.

부지런함은 일을 하는 근본이요	勤爲做事之本
삼감은 몸가짐의 방법이다.	謹是持己之方
정밀함은 이치를 살피는 기술이요	精乃察理之術
민첩함은 사무를 이루는 요령이다.	敏卽成務之要

부지런히 일하되, 늘 몸가짐을 삼가야 한다. 무슨 일을 하든 이치를 정밀하게 살피고, 일단 일이 맡겨지면 민첩하게 해치워야 한다. 네 글자의 가르침은 때마다 조금씩 다르지만, 그것들을 관통하는 의미는 다 같다.

어떤 일이 있더라도 흔들림 없이 공부해라.
독서하는 종자가 끊겨 사람들에게 손가락질을 받아서는 안 된다.

굽어보고 우러러보아도 부끄러움이 없다

김창집이 아들에게 남긴 유언

천리 밖에 끌려와 온갖 욕을 다 보았으니, 도리어 한 번 죽어 통쾌함만 같지 않구나. 바로 성산(星山)에 도착해서야 비로소 후명(後命)이 있음을 들었다. 금오랑(金吾郎)이 이르면 바로 목숨을 거두어갈 것이다.

굽어보고 우러러보매 부끄러움이 없으니, 웃음을 머금고 지하에 들어갈 것이다. 다만 너와 서로 얼굴도 못 본 채, 게다가 너의 생사조차 알지 못하니, 이 한스러움만은 다함이 없구나. 단지 네가 심문에 잘 대답해서 살아 옥문을 나오기만 바랄 뿐이다. 거제도에 있을 적에 이미 영결을 고하는 편지를 보냈으니, 이번엔 자세한 말을 되풀이하지 않는다.

| 원문 316쪽 |

몽와(夢窩) 김창집(金昌集, 1648~1722)이 1721년 신임사화 때 거제도에 유배되었다가 다음 해 4월 27일 성주의 적소에서 사약을 받기 이틀 전에 아들 제겸(濟謙)에게 보낸 유언이다. 김창집은 앞서 본 문곡 김수항의 맏아들이다.

하늘을 우러르고 땅을 굽어보아 조금의 부끄러움이 없으니 웃으며 지하로 들어가겠다는 말이 늠연하다. 다만 아들만은 살아남아 집안의 가통을 이어가기 바라는 부정이 애틋하다. 죽기 전에 한 번만이라도 아들의 얼굴을 보고, 생사 여부를 확인하고 싶은 아버지의 간절한 마음이 짧은 편지에 잘 드러나 있다.

김창집이 지은 『남천록(南遷錄)』에는 사사되기 전 아들 제겸과 손자 및 외손 민백순(閔百順)에게 보낸 편지가 실려 있다. 이를 통해 임종 직전 그의 소회와 자손들에게 남긴 유언을 확인할 수 있다. 다음의 두 편지는 앞의 글을 쓴 다음 날인 4월 28일에 외손자 민백순과 친손자들에게 보낸 유서다. 먼저 볼 것은 「기외손민백순서(寄外孫閔百順書)」다.

전후의 편지는 근래 마음이 어지러워 답장하지 못했다. 너는 틀림없이 우울해하고 있겠지? 매번 네 편지를 보면 시대를 상심하는 마음이 글 밖에 넘쳐나더구나.

이제 나는 장차 죽을 것이다. 네가 어떤 마음가짐을 지녀야 하겠느냐? 모름지기 길게 상심하지 마라. 오직 네 어미를 보호하는 데 마음을 쏟도록 해라. 네 어미가 보전한다면 내가 눈을 감을 수 있겠다.

네가 능히 문자를 즐기니, 이는 반드시 내 권유를 기다리지 않고도 성취가 끝없을 것이다. 다만 삼가서 지켜나가기를 바란다. 너의 자는

김창집 초상화. 일본 덴리〔天理〕대학 소장.

'순지(順之)'로 정하는 것이 좋겠다. 「등루부(登樓賦)」는 살펴보고 보내지 못하니 안타깝구나.

죽음을 눈앞에 두고도 아버지는 자신의 죽음에 절망할 딸을 걱정해서 외손자에게 제 어미를 당부했다. 외손자는 자기와 다르게 앞길이 순조롭게 열리기를 바라, 자를 순지(順之)로 지어주었다. 그리고 외손자가 지어 보낸 「등루부」에 대해 무어라 대답해주지 못하는 것을 오히려 안타까워했다.

이와 별도로 친손자들에게는 「기제손서(寄諸孫書)」를 따로 써서 보냈다.

오늘의 내 화(禍)는 진실로 면하기 어려운 줄로 안다. 하지만 네 아비와 형들은 능히 살아서 옥문을 나섰느냐? 생각이 이에 이르매 장차 눈을 감지 못하겠구나.

다만 바라기는, 너희가 이 화변(禍變)을 만나 자포자기하지 말고 학업을 더욱 부지런히 하여, 반드시 독서하는 종자가 끊어지는 근심이 없게끔 하는 것이다. 할 말은 많지만 줄인다.

'독서하는 종자가 끊어져서는 안 된다.' 이 한 마디 다짐의 말이 눈물겹다. 손자들의 입장에서 보면 증조할아버지도 사약을 받았고, 할아버지도 사약을 받았고, 아버지도 사약을 받았다. 하지만 그 죽음은 스스로 돌아보아 부끄러움이 없는 길을 가고자 스스로 택한 것이기에 떳떳했다.

어떤 일이 있더라도 흔들림 없이 공부해라. 독서하는 종자가 끊겨 사람들의 손가락질을 받아서는 안 된다.

　손자들이 이 편지를 받았을 때 그는 이미 웃으며 지하로 들어간 뒤였다. 특히 마지막 말은 자신의 아버지 김수항이 사약을 받으면서 자신에게 내린 유언이기도 했다.

　이 편지를 쓰고 이튿날인 4월 29일 그는 사약을 받았다. 금오랑으로서 사약을 들고 온 사람은 정암 조광조의 후손인 조문보(趙文普)였다. 문에 서서 어서 사약을 마시라고 독촉이 심했다. 김창집은 그를 보며, "어찌 네 선조를 생각지 않느냐!"고 하면서 「절필(絶筆)」 한 수를 담담히 읊었다.

아비를 사랑하듯 임금 사랑했으니	愛君如愛父
하늘 해가 내 붉은 맘 비춰주리라.	天日照丹衷
선현이 남기신 이 두 구절이	先賢此句語
슬프기가 고금에 한가지로다.	悲絶古今同

　1, 2구는 금오랑 조문보의 선조인 조광조가 사약을 받으며 지은 절명시(絶命詩)에 나오는 구절을 그대로 인용한 것이다. '조광조의 그 마음이 바로 지금 나의 마음'이라 하여 금오랑의 재촉을 나무란 것이다.

　이어 그는 다시 사약을 받기 직전 이명룡(李明龍)에게 주는 시 한 수를 쓰고 사약을 받았다. 제목은 '죽음에 임해, 이명룡에게 써서 주다〔臨命, 書贈李命龍〕'이다.

너는 진작 내 집에 내맡겨져서	汝早寄吾家

서로 보길 아비와 아들 같았네.　　　　　相視猶父子

반평생 휴척(休戚)을 함께하면서　　　　半生共休戚

은의(恩義)를 보전하자 늘 말했지.　　　永言保恩義

날 따라 가시울 적소(謫所)에 드니　　　隨我入栟轜

영해라 아득한 천리 밖일세.　　　　　　嶺海渺千里

자식이 있어도 못 따라오니　　　　　　有子不相隨

너 아니면 다시 누굴 의지하리오.　　　非汝誰復倚

어이 알았으리, 잡혀가는 길에서　　　那知被逮路

사약 내려 죽는 소식 들게 될 줄을.　　忽聞賜我死

울부짖고 울음우는 너를 보자니　　　見爾號且泣

자연스레 내 마음도 아파지누나.　　　自然傷我意

내 유골 거두는 건 네 책임이니　　　　收骨是爾責

너는 힘써 눈물을 그만 거둬라.　　　　勉爾且收淚

내 아들이 둥근 사립을 나서게 되면　　吾兒出圓扉

너는 꼭 오늘 일을 전하여다오.　　　　若爲傳此事

아들 역시 귀양지에 있어 아비의 임종을 지키지 못했다. 어려서부터 키워 기른 이명룡이 사약 받는 자리를 지켰었다가 터져나오는 오열을 멈추지 못했다.

내 끝자리를 네가 지켜주니 참 고맙구나. 그만 눈물을 그쳐라. 네가 자꾸 우니 내 마음이 아프다. 내 떠나는 모습과 말을 잘 기억했다가 훗날 적소에 있는 내 아들이 풀려나거든 똑똑히 전해주렴. 내 이제 다만 이 일을 네게 부탁한다.

하지만 애석하게도 아들 죽취(竹醉) 김제겸(1680~1722) 또한 김창집이 죽은 뒤 얼마 지나지 않아(1722년 8월) 부령의 적소에서 사사되고 말았다. 김제겸의 아들 김성행(金省行)은 이미 이에 앞서 경종을 시해하려 했다는 목호룡의 고변으로 국문 도중 사망한 터였다.

1689년 문곡 김수항의 사망 이후 30여 년 만에 김창집·김제겸·김성행 등 3대가 한꺼번에 화를 당했으니, 그 참혹함을 이루 말로 할 수가 없다. 한집안 4대로 이어진 참변은 조선시대를 통틀어도 달리 예를 찾을 수가 없다.

문구에 얽매이거나 말을 좇아서 논변거리로 삼아서는 안 된다.

모름지기 지극한 뜻의 핵심을 알아서 이를 깨달아야 한다.

학문은 마땅히 요점을 얻어야 한다

정제두가 아우와 아들에게 남긴 유언

무릇 집안일은 남자가 주관해야 한다. 부인이 비록 현철(賢哲)하다 해도 집안일을 맡겨서는 안 된다. 그래서 남편이 죽으면 아들을 따르는 것이니, 마음대로 하지 못하게 하려는 까닭이다. 도리가 절로 이와 같으니, 부인은 어머니를 모시되 모름지기 한결같은 마음으로 뜻을 받들어, 오직 순종하고 뜻을 편안하게 해야지 제멋대로 해서는 안 된다.

아이들이 이미 장성했으면 바로 집안일을 맡길 수 있다. 하지만 아직 결혼을 하지 않았다면 능히 염려가 없으리라는 보장이 없다. 반드시 일찍부터 어진 스승을 가까이 모시고, 여러 부형에게 가르침을 받아 이를 유지하도록 한다면 성취를 바랄 만하다. 또 모든 일은 반드시 부형의 뜻을 받들어 행하면 잘못됨을 면할 수 있다. 이것이 내가 늘 마음을 쓰는 까닭이다.

태어나고 죽는 것은 늘상 있는 일이요, 죽어서 흙으로 돌아가는 것 또한 일상적인 일이다. 성인이 법도를 제정하사 죽은 이를 위해 후하게 장사 지내는 것은, 단지 살아있는 사람이 차마 떠나보내지 못하는 정리 때문이지, 죽은 사람에게 보탬이 있어서가 아니다. 이런 까닭에 수족을 염하여 다시 장사 지낸다는 가르침이 있다. 형편에 관계없이 이를 함을 일컬은 것일 뿐임을 알 수 있다. 세속에서 심지어 돈을 빌리고 구차하게 구하기까지 해서 채비를 갖추는 것은 바른 도리가 아니다.

관재(棺材)는 따로 가려서는 안 된다. 다만 겨우 수십 년 지난 재목이면 충분하다. 비록 품질이 좋지 않고 가장자리가 희더라도 수십 년쯤이야 버티지 못하겠느냐?

관에 비단이나 종이를 바르는 것도 쓸데없는 꾸밈이다. 『주자가례(朱子家禮)』에서는 쓰지 않은 법이니 마땅히 하지 말도록 해라.

옻칠을 더하는 것도 쓸데없는 짓이다. 한 번만 하면 되니, 두 번 칠해서는 안 된다. 무릇 실제 쓰는 물건에도 오히려 이를 생략하면서 하물며 이 같은 물건을 아름답게 치장하겠느냐?

반함(飯含)은 반드시 먼저 치아에 수저를 물려 입 안을 채워야 할 것이다. 시속에서 이 바깥쪽 입술 사이에 반함하는 일이 많은데, 이같이 하려거든 하지 않는 것이 낫다.

염습은 모두 평소 늘 입던 것을 가지고 하되, 습의(襲衣)는 세 벌을 넘겨서는 안 되고, 염의(斂衣)는 십여 벌을 넘기면 안 된다. 염 마치기를 기다려 관을 채우면 된다. 새로 지은 것으로 후하게 염을 해서는 안 된다. 『주자가례』에는 소렴(小斂)만 있고 대렴(大斂)은 없다. 다만 이불로 염하여 관에 넣었을 뿐이다. 이는 생략하여 간소하게 하기 위함이다. 평일에도 능히 심의(深衣)를 입지 못했고, 또 소자(邵子)가 말한 '지금 입던 옷을 입힌다'는 뜻에 따라, 습의는 한결같이 영삼(領衫)을 쓰고 복건만 씌워도 무방하다. (중략)

후세의 학술은 의심이 없을 수 없으니, 다만 성인의 뜻에 미처 밝히지 못한 바가 있을까 염려스럽다. 다만 왕양명(王陽明)의 학문은 주렴계(周濂溪)와 정이천(程伊川)의 뒤에서 성인의 참뜻을 얻은 것에 가깝다. 내가 일찍이 마음을 쏟아 그 대강을 맛보았으나 능히 공부하지 못한 것이 유감이다.

이에 왕양명의 책과 내가 일찍이 초록하고 표시해둔 것, 그리고 미처 탈고하지 못한 것을 나란히 소장한 경서 몇 질과 손수 베껴쓴 책 몇 권과 함께 책상자에 보관해 남겨둔다. 다만 스스로 비하하지 말고 내 뜻을 잊지 않도록 해라.

〔양지(良志)의 학문은 바로 진실함이니, 다만 내 성품은 하나의 천리일 뿐이다. 문구에 얽매이거나 말을 좇아서 논변하는 거리로 삼아서는 안 된다. 모름지기 지극한 뜻의 핵심 되는 바를 알아서 이를 깨달아야 한다. 이 인심(人心) 양지(良知)는 스스로 알아 얻지 않음이 없다는 것이 바로 이것일 뿐이니, 다만 실답게 이를 이루어야 한다. 장차 세속과 더불어 서로 표방하여 말초적인 것으로 따져 다투어 겉으로 드러낼 필요는 없다. 다만 스스로 노숙(老熟)하고 내실 있게 하면 된다.〕

하지만 공력을 쓸 때 정력을 너무 낭비하면 아무 성과 없는 노력을 헛되이 하게 될 뿐이다. 또 그 기록 중에는 정밀한 것과 거친 것이 구분되지 않아, 자질구레해서 굳이 볼 필요가 없는 것도 많다. 다만 가려 깨달음에 있어 꼭 내가 엉뚱하게 정력을 낭비해서 몸을 상하기에 이른 것처럼 해서는 안 되니, 이를 경계하도록 해라.

〔다만 본서(本書)만 되풀이해 읽으면 실체를 볼 수 있다.〕

입(立)아! 내년에는 『사략(史略)』을 일찍 마칠 수 있을 테니, 다시 『소미통감(小微通鑑)』 등 몇 책을 대략 배워 문리(文理)를 틔우도록 해라. 내후년부터는 『소학』을 배우되 외편을 먼저 하여 기운을 일으키는 바탕으로 삼고, 그 다음에 차례로 『논어』와 『맹자』 등 사서를 배워라. 그 다음으로는 『시경』과 『서경』에 미쳐, 되풀이해 자꾸 읽어 경서 곁을 떠나지 말아야 한다.

시문(時文)이나 속된 글 같은 것은 문리가 난 이후에 무리를 따라 익히되, 단지 과거에 응거(應擧)할 수 있을 정도만 해야 한다. 마침내 실학(實學)을 폐하면 안 된다. 또 경서 같은 것은 모름지기 정밀하게 배우고 관통해서 시속의 무리가 대충 섭렵하고 마는 것처럼 해서는 안 된다.

무릇 경서를 읽을 때는 반드시 요체를 알아야만 한다. 간략하고 진실되게 익혀 실체에 받아 씀에 절실해야지, 들떠 넘쳐서 요점도 없이 한갓 정신만 낭비하고 아무 얻는 것 없이 해서는 안 된다. 무릇 사서 경전 속의 가르침 가운데 진실로 그 요점을 얻으면 죽을 때까지 쓸 것이 많다. 한갓 널리 섭렵하기에 피곤하면 과연 무슨 이익이 있겠느냐?

무릇 아동을 가르칠 때는 그 기운을 눌러 생의(生意)를 꺾어서는 안 된다. 다만 마땅히 순순하게 이끌어야 한다. 왕양명이 어린이를 가르친 큰 뜻도 잘 이끌어서 잘 기르는 것을 최우선으로 삼았으니 반드시 법으로 본받을 만하다. 다만 세상사람 가운데 능히 그 뜻을 아는 이가 없다.

입아! 너는 타고난 자질이 허약해서 모름지기 잘 조섭하여 정력을 아껴야만 보전할 수 있을 것이다. 많은 것을 탐하는 데 힘을 쏟아 정력을 손상하거나 낭비해서는 안 된다. 무릇 힘이 미치지 못해 크게 정력을 써야 하는 일 같은 것은 일절 금해야 할 것이다. 이것은 또한 내가 뉘우치는 바이기도 하다. 마땅히 우계(牛溪) 성혼(成渾) 선생이 아들인 창랑(滄浪) 성문준(成文濬)을 훈계한 말로 법을 삼아야 할 것이다.

또 사람이 공부하는 것은 각자 기상에 따르는 것이다. 한나라 때 곽임종(郭林宗)이 방향을 어기고 힘쓸 것을 바꾸는 걸 경계한 이유가 이 때문이다. 너는 오로지 경학(經學)에 뜻을 두어 집을 지키도록 해라. 혹 시문(時文)을 대략 익혀 감시(監試)에 응한 뒤에 음록(蔭祿)을 받는 것도 괜찮으니, 반드시 과거에 급제하는 것만 일삼지 않는 게 마땅하다.

일찍이 세상의 학사와 대부들을 살펴보니, 그 지향하는 바에 높고 낮음이 있었다. 문사(文詞)의 꾸밈을 가지고 사업으로 삼는 자도 있고, 글을 외워 박식함을 뽐내는 자도 있으며, 장구(章句)를 따와 교정하고 훈고하는 것을 능사로 여기면서 그 근본은 알지 못하는 자도 있었다. 자잘한 도리에 얽매이는 것을 가지고 전문가인 양 여기는 사람도 있었으니, 또한 마음을 밖으로만 내달리는 자들이었다.

그런가 하면 식견이 어둡고 근본을 몰라 자잘한 행실로 스스로를 훌륭하다 하고 작은 절개에 얽매여 삼가는 자가 있고, 높은 것을 따라 과감히 행동하기를 힘쓰는 자가 있으며, 행실을 도탑게 하고 절개가 높아 공경하고 귀하게 여길 만한 사람도 있었다.

성질이 맑고 깨끗하며 편안하고 맑아서 자연스럽고 한가로움에 이른 자는 또한 아름답다 하겠다. 또 방랑하며 풍류를 즐기는 것을 고상하게 여기는 자가 있으니, 밖으로 내달리는 자다. 성실하고 두 터우면서도 비근한 자가 있고, 논의와 풍절로 몸을 얽어매고 세상을 살아가는 자도 있으며, 의리와 지식으로 실천하여 행하는 것을 유종(儒宗)으로 여기는 자도 있었다.

홀로 심성으로 인(仁)을 구하는 학문만이 성현의 종지(宗旨)가 된다. 그 요체는 『논어』의 구인극복(求仁克復)과 『맹자』의 존양집의(存養集義), 『대학』의 명덕지선(明德至善), 『중용』의 중화솔성(中和率性) 및 주정(周程)의 무욕정성(無慾定性) 등을 논한 글에서 볼 수 있다. 만약 어진 마음과 어진 재능이 있고 식견이 밝으며 재주가 높아 경세제민(經世濟民)할 수 있다면 지극한 것이다. 세상일을 즐기고 사공(事功)을 따지는 것에 힘쓰는 자가 있으니, 또한 밖으로 내달리는 자다. 경계하고 경계해야 한다.　　　　　　　　| 원문 317쪽 |

하곡(霞谷) 정제두(鄭齊斗, 1649~1736)가 아우 제태(齊泰)와 아들 후일(厚一)에게 준 유언이다. 글은 모두 5단락으로 이루어져 있다. 둘째와 셋째 단락에서는 장례의 절차와 제사의 법도에 대해 상세하게 논했는데, 근검의 정신을 잘 보여주는 앞부분만 옮기고 뒤쪽의 세세한 내용은 분량이 너무 많아 생략했다.

첫째 단락에서는 집안일을 여자에게 맡겨서는 안 된다고 했다. 그가 특별히 여성에 대해 편견을 가졌다기보다, 조부모와 부모가 모두 세상을 뜨고 열한 살 난 어린 아들과 서른 살 된 동생밖에 없던 당시 상황에서 집안일을 동생이 우선 주관해 나가도록 조처하기 위해 이렇게 언급한 것으로 보인다.

둘째 단락에서는 장례의 여러 절차에 대해 상세하게 말했다. 그 핵심은 사치스럽지 않게 간소한 장례를 지내달라는 부탁이다. 내친 김에 그는 자신이 죽은 뒤 제사 지내는 법식에 대해서도 선현의 뜻에 비추어 경우마다 자세한 지침을 내렸다.

이어지는 단락에는 조선조 유일의 본격적인 양명학자(陽明學者)로서 정제두의 학문적 지향이 제시되어 있다. 당시는 주자학(朱子學)이 교조적으로 존숭되던 때였으므로, 그의 양명학에 대한 경도는 사우(師友)들의 격렬한 비판과 충고를 불러일으켰다. 하지만 그는 '후세의 학술은 의심이 없을 수 없다'고 하면서, 성인의 뜻 가운데 선현이 미처 밝히지 못한 바가 있을 터인데, 왕양명의 학문이 바로 그 참뜻을 얻은 것에 가깝다고 했다.

또 자신이 왕양명의 학문에 매진해온 까닭을 말하고, 자칫 잘못된 길로 접어들지 않도록 주의하라고 당부했다. 병으로 위중한 중에도 자신이 옳다고 확신한 길을 아들이 계속 이어가줄 것을 바랐으니, 그 자부가 대단하다.

다시 허약한 아들에게 공부의 방법과 단계를 일러주고, 과거급제에 연연하지 말라고 당부했다.

특히 마지막에 세상에서 공부하는 사람들의 여러 가지 양태에 대해 말한 대목이 음미할 만하다. 글을 아름답게 꾸미는 것을 대단한 사업으로 여기는 사람, 많이 읽어 그저 박식함을 뽐내기에 급급한 사람, 훈고(訓詁)에는 환하지만 핵심의미는 모르는 사람, 자질구레한 이치에 얽매이면서 전문가인 양 하는 사람 등등. 이런 사람들은 바깥의 명예만 탐하는 사람들이라고 했다.

사소한 행실을 내세워 스스로 젠체하고, 제가 만든 규율에 얽매여 한 치 밖을 벗어나지 않으며, 함부로 멋대로 구는 사람도 있다. 풍류로 한세월을 건너가며 고상함으로 착각하거나, 이런저런 논란에 휩싸여 대단한 명분이나 지키는 것으로 아는 사람도 다 잘못된 길을 가는 것이니, 성현의 말씀으로 이를 바로잡아 오로지 바른 학문의 길로 매진하라고 주문했다.

모두 당시 잘못된 학문의 폐해를 잘 보여주는 예로, 겉보기에는 그럴듯해 보이지만 속내를 알고 보면 다 허위의 학문일 뿐이라고 통렬하게 나무랐다.

그의 외손이자 강화학파의 중심인물이었던 석천(石泉) 신작(申綽, 1760~1828)이 지은 연보(年譜)에 따르면, 이 「임술유교(壬戌遺敎)」는 정제두가 34세 때인 1682년에 지은 것이다. 당시 그는 몸을 돌보지 않고 공부에만 지나치게 몰두한 나머지 건강을 잃어 병세가 위중했다. 자신의 죽음이 머지않음을 알고 사후의 일을 아우에게 부탁하고, 당시 열한 살이던 아들에게 공부에 대해 당부하는 내용을 적은 것이다. 하지만 정제두는 이 유언을 작성한 뒤 극적으로 건강을 회복해 이후 무려 54년을 더 살았다.

정제두의 자는 사앙(士仰), 호는 하곡, 시호는 문강(文康)이다. 1668년 별시문과 초시에 급제했으나 정국의 혼란을 통탄해 벼슬을 포기하고 학문에 전념했다. 1680년에 영의정이었던 김수항의 천거로 사포서별제(司圃署別提)가 되었지만 사퇴했고, 1684년 잠시 공조좌랑(工曹佐郎)을 지낸 뒤 다시 사직했다. 학문과 덕행이 뛰어나 모두 30여 차례나 요직에 임명되었으나 대부분 거절하고 학문연구에만 전념했다.

그는 당대 학문의 주류였던 주자학에서 벗어나 양명학을 연구, 발전시켜 사상적인 체계를 세웠다. 그의 학문적 성과는 이후 강화학파의 시금석이 된다. 문집으로 『하곡집』이 있고, 저서로 『존언(存言)』 『성학설(聖學說)』 『논어해(論語解)』 『맹자설(孟子說)』 『중용해(中庸解)』 『천원설(天元說)』 『경학집요(經學集要)』 『경학서성(經學書成)』 등이 있다.

정제두는 나중에 이 유언 외에 「가법(家法)」이라는 글을 따로 남겼다. 그 글에는 '자손을 가르치는 방법〔敎子孫法〕'이라는 부제가 붙어 있다. 자손에게 당부하는 구체적인 행동지침을 17개의 짤막한 문장에 담았다. 대체로 양반으로서 집안의 명분질서를 어떻게 잡아나갈 것인가에 관한 내용인데, 신분질서에 관한 내용이 대부분이어서 여기에는 소개하지 않는다.

이 유언을 쓸 당시 정제두는 남계(南溪) 박세채(朴世采) 선생에게도 영결을 고하는 편지를 썼다. 제목이 '의상박남계서(擬上朴南溪書)'인 것으로 보아, 직접 올린 것은 아니고 자신이 세상을 뜬 뒤에 보내려고 했던 듯하다. 이 글에서도 그는 자신의 양명학적인 학문입장을 분명히 했다.

저는 원기가 모두 사그라져 스스로 지탱하기도 어렵습니다. 다시금 선생님을 자리에서 모실 수 없는 것이 안타깝습니다.

후세의 학문은 오직 의리와 심성 두 가지에만 공력을 쓰므로, 배우는 자가 도에 대해 둘로 나누는 것을 면치 못합니다. 성인의 문하에서 인(仁)을 구하던 학문을 살펴보면 능히 다르지 않을 수가 없습니다.

제가 수년 동안 발분하며 곰곰이 생각한 것을 한차례 어르신께 털어놓고 두 끝을 파헤쳐서 바름을 구하려 하였으나 능히 할 수 없어 유감입니다.

생각건대 천리(天理)가 바로 성(性)이니, 인의예지(仁義禮智)가 바로 이것입니다. 심성(心性)의 뜻은 왕양명의 학설이 바꿀 수 없는 것이 아닌가 합니다. 한 부의 『맹자』로 분명하게 증명할 수 있습니다. 『중용』과 『대학』의 여러 논지와 『논어』의 구인(求仁)과 요순이 주고받은 심법(心法) 같은 것도 그 뜻은 실로 다를 바가 없습니다.

만약 저들로 하여금 과연 하나만 주장하고 하나는 폐하게 한다면 진실로 말할 것이 없지만, 이제 나뉘고 합쳐지는 즈음과 하나이면서 둘이 되는 사이에 다투는 바가 아주 미세하고 보니, 마땅히 힘을 다해 밝게 분별해야 할 곳일 뿐입니다.

엎드려 생각건대 선생께서 어찌 허투루 보아 이를 폐하려 하시는 것이 아니겠습니까? 저는 이것이 천지 사이의 큰 도리와 관계되는 것이라 생각합니다. 하지만 제가 미처 능히 바름을 구하지 못한지라, 그저 묵묵히 있을 수만은 없어 감히 이에 대략 제 생각을 펼쳤사오니 살펴주시기 바랍니다.

마음속에 품은 것을 만에 하나도 다 펴지 못했사오나 다만 도를 위해 가호가 있기를 축원할 뿐입니다. 앞에서 말씀드린 학도(學圖)는 다만 개인적으로 표방한 것이라 볼 만한 것이 못 됩니다. 마침내 없애버려 다른 사람에게는 다시 보여주지 마시기 바랍니다.

목숨이 경각에 달린 와중에도 왕양명의 학설을 옹호하면서 본격적으로 토론할 수 없는 것을 안타까워했다. 생사의 갈림길에서도 정신을 곧추세워 자신이 옳다고 믿는 진실을 위해 뜻을 꺾지 않은 그의지가 참 놀랍다.

하곡 정제두는 88세를 살았다. 그런 그가 34세 때 생사의 갈림길에서 남긴 두 편의 글은, 삶의 자리를 되돌아볼 줄도 모르고 자신의 가치관도 세우지 못한 채 이리저리 휩쓸려다니기 바쁜 우리로 하여금 참 많은 생각을 하게 만든다.

어떻게 살고 있는가? 어떻게 살 것인가?

무엇이든 기본기를 다지는 것이 중요하다.
기초가 튼튼하면 못할 일이 없다.

배움은 박잡하면 못쓴다

이관명이 어린 아들에게 써준 글

내가 젊었을 적에 왕희지가 붓글씨에 빠진 흥취를 사모하여, 이에 종사한 것이 여러 해다. 중년에는 세속에서의 쓰임새를 편히 여겨, 낭야(琅邪)와 오흥(吳興) 등 여러 명가의 글씨를 괴롭게 내달려 익히느라 옛 걸음걸이를 잃고 엉금엉금 기어서 돌아왔다.

나이는 들고 재주는 온통 시들고 말았다. 여러 해 붓대를 잡았지만 마침내 그 점획을 얻지는 못했다. 하지만 마음으로 이를 아껴 또한 차마 버리지 못했다. 구슬피 뉘우치기도 하였으나, 또한 혹 느긋하고 혼자 웃기도 하였다. 감히 세상에 오래 전하려 하는 것이 아니라, 못난 견해에 덧붙여 내가 평생 뜻은 있었지만 흰머리가 되도록 이룬 것이 없음을 보여, 이를 거울로 삼을 만함을 알게 하려 한다.

| 원문 319쪽 |

병산(屛山) 이관명(李觀命, 1661~1733)이 어린 아들에게 준 짤막한 글이다.

아비가 평생 붓글씨에 마음을 쏟은 것은 너도 알고 있을 게다. 어려서 만난 왕희지 이야기는 아비의 마음을 흔들어놓았구나. 끝이 모지라져 못 쓰게 된 붓이 필총(筆塚) 즉 붓무덤을 이루었고 마당의 작은 연못은 붓과 벼루를 씻느라 온통 검은 물이 되었더라는 이야기에, 나도 그리해보리라 작정을 하고 그의 법첩(法帖)을 앞에 두고 연습에 연습을 거듭했더니라.

그러다 보니 글씨로 이름깨나 나서 이런저런 글씨 청탁을 받게 되었지. 그런데 막상 글씨를 쓰려다 보니 전서(篆書)도 써야겠고 예서(隷書)나 해서(楷書)를 쓸 일도 생겨, 왕희지를 떠나 낭야대각석(琅邪臺刻石)이니 그밖에 여러 다른 글씨도 차례로 익히게 되었다. 하지만 이것저것 잡다하게 배우다 보니, 예전 힘있던 왕희지의 글씨는 온데간데없고, 법도 없고 힘도 빠진 재주글씨만 남았더구나.

너는 '한단학보(邯鄲學步)'라는 고사를 들은 적이 있겠지. 연(燕)나라 소년이 조(趙)나라 사내들의 씩씩한 걸음걸이가 부러워서 제 고장을 떠나 조나라 한단 땅으로 가서 조나라 사람의 걸음걸이를 배웠더란다. 하지만 1년 넘게 배워도 도저히 따라할 수가 없어서 연나라로 돌아가려 하니 막상 원래 제 걸음걸이가 생각나지 않아, 마침내 엉엉 울며 엉금엉금 기어서야 연나라로 돌아갈 수 있었다는구나.

내가 왕희지를 버리고 이런저런 글씨를 배우는 동안 정작 기본이 되는 바탕을 잃어버리고 만 것이 바로 조나라 사람의 걸음걸이를 흉내내려던 연나라 소년 꼴이었구나.

무엇이든 기본기를 다지는 것이 중요하다. 배움은 박잡하면 못쓴

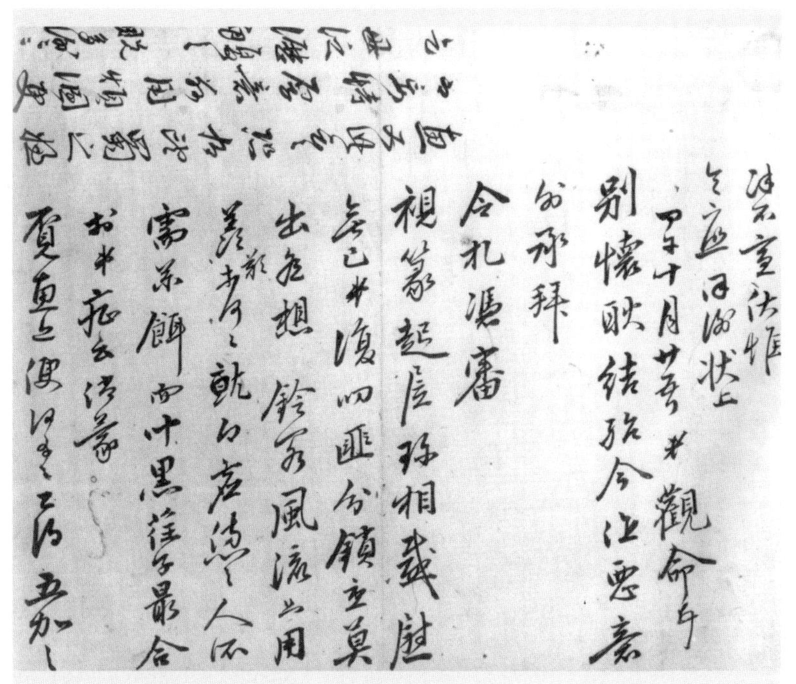

이관명의 친필 편지. 상대가 보내온 편지와 물품을 받고 감사하는 뜻을 담아 답장한 내용이다. 필획에 힘이 있다.

다. 기초가 튼튼하면 못할 일이 없다. 마음이 급해서 작은 성취에 급급하면 끝내 이룬 것이 없게 된다. 그래도 아무것도 하지 않는 것보다는 낫겠지. 이것이 아비가 후회하면서도 또 혼자 웃는 까닭이다. 너에게 거울로 준다. 틈틈이 비춰보려무나.

이관명은 조선 후기의 문신으로 본관은 전주(全州), 자는 자빈(子賓), 호는 병산, 시호는 문정(文靖)이다. 신임사화 때 사사된 소재(疎齋) 이이명(李頤命)이 그의 사촌형이고, 한포재(寒圃齋) 이건명(李健

命)은 그의 아우다. 이 두 사람은 김창집, 조태채와 더불어 노론 4대
신으로 일컬어진다.

이관명은 1687년 사마시에 합격한 뒤 익위사세마(翊衛司洗馬) 등
의 관직을 역임했고, 1698년 알성문과에 급제한 뒤에는 이조·병
조·예조 등의 참판을 거쳐 대제학을 지냈다. 비록 1721년 모함을 받
아 관직이 삭탈되고, 이듬해에 신임사화 때 아우 건명이 극형을 당
한 것에 연좌되어 덕천에 유배되기도 했지만, 3년 뒤인 1725년에 해
배되었고, 이후 우의정과 판중추부사에 올랐다.

그는 대제학을 지낸 만큼 문장에도 뛰어났는데, 특히 응제문(應製
文)·반교문(頒敎文)·시책문(諡冊文) 등에서 좋은 글을 많이 남겼
다. 저서로 『병산집』이 전한다.

이관명은 덕수장씨 판서 장선징(張善澂)의 딸을 아내로 맞아 2남
1녀를 두었다. 하지만 부인 덕수장씨와 그 사이에서 태어난 장남 망
지(望之)를 먼저 보내고 말았다. 이들을 향한 애틋한 소회는 「제망
실덕수장씨문(祭亡室德水張氏文)」과 「제망자망지문(祭亡子望之文)」
에 고스란히 남아 전한다.

이후 안동권씨 권중만(權重萬)의 딸을 아내로 맞이해 2남 7녀를
두었다. 그중 첫째아들인 휘지(徽之)가 1715년, 공이 55세 되던 해에
태어난다. 그가 덕천에 유배될 당시 아들은 여덟 살이었다.

이관명은 유배지에서 어린 아들에게 시 한 편을 지어 보냈다. 제
목은 '어린 아들에게 적어 보내다〔書與稚子〕'이다.

자질은 풍성한 물소뿔이라　　　　　　　　犀角豐盈質

우리 집안 빛내줄 한혈마(汗血馬)로다.　　　吾家汗血駒

어린 나이 기이한 재앙 얽혀서   弱齡奇禍縛

먼 유배에 길가 사람 탄식했네.   遠謫路人嗟

강가의 살던 집 떠올려보니   遙憶臨江宅

동산 가득 새로 심은 꽃이 폈으리. 新栽滿院花

어이 해야 네 손 잡고 떠나가서는 何當携手去

너와 함께 어여쁜 꽃을 딸거나. 與爾採芳華

어린 아들에 대한 걱정과 그리움이 절절히 묻어난다. 물소뿔처럼 툭 튀어나온 이마와 대완(大宛) 땅의 명마인 한혈마 같은 자질로 아들에 대한 기대를 표현했다. 하지만 너무 어린 나이에 숙부가 극형을 당하고 아비가 죄를 얻어 덕천에 유배되는 화를 겪었으니, 꽃피지 못하고 스러질까 근심했다. 어린 아들에 대한 걱정은 다시금 그리움 되어 만리 넘어 고향집을 향한다. 언제고 고향집으로 돌아가게 되면 어린 아들 손을 잡고 꽃 가득 핀 뜰을 거닐어야지.

어린 아들에 대한 이관명의 애틋한 정과 기약없는 해배를 기다리는 심사가 마음을 울린다.

벼슬길은 죽음을 부르는 길일 뿐이다.

세상의 명리가 이토록 허망한 줄 깨닫는 데 40년 세월이 필요했다니

그것이 좀 슬프구나.

과거시험에 마음 두지 마라

이건명이 두 아들에게 준 유언

내가 불초하여 조정에 선 것이 거의 40년인데도 위로 임금께 미쁨을 얻지 못했고, 아래로 한 조정에서 믿음을 받지 못했다. 마침내 죽게 되었으니 누구를 탓하겠느냐.

너희는 나를 경계로 삼아 과거시험에 마음을 두지 마라. 오직 독서하고 몸가짐을 삼가는 데만 힘쓰도록 해라. 손자들 중에 혹 총명하여 애석하게 여길 만한 아이가 없지 않을 것이다. 밤낮으로 가르치고 다스려 충효로 이어온 집안의 오랜 가풍을 실추시키지 않도록 해라. 그리하면 내가 지하에서도 눈을 감을 수 있겠다. 나머지 일은 죽음이 임박한지라 다 말하지 않는다. | 원문 319쪽 |

한포재(寒圃齋) 이건명(李健命, 1663~1722)이 두 아들에게 내린 유언이다. 간결하면서도 힘있는 글이다.

못난 아비의 40년 벼슬살이가 이렇게 끝나는구나. 임금의 미쁨을 받지 못하고 조정의 믿음도 얻지 못해, 이제 너희에게 몇 자 유언을 남기고 떠난다. 너희는 과거(科擧)에 조금도 연연하지 마라. 벼슬길은 죽음을 부르는 길일 뿐이다. 세상의 명리란 이토록 허망한 것인 줄을 깨닫는 데 40년 세월이 필요했다니 그것이 좀 슬프구나.

과거공부를 하지 않더라도 책 읽는 일을 게을리 해서는 안 될 것이다. 독서하지 않으면 남에게 손가락질이나 받는 천한 사람이 되고 만다. 또 몸가짐을 언제나 삼가야 한다. 아비가 이리 세상을 떴으니, 너희가 일거수일투족이라도 함부로 하면 그것이 그대로 큰 흠이 되어 돌아올 게다.

손자들 중에 특별히 총명한 아이가 있거든 밤낮으로 가르쳐서 훗날을 기약하도록 해라. 내 비록 이리 간다마는 어찌 눈을 감겠느냐. 할 말이 많다만 다 말하지 않겠다. 속뜻은 너희가 가늠해보아라.

이건명은 조선 후기의 문신으로 노론 4대신의 한 사람이다. 앞서 본 김창집과 함께 사사되었다. 본관은 전주(全州), 자는 중강(仲剛), 호는 한포재다. 바로 앞에서 본 병산 이관명이 그의 형이고, 소재 이이명이 사촌형이다. 사후 과천의 사충서원(四忠書院), 흥덕의 동산서원(東山書院), 나주의 서하사(西河祠)에 제향되었다.

한포재는 1684년 진사시에 합격하고 1686년 춘당대문과에 을과로 급제한 뒤 수찬·교리·이조정랑·응교·사간을 역임했다. 1698년 서장관(書狀官)으로 청나라에 다녀온 뒤에는 우승지·대사간·이조참의·이조판서 등의 요직을 두루 거쳤다. 1722년 노론이 반역을 꾀

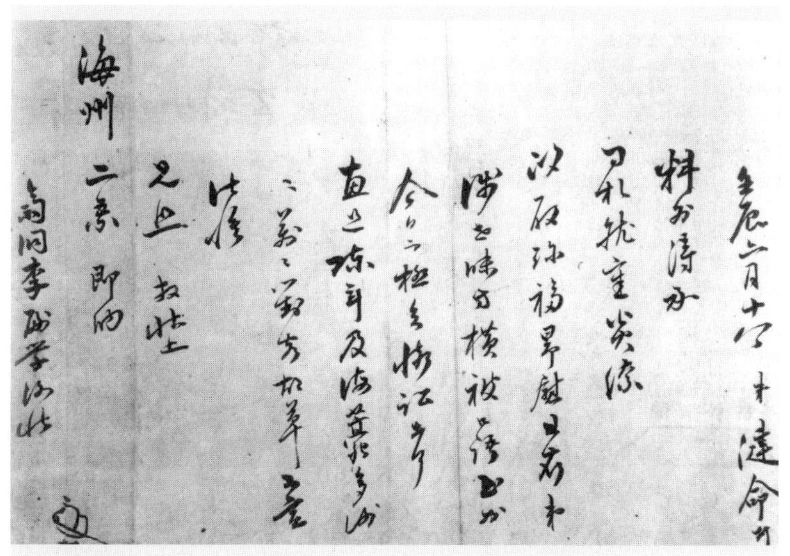

이건명의 친필 편지. 의례적인 안부와 자신의 근황을 설명한 내용이다.

한다는 목호룡(睦虎龍)의 고변으로 전라도 흥양의 나로도(羅老島)에 유배되었다가, 그해 8월 19일 적소에서 사사되었다.

재상으로 있을 때 민생에 깊은 관심을 보였는데, 특히 당시의 현안이던 양역(良役) 문제에서 감필론(減疋論, 군포 2필을 1필로 감하자는 주장)과 결역전용책(結役轉用策, 수령이 개인적으로 쓰고 있는 전결잡역가田結雜役價를 전용해 감필로 인해 부족해지는 재정을 보충하자는 방책)을 주장하여, 뒷날 영조 때의 균역법 제정에 큰 영향을 미쳤다. 시문을 잘 짓고 서법에 능했는데, 특히 송설체(松雪體)에 뛰어났다. 문집으로 『한포재집』이 전한다.

이건명은 광주김씨 승지 김만균(金萬均)의 딸을 아내로 맞았지만 자식이 없었다. 이후 안동김씨 군수 김수빈(金壽賓)의 딸을 아내로 맞아 3남 2녀를 두었는데, 그중 차남 성지(性之)는 일찍 죽었다. 그 외 측실에게서 두 딸을 얻었다.

앞의 「서시이자(書示二子)」에서 말하는 두 아들은 안동김씨와의 사이에서 얻은 면지(勉之)와 술지(述之)를 가리킨다. 벼슬길이 죽음에 이르는 길임을 들어 과거에 연연하지 말라고 당부하는 이건명의 말에서 비장함이 묻어난다.

그는 죽음을 앞두고 두 아들 외에도 손자들과 형 이관명에게도 유언을 남겼다. 먼저 「손자들에게〔寄諸孫〕」를 읽어보자.

오늘의 일을 어찌 말로 할 수 있으랴. 다만 너희와 다시 영결하지도 못했으니 끝내 눈을 감지 못할까 걱정이다. 오직 바라기는 너희가 부지런히 학업을 닦아 충효로 이름난 집안의 명성을 실추시키지 않는 것뿐이다. 너희가 장성한 뒤에 이 글을 보고 마음에 느낌이 일기를 바랄 뿐이다. 할아비의 부족한 덕은 모름지기 배우면 안 된다. 다 적지 못한다.

당시 손자들은 아직 어려 글을 읽지 못했다. 그는 손자들이 자라 나중에 할아버지의 유언을 읽고서 느낌이 있기를 바라 이 글을 지었다. 그러고는 다시 형 이관명에게 보내는 「형님께 올림〔上伯氏〕」을 썼다.

오늘의 일이 조만간 있을 줄은 알고 있었지만, 끝내 여기에 이르고 보니 또한 다시 무슨 말을 하겠습니까. 무엇보다 돌아가신 할아버님과 아버님의 덕이라면 십대에 이르도록 잘못을 용서해줌이 마땅하겠으나, 그 혜택을 입지 못했으니 참으로 면목이 없습니다. 불초가 스스로 재앙의 뿌리를 취한 것이니 누구를 원망하고 누구를 탓하겠습니까.

생각건대 두 아이는 부족하기 짝이 없고 여러 손자는 너무 어리니, 훗날의 바람은 다만 형님께 달려 있습니다. 다행히 잘 이끌어 가르쳐주셔서 세대가 끊어지지 않게 해주시기를 바랍니다. 사생(死生)의 즈음에 한차례 영결할 인연조차 없고 보니 끝내 눈을 감지 못할까 두렵습니다. 다 쓰지 못합니다.

손자들에게는 부지런히 독서하여 집안의 명성을 실추시키지 말라는 당부와 자신의 박덕함을 배우지 말라는 말을 남겼고, 형에게는 두 아들과 손자들을 모두 맡긴다는 유언을 남겼다. 그러나 안타깝게도 이건명의 두 아들은 아버지가 죽은 뒤 모두 옥사하고 말았다.

결단하여 행하기는 쉬워도 스스로를 지키기는 어렵다.

결단하여 행하는 것은 한때의 용기이나

스스로를 지키는 것은 죽을 때까지의 용기이기 때문이다.

고을 원이 책상맡에 써두고 살펴야 할 일

이익이 자식에게 준 여덟 가지 가르침

일을 할 때는 마음을 살펴 속내가 없어야 한다.

따뜻하고 부드럽게 백성을 가까이하라. 작은 허물은 용서하되, 뜻을 갖고 한 일인지 어쩌다 보니 그리 된 것인지 살피도록 해라.

사납게 성내는 것을 경계하라. 아랫사람이 죄를 지으면 담소하며 다스려라.

나이 많은 어른을 불러 아픈 데는 없는지, 어려운 점은 없는지 물어라.

윗사람 섬기기를 부형처럼 하라.

공문이나 소장을 속이는 자가 있거든 그 이름을 적어두어라.

서리들의 잘못이 긴가민가할 때는 경솔하게 누설하지 말고, 잠시 가만히 살펴보아라.

백성을 다스리는 데 마음을 쏟아 집안일로 누를 끼쳐서는 안 된다. 나라의 기대를 저버리지 않는 것이 바로 효자다.

앞뒤로 한 말은 늘 책상 위에 놓아두고 살펴라. | 원문 320쪽 |

성호(星湖) 이익(李瀷, 1681~1763)이 목민관으로 부임하는 아들을 위해 당부를 적은 글이다.

네가 목민관이 되어 백성을 다스리는 소임을 맡게 되었구나. 축하한다. 이제부터 네가 유념해야 할 여덟 가지를 알려주마. 책상맡에 놓아두고 늘 마음에 새겨 실천에 옮기도록 해라.

첫째, 일을 맡으면 이것이 나에게 이익이 될지 손해가 될지 따지지 말고 성심껏 임해야 한다. 쓸데없는 가늠으로 자꾸 재면 못쓴다. 작은 일이 쌓여 큰 덕을 이루는 법임을 명심해라.

둘째, 백성을 따뜻하게 품어안아야 한다. 작은 허물은 덮어주어라. 그가 한 잘못이 의도를 갖고 한 행동인지, 어쩌다 보니 그렇게 된 것인지를 살펴 처리해라.

셋째, 쓸데없이 과도하게 성내서는 안 된다. 아랫사람이 잘못하더라도 말로 타이르고, 웃고 이야기하면서 바로잡아주는 것이 옳지, 불같이 성내며 야단을 해서는 무게 없는 사람이 되고 만다.

넷째, 나이 많은 사람은 대접을 잘해주어야 한다. 그들의 고충에 귀를 기울여주어라. 작은 은혜에도 그들은 감격할 것이다.

다섯째, 윗사람을 모시는 일은 성심성의껏 해야지, 겉으로 시늉만 해서는 못쓴다. 내 진심이 그에게 가 닿도록 해서, 서로 마음이 오가야 한다.

여섯째, 거짓으로 문서를 꾸며 남을 속이는 일은 아주 질이 나쁜 짓이다. 그런 자들은 따로 이름을 적어두었다가 늘 꼼꼼히 살펴 문제의 소지를 미연에 차단해야 한다.

일곱째, 아랫사람의 잘못을 확정치 못하겠거든 섣불리 문제를 키우지 말고, 입 다물고 찬찬히 관찰하는 것이 옳다. 공연히 여기저기 떠들었다가, 사실이 아닌 것으로 밝혀지면 윗사람으로서 체통을 잃게 된다.

여덟째, 집안일로 백성 다스리는 일에 누를 끼쳐서는 안 된다. 백성보다 아비 걱정이나 집안살림 걱정을 먼저 하는 자는 목민관의 자격이 없다.

나는 네가 이러한 점을 유념해서 백성들의 칭송을 받고 임금의 은혜에 보답하는 훌륭한 관리가 되어주길 바란다. 그 이상의 효도가 없을 것이다.

이익은 조선 후기의 실학자로 본관은 여주(驪州), 자는 자신(子新), 호는 성호다. 형 이잠(李潛)에게 글을 배웠는데, 1706년 이잠이 장희빈을 두둔하는 상소를 올렸다가 당쟁의 제물로 죽임을 당하자 벼슬할 뜻을 버리고 낙향해 학문에만 몰두했다.

성호의 학문은 아버지가 중국에 사신으로 갔다가 돌아올 때 가지고 온 수많은 서적이 밑바탕이 되었다. 처음에는 성리학에서 출발했으나 차차 경직된 학풍에서 벗어나 사회 실정에 맞는 실용적인 학문의 필요성을 역설했다. 그리하여 율곡 이이와 반계 유형원의 학문에 심취했고, 특히 유형원의 학풍을 계승해 천문·지리·율산(律算)·의학(醫學)에 이르기까지 능통했다. 그의 학문은 후손으로 조카인 이병휴(李秉休)와 이중환(李重煥)·이가환(李家煥) 등으로 이어졌고, 문인으로는 안정복(安鼎福)·윤동규(東尹奎)·신후담(愼後聃)·권철신(權哲身)·정약용(丁若鏞) 등으로 계승 발전되었다.

이익은 고령신씨 신필청(申必淸)의 딸을 아내로 맞았지만 후사가 없었고, 다시 사천목씨 목천건(睦天健)의 딸과 결혼해 1남 1녀를 두었다. 그 아들이 바로 두산(杜山) 이맹휴(李孟休)다. 이익이 서른셋 되던 1713년에 낳은 아들로, 채팽윤(蔡彭胤)의 딸과 결혼해 아들 하나를 두었다. 그는 1742년, 이익이 62세 되던 해에 대과에 급제하고 2년 뒤에 만경(萬頃) 현감으로 부임했다. 이 「훈자팔조(訓子八條)」는 그 내용으로 볼 때 이즈음에 지어준 것으로 보인다. 그런데 맹휴는 1751년 5월 서른아홉의 나이로 짧은 생을 마감하고 만다. 이때 이익의 나이는 일흔하나였다.

이익의 문집 중 '잡저(雜著)' 항목에는 다양한 훈계가 실려 있다. 어린 손자 구환에 대한 경계는 「소손구환자사(小孫九煥字辭)」에 담겨 있다. 훈계를 구하는 조카손자 이가환에게도 글을 남겼다. 금대(錦帶) 이가환은 다산 정약용과 더불어 조선 후기 남인을 대표하는 문인이자 정치가로 큰 족적을 남긴 인물이다. 정조의 갑작스러운 죽음과 함께 시작된 신유박해 때 목숨을 잃은 그는 18세기 중반 재야 문단의 맹주였던 이용휴(李用休)의 아들이다. 이익이 이가환에게 준 「질손가환구훈계서이기지(姪孫家煥求訓誡書以寄之)」를 읽어보자.

옛 성현도 사람이니 능히 될 수가 있다. 내가 만약 마음을 쏟아 한 가지 일만 사모하여 본받으면 서로 비슷하게 되지 않는 경우가 드물다. 두 가지 세 가지 일에 이르러서도 어찌 문득 미치지 못하겠느냐? 일마다 이를 바라는 것을 일러 뜻이 크다고 한다. 뜻이 크면 성인과

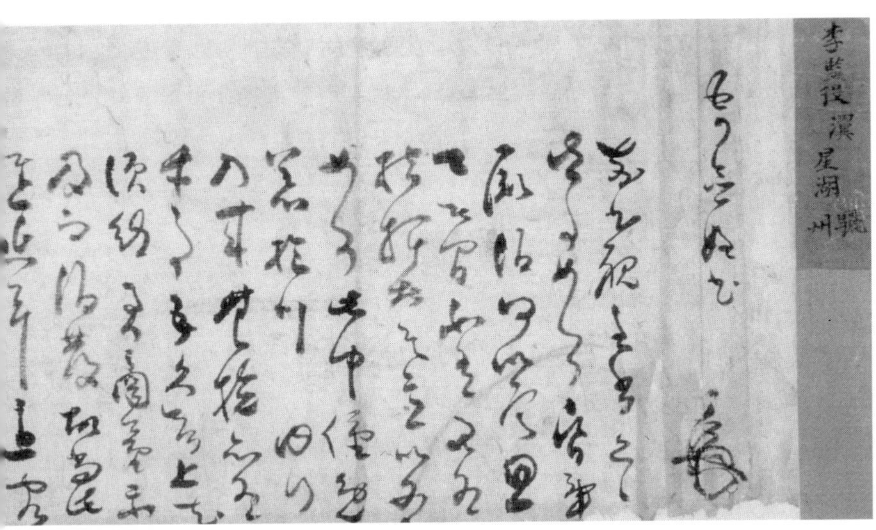

이익의 친필 편지. 매우 힘있고 유려한 초서체 편지다.

닮은 곳이 많아지고 비슷하지 않은 점은 적어질 것이니, 스스로 뜻을 두지 않더라도 거의 같게 될 것이다. 그러므로 어려서부터 뜻이 작은 것을 가장 꺼리는 것이다.

배움은 생각에서 나온다. 생각하지 않고는 얻을 게 없다. 어떤 일이건 덮어놓고 할 게 아니라, 반드시 마땅히 그러한 바를 따져서 그렇게 되는 까닭을 알아야 한다. 대저 자식이 되어 효도해야 한다는 것이야 누군들 들어 알지 않겠느냐? 혹 성현의 가르침과 사우(師友)의 권면, 또는 뭇사람의 선망으로 인하여 하겠느냐? 그렇지 않다. 반드시 자기 스스로 생각해서 효도를 하지 않을 수 없는 까닭을 얻은 뒤에, 한 가지 일만 빠뜨려도 두려워하고 한 가지 일을 행하고 나면 마음이 편안해야 비로소 능히 자식노릇을 할 수 있는 것이다.

사람은 고요함을 주로 할 때 설 수 있다. 하지만 고요함만 있고 움직임이 없다면 도가 아니다. 공자가 말씀하셨다. "무겁지 않으면 위엄이 없어 배워도 야물지가 않다." 무거움은 움직임과 고요함을 포괄한다. 군자는 고요해야 하지만, 그보다 먼저 몸이 무거워야 한다. 몸이 무거우면 마음이 무거워져 행동거지가 난잡스럽지 않다. 그릇이 움직이는데 물이 흔들리지 않는 경우는 없다. 이는 겉과 속이 서로를 바로잡아주는 증거다.

말세의 습속이 변화가 심하니 부끄러움을 아는 것이 중요하다. 온종일 잘못을 저지르면서도 스스로 뉘우치지 않는 사람이 있다고 하자. 한 사람이라도 깨달음이 있으면 천만 사람이 반드시 따라간다. 또한 스스로 자신의 전날 행실이 어떠했는지 따져보아 진실로 만족스럽지 않으면 절대 용납하지 않고, 다시는 스스로 그런 행동을 하지 않는다. 그런 까닭에 남을 부끄러워하는 것이 중요하다고 하는 것이다. 부끄러움이 없는 것을 부끄러워하는 것은 부끄러운 것이 아니다. 한 터럭쯤 싹트는 것은 괜찮다고 여기는 것이야말로 짐독(鴆毒)이다.

사우의 도가 폐해지고부터 사람들은 두려움을 모르는구나. 심지어 성인의 말씀을 모독하기까지 한다. 성인이 계셨더라면 누군들 감히 두려워하지 않겠느냐? 항상 스스로 나는 성인의 시대에 미치지 못해 직접 그 가르침을 받을 수 없다고 생각하므로, 마치 고아가 선대를 그리워하듯 원망하고 탄식한다. 그 남기신 가르침은 반드시 옥구슬을 받들듯이 하기에 겨를이 없어야 한다. 그렇지 않은 자는 돌아가신 아버지를 속여 남기신 가르침을 소홀히 하는 것과 다를 게 무엇이겠느냐? 그래서 배운 뒤에야 부족함을 알고 성인이 남기신 경전이 두려워할 만한 것임을 알게 되는 것이다. 그렇게 되기를 바란다.

근면은 안일의 반대니, 안일은 꾀할 바가 아니다. 내가 장차 아버님에게는 효자가 되고, 임금께는 충신이 되며, 스승에게는 어진 제자가 되려 하면서 어찌 안일에 빠져 이를 능히 할 수 있겠느냐?『예기』는 이렇게 말한다. "좌우에서 무슨 일이든 가리지 않고 봉양하고 죽을 때까지 부지런히 섬긴다." 만약 평일에 힘든 것을 싫어하고 괴로움을 피하며 노력하기를 즐기지 않아, 부모와 임금과 스승을 한가지로 섬기는 뜻을 알지 못한다면, 부지런해도 할 수가 없으니 죽는다한들 무엇을 논하겠느냐?

겸손한 자가 이익을 받는다는 것은 다만 사양하고 양보하는 것만을 가리키는 것이 아니다. 대저 사람은 입과 코가 각각 하나뿐이지만, 귀와 눈은 모두 두 개씩이다. 요컨대 총명함을 넓히라는 뜻이다. 천지는 지극히 크고 만물은 너무도 많다. 만약 한 사람의 이목으로도 족히 감당할 수 있다고 한다면 놀랄 것이다. 그런 까닭에 자만하는 영웅은 장차 천하 일에 아무 보탬이 안 된다고 말하는 것이다. 그러니 겸손하지 않으려 한들 그리할 수 있겠느냐? 세상에는 겸손하면서도 이익은 구하지 않는다고 말하는 자가 있는데, 이는 스스로를 지나치게 낮추고 어리게 보는 것이다.

결단하여 행하기는 쉬워도 스스로를 지키는 것은 가장 어렵다. 결단하여 행하는 것은 한때의 용기와 관계되나, 스스로를 지키는 것은 죽을 때까지의 용기이기 때문이다. 혹 위협하여 겁주고, 재물의 이익으로 꼬이며, 성색(聲色)으로 유혹하고, 비방으로 흔들면, 참는 마음이 굳세지 않고서는 능히 지켜서 스스로 보배로운 것을 지닐 수가 없다. 진실로 자신 보기를 공소(空疎)하게 한다면, 이른바 지킨다는 것이 도대체 어떤 물건이란 말이냐?

네가 할아비에게 가르침을 청하는구나. 기특해서 몇 가지 일러주마. 첫째, 뜻이 커야 한다. 순임금은 어떤 분이고, 나는 또 어떤 사람인가? 사내라면 모름지기 '그분이 한 일을 나라고 하지 못하란 법이 없다. 그러니 옛 성현의 일거수일투족을 그대로 배워 나도 그런 사람이 되어야지' 하는 큰 뜻을 품어야 한다. 처음부터 '나는 안 돼' 하면서 스스로를 국한하는 것이야말로 천하에 해서는 안 될 일이다.

둘째, 생각하는 사람이 되어야 한다. 덮어놓고 남 따라 하지 말고 왜 하는지, 어째서 하지 않을 수 없는지를 살펴서 해야 한다. 다른 사람이 하니까 덩달아 하고, 다들 하니까 생각없이 해서는 아무것도 이룰 수 없는 법이니라. 마음에 우러나서 하고, 하지 않고는 견딜 수 없어서 해야 한다. 그래야만 공부의 보람이 비로소 나타나게 된다.

셋째, 고요함을 깃들여야 한다. 하지만 덮어놓고 고요하기만 해서는 안 되고 묵직한 무게감을 지녀야 한다. 묵직함에 바탕을 둘 때 고요함은 비로소 움직임으로 드러나게 된다. 그릇이 흔들리면 그 속에 담긴 물도 따라서 흔들리게 마련이다. 몸가짐이 무겁지 않으면 생각도 가볍게 날린다. 무게를 가져라. 고요함을 깃들여라.

넷째, 부끄러움을 알아야 한다. 자기가 무슨 일을 하는지도 모르고 잘못을 저지르는 것처럼 슬픈 일이 없다. 가끔 맹렬하게 스스로를 돌아보아, 무언가 께름칙하거나 편안하지 않은 것이 있거든 다시 그 일을 되풀이해서는 안 된다. 사소한 것을 특히 조심해야 한다. 작은 싹도 시간이 지나면 자라서 땅속 깊이 뿌리를 내리게 마련이다. 그때에는 쉬 뽑을 수가 없다.

다섯째, 두려움을 알아야 한다. 제멋대로 굴고 망령되이 행하면서도 두려움을 모른다면 마침내 못하는 짓이 없게 된다. 배우면 부족함을 알게 된다. 익은 벼가 고개를 숙이는 법이다. 특히 성현의 말씀을 우습게 알고 나와는 상관없는 말로 생각해서는 안 된다. 붓끝의 재주만 가지고 경박하게 날뛰면 버린 사람이 될 뿐이다.

여섯째, 부지런히 노력해야 한다. 힘들어도 갈 길이면 가고, 괴로워도 할 일은 해야 하는 법! 노력하지 않고 이룰 수 있는 일은 세상 어디에도 없다. 부지런히 노력하지 않고는 세상을 사는 이유조차 알 수가 없다. 그렇게 등 따습고 배불리 살다 죽는 것은 사람의 길이 아니다.

일곱째, 겸손함을 깃들여야 한다. 입과 코는 하나지만 귀와 눈은 둘씩이다. 말하기보다 듣고 보는 것을 두 배로 많이 해서 귀 밝고 눈 맑은 사람이 되어야 한다는 뜻이다. 끊임없이 스스로를 낮추고, 나날이 오늘보다 나은 내일이 되도록 노력해야 한다. 그렇다고 무조건 자기를 낮추기만 하는 것은 아무 보람이 없다.

여덟째, 자신을 잘 간수해야 한다. 불끈 용기를 내어 과감하게 행하는 것은 한때의 분발로도 할 수 있는 일이다. 하지만 스스로를 잘 간직해서 일생 자신의 주인으로 사는 삶은 그리 간단한 일이 아니다. 세상을 살다 보면 온갖 일을 다 겪게 마련이다. 세상일은 자꾸 내게서 나를 빼앗아가려고 들 것이다. 그러니 마음을 굳게 세워 내 마음속에 보석 하나를 간직할 수 있어야 한다. 툭하면 '나는 안 돼!' 하며 자포자기해서는 못쓴다.

이렇게 여덟 가지로 네게 당부한다. 이 할아비의 가르침을 잘 되새겨 이 세상에서 꼭 필요로 하는 유위(有爲)한 인재가 되거라.

선조들이 어렵사리 문호를 세웠으니

자손이 이를 잘 지킨다면 백세라도 끄떡없겠지만

능히 지키지 못하면 한 번 손을 드는 사이에

무너지고 말 것이다.

조상이 힘써 세운 것을 네가 잘 지켜다오

오광운이 아들에게 준 일곱 가지 경계

내 선대는 높고도 밝아 아름다운 명성이 멀리까지 대를 이어 전해졌다. 만취(晩翠) 오억령(吳億齡) 공과 묵재(默齋) 오백령(吳百齡) 공 두 분 선생 대에 이르러 광휘가 더욱 두드러졌다. 문학과 맑은 명성은 세상의 본보기가 되었다. 또 어진 자손이 많이 나와 늘어서서 나라의 그릇이 되었다. 이는 바로 옛날에 이른 바 "한 집안에 붉은 수레가 열둘이요, 아홀(牙笏)이 상에 가득하다"는 것이니, 어찌 이다지도 성대한가?

아! 성대함이 지극하면 마침내 쇠하게 됨은 사물의 이치이고, 질병과 실패는 은총과 복록이 넘칠 때 이르게 마련이다. 불행히도 우리 집안 사람이 세상의 화에 걸려 마침내 쇠약해져서 떨치지 못했다. 진실로 종인(宗人)들로 하여금 모두 능히 만취공과 묵재공의 가법을 지키게 하였더라면 화가 어디로조차 이르렀겠는가?

가문의 성쇠와 화복 사이를 되돌아보니, 가문에 감계(鑑戒)됨이 깊다. 오직 내 고조이신 죽남(竹南) 선생은 화려하였으나 소박함을 기르고 성대하되 겸손함을 지켜, 충성스럽고 신실하고 순박함을 우리 자손에게 남기셨다. 내 증조부와 조부는 모두 일찍 세상을 뜨셔서 그 보답을 능히 받지 못하셨다. 내 아버님은 공거(公車)를 사절하고 벼슬을 버려 담박함을 즐기며 스스로를 지키고, 능히 세상에 뜻을 베풀지 않으셨다.

우리 묵재공과 죽남공이 쌓으신 덕을 증조부 이후로 능히 누리지 못하고 내려서 받았다고 말한 것은 그 후대의 쇠미함을 염두에 둔 것이다. 내가 성품이 협애하고 재주가 성글어 스스로 세상에 쓰일 수 없음을 안다. 하지만 어버이의 가르침으로 과거공부를 하여 마침내 임금을 가까이서 모시는 위치에 이르렀다. 감히 시속과 더불어 부침하면서 나아가 취하지 아니하고, 결연히 몸을 받들어 물러난 것은 내 선대를 감히 욕보이지 않으려 함이었다.

선조들이 어렵사리 문호를 세웠으니, 자손이 이를 잘 지킨다면 비록 백세라도 끄떡없겠지만, 능히 지키지 못한다면 한 번 손을 드는 사이에 무너지고 말 것이니, 어찌 슬프지 않겠는가? 내 아들 둘과 아우의 아들 셋 중 어린 녀석은 어질고 어리석음을 아직 알 수 없지만, 이미 장성한 셋은 모두 가르칠 만하다. 가르치지 않아서 그 세대를 능히 유지하지 못하고, 선조를 부끄럽게 하고, 내 불초한 죄를 무겁게 할까 봐 마침내 일곱 조목의 훈계를 지어서 준다.

첫째, 과거(科擧)를 경계하라.

과거란 입신하는 첫걸음이다. 한 번이라도 여기서 삿됨을 범한다면 만사가 모두 바르지 않게 된다. 이렇게 시작한다면 비록 세상을 놀라게 할 만한 명성과 하늘에 닿을 만한 사업이 있다 하더라도 어찌 끝에 가서 형벌을 받지 않을 수 있겠는가? 과거시험 보는 자가 사사로이 구하는 것과 시험관이 사사로움을 따르는 것은 그 죄가 똑같다. 수험생으로서 사사로이 구하지 않은 뒤라야 시험관이 되어 사사로움을 따르지 않을 수 있다. 내 자손 중에 만약 게을리 놀면서 서책을 멀리하는 자가 있다면, 부형들은 그로 하여금 과거장에 나아가지 못하게 해야 할 것이다.

둘째, 붕당(朋黨)을 경계하라.

옛날에는 붕당에 삿된 것과 바른 것이 있었다. 그런 까닭에 군자는 구차하게 붕당의 지목을 피하지 않았다. 지금 세상은 그렇지가 않다. 문호를 갈라 나눈 것이 마치 춘추시대에 의로운 전쟁은 없이 얻고 잃음만 근심하다가 임금을 잊고 나라를 저버린 것과 다를 게 없다. 한 세상을 돌아보면 한 조각의 깨끗한 땅도 없다. 군자는 다만 마땅히 홀로 우뚝 서고 홀로 술 깨어 물들지 말아야 한다.

조정에 서면 눈으로는 다만 옳은 것만 보고, 색목(色目)은 보지 말아야 한다. 갑쪽이 옳으면 갑의 주장을 옳다 하되 몸은 일찍이 갑쪽이 아니고, 을쪽이 옳으면 을의 주장을 옳다 하되 몸은 을쪽에 가담하지 않는다. 한 사람이 앞서는 옳다가 나중에는 그르고, 한 가지 일이 반쯤은 옳고 반쯤은 그른 경우, 옳음을 가지고 그 그름을 용서하지 않고, 그름을 가지고 그 옳음을 덮어 가리지 않는다면 마음을 속이고 임금을 속임을 면할 수 있을 것이다. 만약 말을 하여 믿음을 얻지 못하고 도가 행해지지 않으면 거두어 품을 뿐이니, 성대하게 누가 능히 이를 막겠느냐?

지금 세상의 붕당은 진취(進取)의 밑천이다. 진실로 명리 보기를 썩은 쥐 보듯 하는 호걸지사가 있다면 당론 보기를 어찌 손톱의 때만큼 여기지 않겠느냐? 어떤 이는 대를 이어 지키는 것은 내 한 몸으로 능히 할 수 있는 바가 아니라고 말한다. 아아! 조상으로서 얻고 잃음을 근심하는 것을 그 자손에게 남겨줄 사람이 어디 있겠느냐? 그 조상을 무함함이 심하다 하겠다.

세상에서 논하는 자들은 또한 붕당을 깨뜨려야 한다고 말한다. 하지만 내 말과 더불어 이름은 같지만 실지는 다르다. 나는 여러 무리의 그릇됨을 제거하고 그 옳음을 합쳐서 하나의 큰 옳음을 만들려는 것이고, 저들은 그 그름을 없애려 들지 않으면서 단지 겉껍질로만 서로 합하려는 것이니, 이는 또 구분하지 않을 수가 없다. 내가 너에게 붕당을 경계하는 것이 어찌 다른 뜻이 있겠느냐? 하나의 옳음을 성취하게 하려는 것일 뿐이다.

셋째, 진취(進取)를 경계하라.

사람이 벼슬과 녹봉을 중하게 여기는 것은 영화롭기 때문이다. 하지만 바른 도리로 얻은 것이 아니라면 영화롭겠느냐, 욕되겠느냐? 모름지기 일두(一蠹) 정여창(鄭汝昌) 선생과 한훤당(寒暄堂) 김굉필(金宏弼) 선생이 어떤 벼슬을 하셨는지 생각해보아라. 또 높은 지위에 올랐던 윤원형(尹元衡)이 어떤 사람이었는지 생각해보아라. 그러면 영화로움과 욕됨이 분명할 것이다.

높은 지위는 실로 고꾸라지게 되고, 좋은 맛은 실로 독이 된다. 설령 바른 도리로 이를 얻었다 해도 군자는 오히려 또 세 번 사양하며 머뭇거리는데, 하물며 바른 도리가 아님에랴! 앞에서 욕하면서 뒤에서 끼고돌아 마을에서 부러움을 받는 것은 하인들이나 부러워하는 것이다. 천종(千鍾)과 만석의 녹봉으로 백 사람이 배불리 먹고 따뜻이 입는 것은 처첩들이 바라는 바다. 하지만 그것이 선조에게 누가 된다면 식자(識者)가 나무라고 비웃을 것이다. 과연 어느 것이 중하고 어느 것이 가볍겠느냐?

비단 이것만이 아니다. 한결같이 진취로 마음이 흔들리면 그물과 함정이 앞에 있어도 알지 못한다. 작게는 귀양을 가고, 크게는 목숨을 잃게 되니 어찌 두려워하지 않겠느냐? 너희는 모름지기 한 번 머리를 숙이고 한 걸음 뒤로 물러나는 것을 마음으로 삼아, 나아갈 수도 있고 나아가지 않을 수도 있으면 결단코 나아가지 말고, 떠날 수도 있고 떠나지 않을 수도 있으면 결단코 떠나도록 해라. 안을 중시하고 밖을 가볍게 보면 얼마간 쾌활하여 절개를 온전히 할 수 있고, 몸을 보전할 수 있으며, 임금을 섬길 수 있고, 선조를 섬길 수 있을 것이다.

넷째, 사치를 경계하라.

대저 수레와 말과 복식이 한꺼번에 화려해지면 그 사람을 알 수 있다. 무릇 그렇게 하는 것은 수레와 말과 복식을 받들려는 것인가, 그 몸을 받들려는 것인가? 수레와 말과 복식을 받들려 한다면 내가 감히 알지 못하겠고, 그 몸을 받들려 하는 것이라면 사람이 그 수레와 말과 복식을 아름답게 꾸며서 그 몸을 천하게 하는 것이니, 어찌 이리도 어리석은가? 심하다, 사치스러움이 화 됨이여! 내가 일찍이 주색을 즐기는 사람과 사치하는 집안을 취해서 서로 들어 헤아려보았다. 그랬더니 그 사람은 반드시 죽었고, 그 집안은 틀림없이 망했다. 대략 서로 대응하는 것이었다.

천하만사가 어찌 일찍이 아내를 다스리는 데서 시작하지 않겠느냐? 그러나 검약으로 다스리는 것이 더욱 중요하다. 근세 사대부의 집안에서 사치하는 풍조가 날로 심해져서 혼인과 잔치 자리에서 부인네들은 진주와 비취와 비단으로 화려함을 다투고 이기기를 뽐낸다. 그런데도 남편 된 자는 이를 금하지 않는다. 어찌 애석하지 않겠느냐?

너희는 모름지기 먼저 자신을 맑고 엄하게 다스리고, 부녀자들을 경계시켜 감히 진주와 비취와 비단에 가까이하지 못하게 해야 한다. 한갓 감히 가까이 가지 못하게 할 뿐 아니라, 그것을 가까이해서는 안 됨을 알게 해야 한다. 가까이해서는 안 될 뿐 아니라 가까이할 것이 못 됨을 알게 한다면, 복을 기르고 화를 멀리할 수 있을 것이다.

다섯째, 교만을 경계하라.

교만은 어디서 생겨나는가? 부족함에서 생긴다. 만약 교만이 넉넉함에서 생긴다면 주공(周公)이야말로 가장 먼저 교만한 사람이고, 안연(顏淵)은 3천 명이나 되는 동문을 업신여긴 사람일 것이다. 내가 일찍이 세상에서 이른바 교만하다는 자를 살펴보니, 자기보다 나은 사람을 만나면 감히 교만을 부리지 못했다. 어찌 슬프지 않겠느냐? 가난한 사람에게는 부로 위세를 부리고, 빈한한 집안에는 귀함으로 함부로 대하며, 보잘것없는 작은 기예와 잔단 재주로 반드시 장을 살찌우고 뇌를 가득 채워서 자기만 한 사람이 없다고 말한다.

내 집안 아저씨인 연초재(燕超齋) 오상렴(吳尙濂) 공은 약관에 사장(詞章)으로 한 세상에 으뜸이셨다. 내가 그 사람을 보면 겸손하여 마치 아무 재주도 없는 사람 같았다. 글줄이나 조금 쓰는 사람과 만나면 문득 공경하고 사양하여 마치 큰 적수라도 만난 듯이 하면서 자기에게 만족해하셨다. 문장도 오히려 이렇거늘 하물며 여기에서 더 나아간 것임에랴! 『시경』에서도 "온화하고 공경스러운 사람이 나무에 앉은 듯 조심스럽네"라고 하였으니, 너희는 모름지기 세 번 되풀이해 새겨라.

여섯째, 관절(關節) 즉 청탁을 경계하라.

관절은 그 일이 지극히 작고 자질구레하나, 그 길은 지극히 막기 어려우며, 그 해는 지극히 혹독하다. 대저 나에게 청탁하는 자는 처첩이 아니면 친척이고, 친척이 아니면 인척이고, 인척이 아니면 문객이나 부리는 아랫사람으로 나에게 쌓인 노고가 있는 자들이다. 이를 물리치면 한자리에서 따뜻하게 대해주던 사람이 냉랭해지고, 온화하던 사람이 삭막해지고 마니, 이 또한 막기가 어렵지 않겠느냐? 물리치지 않으면 한 사람의 체면을 위해서 내 맑음을 탁하게 만들고, 청렴한 것을 검게 만들며, 공정함을 사사롭게 만들고, 곧던 것을 굽게 만드니, 이 또한 혹독하지 아니하냐?

그러나 이것을 가지고 저것과 비교해보면 어느 것이 무겁고 어느 것이 가벼운가? 모름지기 먼저 처첩과 더불어 법도를 세워 의복과 음식, 수레와 창고의 일 외에 다른 일에는 간여하지 못하게 하고, 친한 무리와 빈객 중 만나기를 청하는 자에게는 지주(地主)에게 문안하고 술을 대접하는 일 외에는 단칼에 끊어버리면, 집안이 깨끗하고 각각의 행실이 완전해질 것이다.

일곱째, 헐뜯는 의론을 경계하라.

예전 마원(馬援)이 형의 아들 엄(嚴)과 돈(敦)을 경계한 글에서 이렇게 말했다. "나는 너희가 다른 사람의 과실을 들으면 마치 부모의 이름을 들은 것같이 하여, 귀로는 듣더라도 입으로는 말하지 않았으면 한다. 남의 장단점을 의론하기 좋아하고, 망령되이 정법(政法)에 대해 시비하는 것은 내가 가장 싫어하는 일이다. 차라리 죽을망정 자손에게 이 같은 행실이 있다는 말은 듣고 싶지 않다."

이것은 참으로 격언이다. 나는 성품이 협애해서 악을 미워함이 너무 심하다. 그래서 남의 악을 보면 나도 모르는 사이에 낯빛에 성난 기색이 드러나곤 한다. 능히 오래도록 다스렸건만 지금까지도 마음을 담담히 갖는 데에는 이르지 못했다. 이것은 내 덕이 부족해서이니 족히 본받을 것이 못 된다. 옛말에 "그 아비가 원수를 갚고 아들은 위협을 한다"고 했는데, 악을 미워하는 것이 헐뜯는 의론으로 흘러가지 않을 줄 어찌 알겠느냐? 이것이 내가 깊이 두려워하며 너희를 경계하고, 또한 인하여 스스로를 경계하는 까닭이다.

무릇 이 일곱 조목 중에 한 가지만 빠져도 작게는 집안이 쇠하고 크게는 망할 것이니, 두려워하지 않을 수 있겠느냐? 시례(詩禮)의 학문 같은 것은 선조의 직분이요, 본시 두 가지 일이 아니므로 조목 속에 넣지도 않았다. 아! 대대로 나라의 녹을 받는 집안으로 능히 예(禮)로 일관하는 경우란 드물다. 진나라 때 귀족이었던 난(欒)씨, 극(郤)씨, 서(胥)씨, 원(原)씨처럼 강등되어 종이 된 자들도 많다. 너희는 능히 부담을 덜고 편히 앉아서 독서하니 어찌 족함을 모르겠으며, 또 그로 말미암아 나온 바를 알지 못하겠느냐? 전전긍긍하는 마음으로 이 일곱 조목을 지켜, 혹여 실추시켜 선조에게 죄를 짓는 일이 없도록 해야 할 것이다. | 원문 320쪽 |

약산(藥山) 오광운(吳光運, 1689~1745)이 아들에게 내려준 일곱 가지 훈계다.

선인이 남겨주신 빛나는 가법을 너희가 더럽히지 않기를 바란다. 쌓은 덕을 잘 지켜서 실추하는 일이 없었으면 한다. 그래서 내가 오늘 너희에게 일곱 가지 훈계를 내려줄 테니, 명심하고 또 명심해라.

첫째, 과거시험에 사사로움이 개입되면 안 된다. 첫출발을 부정한 방법으로 한다면 결국 제 몸을 망치고 집안을 말아먹게 될 것이다.

둘째, 벼슬길에 올라서는 붕당을 경계해라. 붕당에도 군자의 붕당이 있고 소인의 붕당이 있다. 군자의 붕당은 얼마든지 많아도 괜찮지만, 문제는 늘 소인의 붕당이 더 행세하는 것이다. 모든 판단은 옳고 그름에 둘 뿐 어느 편이냐로 갈라서는 안 된다.

셋째, 나아가 취하는 것을 조심해라. 삿된 방법으로 얻은 재물이나 벼슬은 나를 욕되게 할 뿐이다. 그런 출세는 결코 오래가지 못한다. 높은 지위는 나를 거꾸러뜨리는 빌미가 되고, 맛난 음식은 나를 죽이는 독이 될 것이다. 누구나 떵떵거리고 살기를 원하지만, 조상의 이름에 먹칠을 하고 사람들에게 손가락질을 받으며 잘 먹고 잘 사는 것은 절대로 잘 먹고 잘 사는 것이라 할 수 없다.

넷째, 사치하면 못쓴다. 지위를 얻었다고 겉치레가 한꺼번에 달라진다면 그는 족히 상종할 위인이 못 된다. 그가 꾸민 것은 수레와 말인데, 정작 제 몸은 귀해지기는커녕 천해지고 만다. 사치는 재앙의 출발점임을 명심해라.

다섯째, 교만을 멀리해라. 교만은 무언가 결핍된 것을 보상받으려는 심리에서 나온다. 교만이 자신의 부족함을 감추려는 허세일 뿐이라면, 이보다 슬픈 일이 또 있겠느냐? 대체로 교만한 자는 저만 못한 사람들 앞에서만 거들먹거리는 속성이 있다.

여섯째, 청탁을 딱 끊어야 한다. 청탁을 매정하게 끊으면 청탁한

이들의 원망이 쏟아지겠지만, 서운한 것은 그때 잠시뿐이다. 그 잠깐의 서운함을 내 맑음과 바꾸지 마라. 그보다 어리석은 일은 없다.

일곱째, 남을 비방하지 마라. 악을 미워하고 선을 사랑하는 마음을 지니더라도, 이를 경솔하게 겉으로 드러내서는 안 된다.

이 일곱 가지 경계를 늘 마음에 새겨, 조상들이 보시기에 자랑스러운 후손이 되어주기 바란다.

오광운은 본관이 동복(同福), 자는 영백(永伯), 호는 약산, 시호는 충장(忠章)이다. 1719년 증광문과에 병과로 급제한 뒤 현감(縣監)에 오르고 설서(說書)를 역임했으며, 연잉군(延礽君, 뒤의 영조)의 서연관(書筵官)이 되었다. 1737년 대사간이 되었고 1743년 예조참판을 지냈으며, 1744년에는 개성부유수에 이르렀다. 문장에 뛰어나 대제학에 추증되었으며, 문집으로 『약산만고(藥山漫稿)』가 있다.

권경(權譿)의 딸과 결혼하여 대관(大觀)과 대성(大成) 두 아들을 두었지만, 큰아들 대관은 1734년 공이 46세 때 세상을 떴다. 당시 대관의 나이 스물셋이었다. 오광운은 이때의 슬픔을 1,420자에 달하는 장편시 「술애(述哀)」를 지어 풀어냈다.

문집에는 이 외에도 「병오정조곡망아묘(丙午正朝哭亡兒墓)」와 「제망아구제등구(題亡兒舊製燈籠)」가 실려 있는데, 이 작품들에도 아들을 잃은 슬픔이 구절구절 녹아 있다. 다음은 죽은 아들이 살았을 적에 만든 종이등롱을 보고 지은 시 「제망아구제등구」다.

해마다 새 추위가 빈 방으로 스미면 책상 위에 책을 놓고 부자가 등불 하나를 함께 쓰며 앉아 있곤 했다. 하루는 아들이 하인 한경구에게 명해 대나무를 깎아 종이를 발라서 등롱을 만들게 했다. 그을음을 멀리하여 눈이 신 것을 막으려는 뜻에서였다. 이를 사용한 지 열흘도 못 되어 아들은 병이 났다. 그래서 이 물건은 마침내 안 보이는 곳으로 치워졌다.

아들이 죽은 지 몇 달이 지나자 서리기운은 싸늘하고 서재는 쓸쓸한데, 도서는 지난날과 같지만 엉긴 먼지가 눈에 가득하였다. 내가 마침내 일어나 복도 사이를 방황하다가 이 등롱과 마주쳤다. 이에 길게 호곡하며 말했다. "등롱이여, 등롱이여. 네가 여태도 인간세상에 남아 있었느냐. 어이해 사람의 목숨이 종이만도 못하단 말이냐." 마침내 시를 지어 그 느낌을 기록해둔다.

물건 남고 사람 죽어 피눈물 어지러운데	物在人亡血淚紛
가을날도 황혼무렵 어이한단 말인가.	如何秋日又黃曛
깊고깊은 땅속에는 등촉조차 없을 테고	深深地下無燈燭
적막한 인간에는 읽던 책만 남았구나.	寂寂人間有典墳
글 지으며 반평생을 너와 함께하였더니	玄草半生惟汝共
맑은 달빛 훗날 밤은 뉘와 다시 나누리오.	淸光後夜更誰分
빈 방에 달빛 검어 슬피 읊어 앉았노니	虛堂月黑悲吟坐
반딧불이 장막으로 들어오지 말려무나.	莫遣流螢透帳纁

반평생을 벗처럼 함께 책 읽으며 지낸 아들이 훌쩍 세상을 뜬 뒤, 추운 가을날 저녁 땅속 깊은 곳에 등불도 없이 누웠을 아들 생각에 목이 메고 만 부정이 참 슬프다. 앞서의 그 곡진한 당부도 따로 베풀 곳이 없어지고 말았다.

사람이 공부를 하지 않고는 지식이 생겨나지 않아

무식한 사람이 되고 만다.

내 집에 책이 넉넉하니 부지런히 읽어라.

공부를 안 하면 식견도 없다

조관빈이 입양한 아들을 훈계한 글

아! 이내 삶 험난하여 독한 재앙 만났구나.	唉我險釁 遭此禍酷
걱정슬픔 쳐들어와 조석조차 알 수 없네.	憂哀侵削 不謀朝夕
내 인생 돌아보니, 삶이 외려 괴로워라.	自視吾生 生苦死樂
자식 하나 없고 보니 뜻과 사업 뉘 이을까?	而無一兒 志業誰續
양자 취함 급하여도 가릴 것은 가려야지.	取養斯急 知所可擇
가까운 친척 좋긴 해도 선한 친족 더 낫다네.	非乏近親 莫如善族
다만 너의 소생은 동백공의 계파이니	惟爾所生 派自東伯
전해오는 좋은 행실 온 집안에 환하리라.	家傳美行 棹楔煥若
바르게 향해 나감 궁하여도 바꾸잖아	趨向之正 雖窮不易
친한 이 후대하니 멀다 하여 박대할까.	嘗所親厚 豈云疎逖
묵은 계획 실행하니 뒷일을 부탁한다.	夙計乃決 後事斯託

나나니벌 명령 좇고 나무에 접붙이듯. 　如螟之螟 若臾於木

내 아들아! 아비의 바람을 들어보렴. 　父曰我兒 聽我所祝

인륜 한번 정해지면 자애함이 끝없다네. 　彝倫一定 慈愛靡極

내가 네게 바라는 것 독실한 효행이니 　所我望爾 惟孝是篤

모든 행실 근원 되고 또한 네 세덕이라. 　肆謂行源 亦爾世德

옮겨와 예 베풀면 절로 응해 꼭 맞으리. 　移彼施斯 自應順適

그 나머지 말하라면 배움에 힘쓰는 일. 　若言其餘 可勉者學

옛일 공부 안 한다면 식견 어이 생겨날까. 　人不稽古 焉所知識

내 책상에 책 있으니 네 읽을 것 넉넉하다. 　我有牀書 足供爾讀

세월이 흘러감은 옛사람도 근심했지. 　日月不與 古人所惕

너처럼 어린 나이 글공부에 힘을 쏟아 　及此幼年 勖哉方册

뜻을 황폐하게 말고 힘을 나태하게 마라. 　毋荒爾志 毋怠爾力

아비 사업 끝마치고 선대 은택 지켜야지. 　思卒父業 免忝先澤

슬프다! 네 아비는 아픈 맘 미어진다. 　哀哀爾父 至痛塡臆

아비 맘 마음 삼음 자식의 본분일세. 　父心爲心 是固子職

네 자손에 미쳐서도 대대로 능히 하면 　曁爾子孫 世世是克

내 살아서 기쁠 테고 내 죽어서 편안하리. 　我生心嘉 我死神格

아아! 내 아들아, 시종일관 명심해라. 　嗟嗟我兒 終始敬服

처음 아비 아들 되어 이 글 써서 고하노라. 　父子之初 斯用明告

회헌(悔軒) 조관빈(趙觀彬, 1691~1757)이 먼 친족에게서 후사를 입양하여 양자로 들이고는, 처음 맞는 아들에게 써준 훈계의 글이다. 그 내용을 다시 음미해보면 이러하다.

이제 너는 내 아들이다. 그동안 나는 후사를 잇지 못하는 독한 재앙을 만나 아침저녁으로 전전긍긍했다. 돌이켜보면 내 인생은, 사는 것이 괴롭고 죽는 것이 차라리 즐거웠을 만큼 힘겨웠다. 이제 어쩔 수 없이 먼 친족의 훌륭한 집안에서 너를 양자로 맞아 내 아들로 삼으니 겨우 마음이 놓인다.

너는 동백공(東伯公)의 후손으로, 네 집안 선대의 훌륭한 행실은 그 자취가 뚜렷하다. 언제나 바른 길로 향해 가서, 궁한 처지에서도 바꾸지 않았다. 가까운 이를 후대하고, 멀다 하여 박대하는 일도 없었다. 나는 네가 그런 집안에서 나고 자랐으니 그 가풍을 마음 깊이 새겨 듬직한 바탕을 갖추었으리라 믿는다.

나 이제 해묵은 짐에서 벗어났으니, 장차 우리 집안의 일을 너에게 부탁한다. 내가 너를 데려와 아들로 삼는 것은 나나니벌이 다른 알을 기르고, 나무에 다른 가지를 접붙이는 일과 다름이 없다. 하지만 이제 부자의 인연이 정해졌으니, 너는 이 아비가 너를 사랑하지 않을까 근심하지 마라.

나도 너에게 바라는 것이 있다. 도타운 효행으로 이 아비를 기쁘게 해다오. 효는 모든 행실의 근원이다. 네 집안도 대대로 효행으로 이름 높은 집안이 아니더냐. 그러니 다른 데서 찾지 말고 네가 어릴 적부터 보고 자란 대로 그대로 하면 될 일이다.

한 가지 더 당부하자면, 배움에 힘을 쏟으라는 것이다. 사람이 공부를 하지 않고는 지식이 생겨나지 않아 무식한 사람이 되고 만다. 내 집에 책이 넉넉하니 그 책들을 부지런히 읽어라. 공부에는 때가 있다. 그 때를 놓치면 후회만 남는다. 너처럼 어린 나이에 뜻을 세워 열심히 노력한다면 내가 얼마나 뿌듯하겠느냐. 아비가 이루려던 사업을 계승

하고, 선대의 은택에 누를 끼치는 일이 있어서는 안 되겠다.

아들아! 너를 맞이하고 보니, 이상스레 마음 한구석에 밀려드는 슬픔을 또 어찌할 수가 없구나. 아비의 이 간절한 소망을 잘 간직해서 부디 큰사람이 되어다오. 그리하여 네 자식이 또 네 뜻을 이어 우리 집안의 실마리를 이어간다면, 나는 살아 기쁘고 죽어 여한이 없을 것이다. 너는 이제 내 아들이 되었다. 이 글을 써서 부자의 인연을 증거하고, 안타까운 마음을 네게 전한다. 고맙구나, 아들아.

조관빈은 조선 후기의 문신으로 본관은 양주(楊州), 자는 국보(國甫), 호는 회헌, 시호는 문간(文簡)이다. 노론 4대신의 한 사람인 조태채(趙泰采)의 아들로, 1714년 증광문과에 병과로 급제한 뒤 여러 관직을 거쳤다.

그는 당쟁과 사화의 중심에서 여러 부침을 겪었다. 1723년, 신임사화 때 화를 당한 아버지에 연좌되어 흥양현(興陽縣)에 유배되었다가, 1725년 노론이 집권하자 풀려나 호조참의 등을 역임했고, 대사헌으로서 신임사화를 논핵했다. 1727년에는 동지돈녕부사로 임명되어 김창집과 이이명 등의 죄적(罪籍) 삭제를 요구했다가 정미환국으로 파직되었다. 1731년에는 다시 신임사화의 전말을 상소해 소론의 영수인 이광좌(李光佐)를 탄핵했다가 대정현(大靜縣) 해도(海島)에 유배되었고, 이듬해에 풀려났다.

1744년 호조판서에 임명되었지만 영의정 김재로(金在魯)와의 불화로 면직되었고, 1753년에는 대제학으로서 죽책문(竹冊文)의 제진(製進)을 거부해 성주목사로 좌천되었으며, 이어 삼수부(三水府)에 유배되었다가 곧 단천(端川)으로 이배되었다.

창원유씨 유득일(兪得一)의 딸을 첫 아내로 맞았지만 자식이 없어

조관빈 초상화. 일본 덴리〔天理〕대학 소장.

조영석(趙榮晳)을 양자로 삼았다. 앞의 「계자문(戒子文)」에 언급된 입양한 아들이 바로 영석이다. 이후 경주이씨 이위(李煒)의 딸을 아내로 맞았지만 또 자식이 없었다. 이에 다시 박성익(朴聖益)의 딸을 아내로 맞아 영현(榮顯)과 영경(榮慶) 외 두 딸을 두었고, 측실에게서 영득(榮得)과 철한(鐵漢) 등 2남 1녀를 얻었다. 이중 철한은 일찍 죽었다.

세 명의 아내와 한 명의 측실을 둔 조관빈의 삶은 벼슬길의 부침만큼이나 다난했다. 쉰 넘어 낳은 두 아들 영현과 영경, 양자로 맞아 새로 세운 장자 영석, 그들에 대한 기대와 근심이 그의 글에 고스란히 담겨 전한다. 함께 읽을 다음 글은 서자 영득의 관례 때(1751년, 공의 나이 61세) 그를 위해 지어준 「계서자영득문(戒庶子榮得文)」이다.

측실에게서 난 아들 영득이 장성하여 관례를 올린다. 서빈(筮賓)을 두고 삼가례(三加禮)를 행하는 것은 비록 예법이 아니나, 장부의 관은 아비가 씌워주는 것이 성인의 가르침이니, 적자와 서자가 무슨 상관이랴. 이에 내가 말한다.

사람에게 관례는 성인으로서의 책무를 지우는 것이다. 『가례』에서 말한 "너의 어린 마음을 버리고 네 덕을 이루라"는 것이니, 기대하여 바람이 깊고도 절실한 말이다. 한번 관례를 치르고 나면 내가 너에게 권면한 바를 장차 이제부터 갖추도록 해라.

너에게 '지숙(志叔)'이라는 자를 지어준다. 대개 득(得) 자의 뜻을 취해 다른 사람의 뜻을 얻게 하려는 것이다. 부형에게 효도하고 순종하면 부형이 너를 아끼게 되니, 이는 부형에게서 뜻을 얻은 것이다. 향당(鄕黨)에서 공손하고 삼가면 향당이 너를 아름답게 여길 테니,

이는 향당에서 뜻을 얻은 것이다.

만약 통적(通籍)으로 음직(蔭職)에 뽑혀 관직에 올라서 한 가지 일을 맡게 되면 능히 부지런하고 간략해야 한다. 그렇지 않으면 분수를 살펴 가업을 지키면서 한 시렁의 책을 읽고 한 골짝의 밭을 경작하여 또한 한가하고 편안함을 얻어야 할 것이다. 이렇게 한다면 어디를 가든 뜻을 얻지 못함이 없을 것이다. 이것이 이 자를 지어준 큰 뜻이다. 진실로 눈앞에서 마땅히 먼저 경계해야 할 것을 말한다면 또 더 할 말이 있다.

너는 익복(翼福)이나 조복(祖福)보다 몇 살 위다. 두 아이의 문예에 대한 부지런함과 게으름, 습성의 순수함과 잡박함은 모두 너를 보고 본받은 것이다. 이왕의 일은 말할 것이 없겠고, 네가 이제 관례를 치렀으니 성인의 책무가 생겼다. 너는 마땅히 어릴 때의 습관을 통절하게 끊어 버리기를 가례(家禮)의 축사(祝辭)처럼 해야 할 것이다.

말과 행동을 합당하게 하되 먼저 스스로 몸가짐을 삼가고, 책읽기와 글쓰기에도 먼저 스스로 노력해서, 두 아이로 하여금 경계하여 깨우침이 있게 해야만 한다. 그리하여 나아가 성취함이 있게 되면 내가 반드시 기뻐하며 네 공이라고 말할 것이다. 이 또한 네가 이 아비에게 뜻을 얻는 한 가지 일이 될 것이다.

아아! 너와 두 아이는 모두 내가 만년에 낳았다. 나는 이미 늙었다. 그 나머지 사업으로 권면하며 이 저무는 해를 쫓아가는 것이 다른 사람에 비해 어찌 십분이나 간절하고 다급하지 않겠느냐? 『서경』에는 "해와 달은 흘러가서 돌아오지 않는다"고 했다. 너는 이 말을 유념하여라. 신미년(1751) 정월 28일에 동호옹(東湖翁)이 정동(貞洞) 보만와(保晩窩)에서 불러 적게 하고 주노라.

서자지만 어엿이 관례를 치러주고 자를 지어주며 쓴 글이다. '지숙(志叔)'이라는 자에는 다른 사람의 뜻을 얻어, 모든 이에게 사랑받는 사람이 되어주기를 바라는 마음을 담았다. 혹시 음사(蔭仕)를 얻어 낮은 벼슬에 오를 기회가 주어지면 근면과 간소함으로 최선을 다하고, 그렇지 않더라도 분수를 지키며 안한(安閒)한 삶 살아가기를 축원했다. 어린 두 동생에게 좋은 모범이 되어달라는 당부도 잊지 않았다.

한편 조관빈은 새로 며느리를 맞은 후 며느리에게 주는 경계의 글인 「계자부문(戒子婦文)」을 따로 남겼다.

말하노라 며늘아가! 너는 천휴 후옐러니.	舅曰我婦 天休之裔
천휴는 훌륭하여 풍절로 우뚝하여	懿美天休 風節勵世
예전 우리 선조가 그 문하에 예 올렸네.	昔我先祖 贅于其門
가정의 가르침이 부덕을 중시하니	家庭所訓 婦德惟尊
면면히 종사 이음 남은 경사 덕분일세.	綿綿宗祀 賴其餘慶
자손 중에 소민공과 충정공이 계시니	有子有孫 昭敏忠靖
오늘까지 법도 전해 우리 조씨 성대하다.	式至今日 我趙詵詵
말하노라 며늘아가! 네 어찌 우연이리.	舅曰我婦 爾豈偶然
우리 두 집안은 오래도록 가까웠지.	惟我兩家 舊好朱陳
유풍을 숭상하며 철인 조상 한가질세.	尙挹遺風 同祖喆人
성근 데서 가까워짐 옛말씀에 있거니와	自疎而近 厥有古訓
지금에 옛날 보니 일이 서로 꼭 맞는다.	由今視昔 事與相襯
사람이면 아들 있고, 며느리도 뉘 없으리.	人苟有子 其孰無婦
내가 재앙 입은 뒤라 가까운 이 두리나니	我則禍餘 靡不傍怖

아름답다, 네 집안은 한마디로 맺어졌네.　　多哉爾家 片言結親

말하노라 며늘아가! 맑고도 어질구나.　　舅曰我婦 曷不淑仁

네 조부의 어짊에다 네 아비의 자질 갖춰　　乃祖之賢 乃父之質

곱고도 정숙하니 칭찬이 자자하다.　　矧自婉娩 令聞有蔚

현부 이를 이름이니 우리 집안 꼭 맞구나.　　是謂賢婦 庶幾我家

내 궁하면 위로 주고, 내 미치면 기뻐하고　　我窮而慰 我狂而嘉

내 살아선 봉양하고, 내 죽으면 제사하리.　　我生則養 我死則祭

그래서 인정으로 며느리를 아끼나니　　所以人情 惟婦斯愛

시아비 며느리 처음 만나 축원 어이 없을쏘냐.　　舅婦之初 不可無祝

말하노라 며늘아가! 내 하는 말 들어보렴.　　舅曰我婦 聽我所告

사람이 하는 행실 반드시 보답 있다.　　凡人有行 必有其報

지아비에 순종하고 어버이에 효도하라.　　于夫以順 于親以孝

집안 화목 의리로써, 아랫사람 은정으로.　　敦族必義 御下必恩

옷 입고 밥 먹는 일 근검으로 능히 하라.　　惟服惟食 克儉克勤

좋은 모범 본받아서 여사 힘써 따를진저.　　哲範美則 懋遵女史

뉘 능히 이를 했나, 내 할머니 그분일세.　　誰能行此 我祖之妣

너도 우리 며느리니 이같이만 하여다오.　　爾之爲婦 亦惟是若

덕스러움 부합되면 절로 큰 복 응험하리.　　德所相符 自應景福

아들도 많이 낳고 많은 자손 창성하리.　　多男之吉 百孫其昌

말하노라 며늘아가! 공경하여 잊지 마라.　　舅曰我婦 敬哉毋忘

며늘아가! 너는 천휴공(天休公)의 후예로 명문의 집안이다. 내 선
대에 천휴공께 나아가 예를 올린 일이 있으니, 우리 두 집안의 인연
은 예사롭지가 않구나. 우리 집안은 부덕(婦德)을 중시하니 면면히

종사(宗祀)가 끊이지 않고 이어진 것도 조상이 선행을 쌓아 남은 경사라고 나는 믿는다. 우리 집안 선대에는 소민공(昭敏公) 조존성(趙存性, 1553~1627) 공과 충정공(忠靖公) 조계원(趙啓遠, 1592~1670) 공이 계신다.

네가 우리 집안의 며느리로 들어온 것도 우연은 아닌 셈이로구나. 처음엔 인연이 닿지 않다가 유풍을 따르며 어진 조상을 만나 점차 집안 사이에 왕래가 있게 되었다. 나는 재앙을 입은 뒤인지라 가까운 사람들도 두려워하며 인연 맺기를 꺼려하였다. 하지만 네 집안은 한마디 말로 이 혼사를 맺었으니, 이 아니 고맙고 아름다우냐.

내가 너의 품성과 행동을 보니 과연 현숙한 자질을 지녔구나. 내가 힘들 때면 네가 나를 위로해줄 테고, 내가 무언가에 미쳐 몰두하면 네가 좋다 하겠지. 살아서는 네 봉양을 받고, 죽어서는 네가 차려주는 제사상을 받을 테니, 내 어찌 너를 아끼지 않을 수 있겠느냐. 이제 이 글은 시아비가 며느리를 처음 맞이하는 다짐 같은 것이다.

아가! 내 말을 명심해라. 고생한 보람은 있는 법이다. 당장 힘이 들고 고단해도 남편에게 순종하고 부모에게 효도하는 마음가짐에 흐트러짐이 있어서는 안 된다. 집안의 화목은 의리로 처신하면 문제가 없을 것이다. 아랫사람에게는 따뜻하게 은정을 베풀어주렴. 입고 먹는 일이 넉넉지 않더라도 검소함과 근면함만 있다면 능히 극복할 수 있을 게다.

나는 네가 내 할머님의 좋은 모범을 본받아 꼭 그렇게만 해주었으면 좋겠다. 그 어른은 우리 집안을 붙들어 일으키신 분이다. 너도 그렇게 하여다오. 여사(女史)의 모범을 보여다오. 그리하면 경복(景福)이 풍성히 내려 자손들이 크게 번창할 것이다. 시아비의 당부를 허투루 듣지 말고 명심하여 새겨주기 바란다.

　이렇듯 조관빈은 네 아들과 며느리 모두에게 경계하는 글을 남겼다. 앞서 본 입양한 장자 영석에게 준 경계의 글과 며느리를 경계한 글 외에도, 영현과 영경을 경계한 글은 관례를 올리고 지은 「관중자영현문(冠仲子榮顯文)」과 「관계자영경문(冠季子榮慶文)」에 담겨 있다. 영현과 영경은 모두 쉰 이후에 본 자식으로, 공이 63세와 65세 되던 해에 각각 실제보다 이른 나이에 관례를 올렸다. 이때 그는 『주역』과 『서경』에서 구절을 끌어와 자와 이름을 짓고 경계의 의미를 덧붙였다.

검소함으로 청렴을 도울 수 있다고 했다.

사람의 재앙이 한둘이 아니지만

그중에서도 가장 크기로는 사치보다 더한 것이 없다.

해서는 안 될 일과 해야만 할 일

유척기가 후손에게 남긴 유언

나는 재주와 덕이 없는데도 두 번이나 있어서는 안 될 자리를 차지했다. 비록 모두 시사(時事)로 몹시 힘든 때를 만나긴 했어도 명을 받아 고작 열 달을 채우지 못하고 말았다. 근래에는 겨우 반년 만에 문득 실패하여 물러나니, 돌이켜보면 부끄럽고 두려워 몸 둘 바를 모르겠다.

명정(銘旌)이나 제주(題主)와 표각(表刻)에는 다만 '영추치사(領樞致仕)' 즉 영추로 나이가 들어 벼슬을 사양하고 물러났다고만 써야지 '의정(議政)' 두 글자는 절대로 써서는 안 된다. 내 평소의 뜻에 따르도록 해라.

판서 이진망(李眞望)의 명정에는 '지중추부사겸빈객(知中樞府事兼賓客)'이라고만 썼고, 한천(寒泉) 이태(李台)의 명정에는 '참찬지

경연빈객(參贊知經筵賓客)'이라고만 썼다. '문형(文衡, 대제학)'이나 '빙함(氷銜, 청현淸顯의 관직)' 같은 말은 모두 빼도록 해라. 대개 삼관(三館)의 청화직(淸華職)에 마땅치 않기 때문이다. 내 경우 스스로 공무를 맡는 직에 있지도 않았으니, 또한 어찌 감히 함부로 의정이라 일컫겠느냐? 대광(大匡)이나 숭자(崇資) 같은 호칭도 진실로 모두 쓰지 않았으면 한다. 실제와 어그러짐을 염려하는 까닭에 못하게 하는 것이다.

시호의 경우 과거에는 포폄이 다 있었지만 후세에는 포장(褒獎)함만 있고 폄척(貶斥)함은 없다. 사사로운 뜻이 또 크게 행해져서 비록 아름다운 시호라도 귀하게 여기지 않는다. 게다가 사람들이 혹 유계(遺戒)는 청하지 못하게 하면서, 후손들이 다른 사람의 글을 얻어 뜻에 맞게 여기도록 해서는 더더욱 안 된다.

후세에 보일 만한 공업(功業)도 없이 남들이 넘치게 기리기를 바라는 것은 부끄러운 짓이다. 하물며 지위가 이에 이르고서도 터럭만큼도 보답하지 못한 경우는 말해 무엇 하겠느냐? 더욱 스스로 낮추어 부끄러운 마음을 품는 것이 마땅하다. 다만 짤막한 표석에 스스로 지은 글을 새기고, 또 자신의 글로 광중(壙中)의 남쪽에 묻는 것은 괜찮다.

관재(棺材)는 비록 이미 마련해둔 것이 있더라도, 혹 조정에서 은혜로이 내리시는 것이 있거든 마땅히 이것을 써서 덕스러운 뜻을 받들어야 한다. 공연히 어느 것이 낫고 못하고를 따져 쓰거나 버려서는 안 된다. (중략)

내 큰아버님의 장례 때, 작은아버님과 아버님은 모두 나이가 어리셨다. 종숙부이신 감역(監役) 부군께서 장례일을 주관하셨는데, 나이 어린 유생의 상례에는 명주비단을 써서는 안 된다고 생각하셔서, 의복을 오로지 목면으로 짓게 하셨다. 당시 집안형편이 그다지 군색하지 않았고 큰어머님도 몹시 반대하셨지만 끝내 굽히지 않으셨다고 한다. 이 또한 법으로 살펴둘 만한 점이다.

관의 옻칠은 다섯 겹을 넘어서는 안 된다. 자손이 통정대부 이상의 벼슬을 하면 옻칠을 다섯 번 하고, 통훈대부 이하로는 세 번만 한다. 벼슬 안 한 선비는 옻칠을 두 번만 하고, 몹시 가난하면 소나무 그을음만으로도 괜찮다. 관에 바르는 것은 명주를 쓴다. 벼슬 안 한 선비는 장지(壯紙)나 청지(靑紙)를 쓴다. 근래에는 흔히 아무것도 바르지 않기도 하는데, 또한 행할 만하다.

아침에는 과일 한 그릇과 채소나 포 한 그릇을 올리고, 저녁에는 다만 과일만 올린다. 벼슬이 낮거나 힘이 부족한 사람은 아침저녁에 단지 과일 한 그릇만 쓴다.

종이를 보내 남에게 만사(挽詞, 죽은 이를 슬퍼하여 지은 글)나 뇌사(誄詞, 죽은 이의 살았을 때 공덕을 칭송하며 문상하는 말)를 구하는 것은 폐하여진 지 이미 오래다. 이후로도 또한 길이 법식(法式)으로 삼아야 할 것이다.

나라 풍속에 높은 관리의 장례에는 반드시 소방상(小方牀)을 쓰고, 반드시 곡장(曲墻)과 사대석(莎臺石)과 장명등(長明燈)을 설치하니, 이어내려온 지 이미 오래되었다.

다만 소방상은 한갓 보기 좋게 하려는 것일 뿐 운구에 아무런 도움도 되지 않는다. 또 길을 닦을 적에 백성을 지치게 하고 백성의 밭을 해침이 또한 심하다. 나 같은 사람은 살아서 백성에게 조금도 혜택을 준 것이 없는데 더더욱 어찌 감히 이를 하겠느냐. 단지 항용의 상여를 쓰되, 혹 너무 간솔하다 싶거든 굵은 동아줄로 좌판을 단단히 동여매서 쓰면 된다.

곡장과 사대석은 아무 쓸 데 없이 묘의 때만 손상시키고, 장명등은 불교에서 나온 것이다. 이 세 가지 일은 본시 꼭 할 필요가 없다. 더구나 혹 남북으로 외구의 침입을 만나게 되면, 후하게 매장했을 것으로 생각해 도굴당하기 쉬우니 더더욱 해서는 안 된다.

대과와 소과의 이름은 사람들이 선망하는 바다. 부족하고 검약함으로 간직해도 오히려 두려움을 이길 수 없거늘, 하물며 거창하게 할 수 있겠느냐? 후손 중에 비록 대과와 소과에 급제한 사람이 있더라도 절대로 광대를 불러 북치고 풍악 잡히는 습속을 행해서는 안 된다. 또 연회를 베풀지도 말 일이다. 근래의 풍속이 과거에 급제한 자는 또 흔히 창기들을 불러모아 술을 마시며 음탕하게 노니, 더욱 놀랄 일이다.

개인의 집에서 소를 도살하는 것은 이미 나라에서 금하고 있다. 하물며 가축 중에 큰 것으로 소만 한 것이 없고, 민생의 본업에 부지런히 애쓰는 것도 소만 한 것이 없다. 어찌 멋대로 도살할 수 있겠느냐? 혼례나 수연(壽宴)이나 제사 할 것 없이, 자손 중에 사사로이 소를 잡는 자가 있거든 묘당에 배알조차 못하게 하여라. 예전에 내가 호조판서가 되었을 때 조정에서 은혜로이 하사하시어 수연을 베풀었지만, 작은 송아지도 감히 잡지 않았다. 허다한 쓸거리는 모두 현방(懸房, 조선 후기에 왕실·귀족·관아·군문에 고기를 공급하던 가게) 사람에게 사오도록 했다. 어찌 작은 비용을 아끼려고 나라에서 큰 가축을 잡지 못하도록 금하는 법을 어기면서도 거리낌이 없을 수 있겠느냐?

빚을 놓아 이자를 취하는 것은 근세 서울과 지방의 가장 큰 폐단이다. 가난한 백성에게 해가 됨이 이보다 심한 것이 없다. 지방의 각 관원이 혹 용도를 밝히지 않아도 된다는 이유로 여기저기 비용을 지출하고도, 예전 하던 대로 고치지 않는 것은 굳이 말할 것도 없다. 사가에서 돈이나 곡식이 있는 자가 문득 이자놀이를 일삼아, 혹 장리(長利)라 하면서 혹 한 달마다 계산하여 이자를 받고, 옷가지나 물건을 전당잡아 멋대로 굴고 욕을 하며, 심지어 구타까지 하는 등 못하는 짓이 없어 송사까지 이른 경우가 또한 많다.

이후로 자손과 부녀 중에 혹 돈놀이를 하거나 곡리(穀利)를 주는 등 두 가지 일을 범하는 자는 묘당에 배알하지 못하게 하고, 무리로 이를 내쳐서 친족에 끼지도 못하게 해라.

무속의 폐해는 작게는 집안을 어지럽히고, 크게는 재앙을 불러온다. 생각만 해도 두렵다. 자손과 부녀 가운데 혹 하인들을 시켜 왕래하며 서로 사귀거나, 혹 문 안에 불러들이거나, 혹 귀신에 제사하게 하는 자가 있거든, 무겁게는 종손이나 존장에게 고하여 쫓아내고, 가볍더라도 또한 묘당에 배알하지 못하게 해라.

소경에게 점치는 일 또한 날 받는 것은 시킬 수 있지만, 결단코 중문 안으로 불러들여서는 안 된다. 또 망령된 말을 믿어 독경을 해서도 안 된다. 만약 이를 범하는 자가 있거든 또한 묘당에 배알치 못하게 하여라.

되와 말, 저울 같은 것은 그 크기와 무게가 한결같아야 한다. 가장은 수시로 점검하고 살펴서, 큰 것을 들이고 작은 것을 내주며 가볍게 사서 무겁게 파는 일이 없도록 해야 한다. 만약 범하는 자가 있으면 보이지 않는 견책을 두려워할 만하다.

말세의 교유는 열 배는 더 삼가야 한다. 그중에서도 객기가 많고 큰소리 잘 치며 남을 헐뜯고 기리기를 좋아하는 자와는 더더욱 가깝 게 지내서는 안 된다. | 원문 324쪽 |

지수재(知守齋) 유척기(兪拓基, 1691~1767)가 자식에게 자신 의 사후를 당부한 「유계(遺戒)」다. 모두 33칙의 긴 글인데 여기서는 15칙만 가려뽑아 옮겼다. 자신의 관에 덮을 명정에 쓸 글자부터 관 에 쓸 목재와 수의, 그리고 제사의 절차와 묘를 쓰는 일에 이르기까 지 하나하나 꼼꼼하게 당부하여 적었다. 관에 옻칠하는 횟수까지 정 해 말했고, 제사 때 올릴 음식의 가짓수까지 적었다. 반드시 지켜야 할 일과 무슨 일이 있어도 해서는 안 될 일로 구분하여 엄하게 분부 하는 일도 놓치지 않았다.

그는 벼슬이 영의정까지 올랐음에도 철저히 자신을 낮춰 결코 사 치스럽거나 분수에 넘치는 일을 하지 못하게 했다. 선대의 일화까지 거론하며 구체적인 지침을 내렸다. 한 가문을 지켜나가고 명예를 유 지해가는 마음가짐이 어디에서 나오는 것인지 앞의 글은 잘 보여주 고 있다.

유척기는 영조 때의 문신으로 자는 전보(展甫), 호는 지수재다. 시 호는 문익(文翼)이고 본관은 기계(杞溪)다. 1714년 문과에 급제했고, 경종 때 왕세제 책봉을 위한 주청사로 청나라에 다녀왔다가 당인(黨 人)의 배척을 받아 섬으로 귀양 갔다. 1725년 대사간으로 다시 기용 되어 호조판서와 우의정을 거쳐 영의정에까지 올랐다.

이 「유계」 외에도 「잡지(雜識)」라는 글을 따로 남겼는데, 모두 15

유척기 초상화. 쌍꺼풀 진 큰 눈에 인자한 인상이다. 일본 덴리〔天理〕대학 소장.

항목으로 이루어져 있다. 그는 이 글에서 선대로부터 이어져온 검약의 정신을 당부하며, 검소함으로써 청렴을 지켜 가법(家法)을 실추시키는 일이 없도록 하라고 당부했다. 다음은 그 첫 단락이다.

"검소함으로 청렴을 도울 수 있다"고 한 옛사람의 말은 참으로 격언이다. 사람의 재앙이 한둘이 아니지만, 그중에서도 가장 크기로는 사치보다 더한 것이 없다. 우리집은 평소 빈한하여, 귀척(貴戚)이나 권세가와 혼인을 맺은 적이 없다.

내가 조정에 나가 벼슬하면서 비로소 일 때문에 공경(公卿)을 찾아 뵐 수 있었다. 수십 명을 두루 만나보았지만, 거처가 좁아서 능히 말을 돌릴 수 없을 지경인 경우는 없었다. 새로 화려하고 장려하게 집을 짓지 않는 사람 또한 거의 없었다.

하지만 이런 사람들은 10년이 채 못 되어 재앙이 잇따랐다. 그중에 조금 가벼운 사람 또한 귀양 감을 면치 못했다. 그 집에서 산 것이 몇 날이나 되었는지는 모르겠으나, 그 사람이 애초에 집을 지을 때를 떠올려본다면, 반드시 이곳에서 노년을 보내고 후대에까지 전하려 했을 것이다. 하지만 능히 이같이 한 사람은 하나도 없었다. 어찌 경계하지 않겠는가?

우리집의 종가는 유점동(鍮店洞)에 있다. 지금은 재종질인 유언벽(兪彦鐴)이 지키고 있다. 안채는 스무 칸이 못 되고, 바깥채는 다만 온돌이 한 칸 반, 양헌(凉軒)이 한 칸 반이다. 하지만 낮고 좁고 누추해서, 지금에 와서 보면 비록 겨우 의식이나 해결하는 빈한한 선비라 해도 반드시 살려 들지 않을 것이다.

그러나 당시 증조부는 나이가 칠순이 넘으셨고, 지위는 관동관찰사에 이르셨다. 조부도 일찍이 영남관찰사를 지내시고 아경(亞卿)의 지위에 계셨다. 큰할아버지 또한 호남관찰사를 지내셨으므로, 선배들이 만시(挽詩)와 뇌사(誄詞)에서 한 가문에서 관찰사가 셋이나 나온 성대함을 높이 일컬었다. 세 분의 부군(府君)이 함께 한집에 사셨다. 그런데도 그 집이 비좁기가 이와 같았다. 지금까지도 지나가는 사람들이 문득 미담으로 여긴다. 이것이 바로 우리 집안의 가법이다.

내 집은 처음에는 겨우 무릎을 펼 만하였고, 뒤에 이사하면서는 백종형과 이웃에 사는 편리함을 취해 조금 넓은 것을 면치 못했다. 바깥채와 안채가 비록 그다지 넓고 큰 것은 아니지만 그 제도와 양식은 자못 크고 높은 듯했다. 내가 매번 한차례 생각할 때마다 나도 몰래 선대를 욕보인 두려움을 느꼈다. 훗날 혹 은혜를 입어 돌아가게 된다면 마땅히 결단코 궁벽한 마을로 이사해서 그 규모와 제도를 줄여 전날의 허물을 속죄할 것이다. 또 내 자손에게 말하여 대대로 지켜 감히 실추하지 못하게끔 하려 한다.

공경이 되어 집부터 늘리고, 그것도 성에 안 차 아예 고대광실 큰 집을 짓는 사람은 수없이 많다. 하지만 자손 대대로 떵떵거리며 누리고 살리라던 다짐은 고작 10년도 못 되어 물거품이 되어버리고, 내가 애써 지은 집에 정작 들어와 사는 것은 다른 사람이다. 내가 본 수십 명이 한 사람의 예외도 없이 그랬다. 사치는 사람의 큰 재앙이다. 사치는 탐욕을 부르고, 탐욕은 파멸을 가져와, 자신을 망치고 집안을 망하게 한다. 하지만 권력 속에 있을 적에는 아무도 그런 생각을 하지 않는다. 천년 만년 끄떡없으리라고 철석같이 믿는다.

온통 사치와 방종이 판을 치는 세상이다. 겨우 좁은 집 하나 구해 살면서도 선대의 규모보다 조금 큰 것을 그리도 송구해하던 그 마음을 잊은 지 이미 오래다. 복록을 오래 보존하고 가문을 길이 빛내는 것은 집을 으리으리하게 꾸미며 호사를 지극히 하는 일과는 아무 관계가 없다. 그것은 도리어 제 복을 깎고 집안을 허는 일에 가깝다.

다시 이어지는 글 가운데 여섯 항목을 추려 읽는다.

벗을 택할 때는 마땅히 중후하고 정성스러움을 우선으로 해야 한다. 망령된 사람과 사귀느니 차라리 악한 사람을 벗 삼는 것이 낫다. 나쁘기는 매일반이지만 해로움은 오히려 그다지 크지 않다. 망령된 사람의 재앙은 말로 다 할 수가 없다.

베풀기를 좋아하고, 이야기를 즐기며, 능히 일을 맡아 처리하고, 내달려 쫓기를 다투다 보면 간혹 도를 잃고 허탄하고 망령된 데로 흐르고 만다. 교유를 삼가고, 선악 따지기를 좋아하지 않으며, 취사(取捨)를 함부로 하지 않고, 법을 지켜 일을 삼가더라도, 혹 편벽된 데서 잃어 점차 인색한 데로 들어가기도 한다. 진실로 이를 분별하는 자라야 식자(識者)라 할 것이다.

남과 말할 때는 일일이 스스로 점검해야 한다. 또한 반드시 남이 말하는 것도 하나하나 따져보아야 한다. 앞뒤를 취하고 같고 다름을 한데 살펴야 그 사람의 진실되고 거짓됨과 허실을 얻을 수 있다.

세상이 쇠미해져서 한 걸음만 삐끗하면 허물을 얻어 몸에 누가 되고 만다. 삼가지 않을 수 있겠느냐? 실지는 없으면서 고상한 이야기를 좋아하며, 스스로 형해(形骸)를 툴툴 털고 작은 예절에 구애되지 않는다고 여긴다. 뜬 기운으로 남을 부리려는 자와는 사귐을 맺어서도 안 될 뿐 아니라, 절대로 안면을 터서 그 집 대문과 뜰에 가까이해서는 안 된다.

사람이 차라리 숙맥(菽麥)을 구별하지 못할망정 큰소리로 거리낌 없이 구는 것은 마땅치 않다. 몸가짐을 구더기처럼 할망정 스스로를 높이거나 쳐서는 안 된다. 마속(馬謖)은 남보다 뛰어났지만, 말이 실지보다 지나쳐서 끝내 그 몸을 죽이고 말았다. 하물며 지금 사람이야 말해 무엇 하겠느냐?

남이 나를 저버리게 할망정, 내가 남을 저버리지 마라. 내가 남에게 줄지언정 남에게 구하지 마라. 남이 내게서 취하게 하더라도 내가 남에게 취해서는 안 된다. 차라리 술을 즐기고 여색을 좋아할망정 이익을 좇고 재화를 불려서는 안 된다.

유척기가 남긴, 처세의 지침이 될 만한 말들이다. 벗 사귀는 도리, 망령됨과 인색함의 분별, 말을 들어 그 사람의 허실을 판단하는 법, 허탄한 자를 구분하는 방법, 큰소리치는 것의 폐해, 재화에 집착하는 일에 대한 경계 등을 말했다.

늘 담박함을 마음에 깃들여라.
또 삼가는 마음을 잠시도 놓아서는 안 된다.
우리 함께 이를 지켜
눈먼 소경처럼 길을 잃고 헤매지 말자꾸나.

담박하게 지내며 행동을 삼가야만

안정복이 아들을 경계한 시

군자는 과장하여 말을 않느니　　　　　君子不夸言
과장하는 말에는 알맹이 없네.　　　　夸言無其實
성인이 큰길을 보여주시니　　　　　　聖人示周行
무망과 주일이 그것이라네.　　　　　無妄與主一
평생 살얼음 밟듯 조심해야만　　　　平生臨履意
타고난 바탕을 지킬 수 있네.　　　　可以保性質
몸 밖의 백가지 천가지 일은　　　　身外百千事
이를 살펴 법도로 삼아야 하리.　　　視此以爲律

집 안에선 스님처럼 지내야 하고　　　居家如釋子
마을에선 아낙처럼 처신하여라.　　　處鄕如閨婦

아낙네는 남을 항상 두려워하고　　　　　閨婦恒畏人
스님은 가난함을 싫어 않나니.　　　　　釋子不嫌寠
담박하게 지내며 행동 삼가야　　　　　淡泊而謹愼
출입함에 근심걱정 면하게 되리.　　　　出入免憂懼
너와 나 우리 모두 경계하여서　　　　　戒爾又自警
애오라지 눈먼 소경 벗어났으면.　　　　聊欲代矇瞽

순암(順菴) 안정복(安鼎福, 1712~1791)이 아들을 경계한 시 두 수다.

아들아! 내가 네게 하고 싶은 말이 있다. 군자란 어떤 사람이냐? 말이 무거운 사람이다. 군자의 말은 결코 과장하여 으스대는 법이 없다. 실속 없이 떠벌리기만 하는 사람은 알맹이가 없다. 성인도 진실무망(眞實無妄)을 말씀하시고, 주일무적(主一無適)으로 일깨우셨지. 사람은 참되고 실다워서 망령됨이 없어야 한다. 온전히 한 가지에만 집중하여 마음이 딴 데로 놀러 나가는 일이 없도록 해야 한다.

몸가짐은 깊은 물가에 선 듯, 살얼음을 밟는 듯이 살피고 또 살펴야 한다. 그렇게 지켜야만 타고난 본래의 성품을 보전할 수 있는 법이다. 그밖의 많은 일은 모두 무망(無妄)과 주일(主一)의 가르침을 기준 삼아 감당해 나가면 된다.

또 말한다. 집 안에서 지낼 때는 스님처럼 살 요량을 하고, 마을에서의 행동거지는 아낙네처럼 하여라. 무슨 말일까? 아낙네는 늘 남의 시선을 두려워하며 몸가짐을 살핀다. 스님은 텅 빈 방 안에서 가진 것 없이 지내도 마음만은 늘 넉넉하다. 우리 공부하는 사람은 가난을 동무 삼아 마음가짐을 다잡고, 아낙들이 남의 시선을 의식하듯 몸가짐을 단속하지 않으면 안 된다.

그러자면 어찌 해야 하겠느냐? 번화한 것에 마음 빼앗기지 말고 늘 담박함을 마음에 깃들이도록 해라. 또 삼가는 마음을 잠시도 놓아서는 안 된다. 이렇게 한다면 다른 근심과 걱정이 네 몸과 마음을 침탈하지 못할 것이다. 이것이 어찌 너에게만 주는 가르침이겠느냐? 나 자신도 늘 경계하고 스스로 타이르는 말이니라. 우리 함께 이를 지켜, 눈먼 소경처럼 길을 잃고 헤매는 일이 없도록 하자꾸나.

안정복은 조선 후기의 실학자로 본관은 광주(廣州), 자는 백순(百順), 호는 순암·한산병은(漢山病隱)·우이자(虞夷子)·상헌(橡軒)이다. 평생 과거에 응시하지 않은 그의 관력은 단출하다. 1749년(38세) 만령전참봉(萬寧殿參奉)에 부임한 것을 시작으로 내직으로는 감찰·익위사익찬(翊衛司翊贊)을 역임했고, 외직으로는 65세 때에 목천현감(木川縣監)을 지냈을 뿐이다. 70세 이후에 받은 통정대부·가선대부 등의 산직(散職)은 고령에 따른 예우에 지나지 않았다.

안정복은 관직보다는 학문에서 두각을 나타냈는데, 특히 35세 때인 1746년 이익의 문하에 들어가 공부하면서부터 경세치용(經世致用)에 중점을 둔 그의 학문이 꽃을 피우기 시작했다.

그는 18세기 중후반 사유하고 실천하는 학자이자 사상가였다. 조선 후기 봉건체제의 붕괴로 야기된 제도적 모순과 서학의 충격 속에서 조선의 전통가치를 되살리려고 무던히도 노력한 인물이다. 특히 역사적 현실의 실증적 정립과 정신적 정통성의 확립을 위해 『동사강목(東史綱目)』과 『열조통기(列朝通記)』를 편술하였고, 목민관의 자세를 바로잡기 위해 『임관정요(臨官政要)』를 저술했다.

안정복이 산 당시에는 실학풍이 학문과 사상의 영역에서 선양되고 있었는데, 그는 실학의 한 지도자인 이익의 학문과 사상을 계승해 이를 구체적으로 밝히고자 했다. 안정복은 성호학파에 속해 있기는 했지만 여느 사람들과는 달리 천주교에 대해서는 어디까지나 비판적이었다. 그는 철저한 주자학자였고, 정통성을 고집하는 전통적인 조선의 학자였다.

안정복은 창녕성씨 성순(成純)의 딸을 아내로 맞아 1남 1녀를 두었다. 안경증(安景曾)이 그 아들인데, 초명이 학(壆)이다. 아들을 경계하는 내용은 앞에 옮겨놓은 시 말고도 정묘년(1747년, 선생의 나이 36세)에 쓴 「서여학아(書與壆兒)」라는 글에서도 보인다. 이때 경증은 열여섯 살이었다. 안정복은 이 글에서, 부부관계에서 근신이 중요함을 말하고, 출입하고 사물을 대할 때 강(剛)을 귀하게 여기고 안일을 독으로 여겨야 한다고 역설했다. 뿐만 아니라 주자가 자식을 가르친 덕목 여섯 가지를 뽑아, 외우고 생각하여 실천에 옮기라고 당부했다. 그 가르침은 이렇다.

첫째, 생활할 때는 경건하게 하고 방종하거나 게을리 해서는 안 되며, 말할 때는 사리에 맞는지 생각하고 비웃거나 떠들어서는 안 된다.

둘째, 모든 일에 겸손하고 기세로 사람을 능멸하여 스스로 치욕을 부르지 말아야 한다.

셋째, 방탕하게 술을 마시고 학업을 폐해서는 안 된다. 그러면 또한 말을 잘못하여 자신을 잃고 남까지 그르칠까 염려되니 더욱더 깊이 경계해야 한다.

넷째, 남의 잘못이나 다른 가정의 장단과 시비를 말해서는 안 된다.

안정복이 거처하던 서당 이택재(麗澤齋) 전경. 경기도 광주시 중대동에 있다.

나에게 찾아와서 말하는 사람이 있을지라도 대꾸하지 말아야 한다.

다섯째, 벗을 사귈 때는 특히 사람을 잘 가려야 한다. 비록 같은 문하에서 배우는 사람일지라도 친하게 지낼 사람과 소원하게 지낼 사람을 구분하지 않을 수 없으니, 이 모두 선생께 요청하여 가르쳐주시는 대로 해야 할 것이다. (중략)

여섯째, 남의 아름다운 언행(言行)을 보았을 경우 존경하고 기록할 것이며, 내 글보다 나은 남의 좋은 글을 보았을 경우 빌려다가 자세히 보거나 혹은 베껴써놓고 자문을 받아 그 사람과 어깨를 나란히 하고야 말겠다는 생각을 해야 할 것이다.

일상생활에서부터 교유와 글쓰기에 이르기까지 아들 학에게 바라는 바를 여섯 조목으로 분절하여 간곡하게 경계하고 있다. 그런데 이 모든 것은 아들을 경계하는 덕목만이 아니라 스스로를 다잡기 위한 경문(警文)이기도 했다.

그러나 이 아들은 아버지보다 먼저 세상을 뜨고 말았다. 안경증은 1777년, 선생이 66세 되던 해에 마흔여섯의 나이로 먼저 생을 마감했다. 이로 인한 애통함을 안정복은 「제망자문(祭亡子文)」과 「제망자소상문(祭亡子小祥文)」에 남겨놓았다.

여기서 함께 읽어볼 글은 안정복이 딸을 경계한 시 「경여아(警女兒)」다.

아녀자가 지킬 행실 네 가지뿐일러니	婦行無多只有四
애를 써서 부지런히 아침저녁 경계하라.	孜孜不怠警朝曛
모습은 공경으로 고요함을 생각하고	貌存敬謹宜思靜
언어는 자상하고 따뜻하게 할지니라.	言欲周詳更着溫
온화함과 곧고 매움 덕 가운데 으뜸이요	德以和柔貞烈最
솜씨는 주식(酒食) 외에 길쌈도 부지런히.	工因酒食纖紝勤
장차 이 말 간직하여 마음 깊이 새긴다면	若將此語銘心肚
길한 복이 후손에게 넉넉하게 이어지리.	吉福綿綿裕後昆

딸아! 오늘은 아비의 말을 들어라. 아녀자가 지켜야 할 행실은 복잡하지 않다. 다만 네 가지만 명심해두어라.

첫째는 겉모습이다. 언제나 공경하고 삼가는 태도를 잃어서는 안 된다. 그러면서도 마땅히 고요할 것을 생각해야지. 경박한 행실로 경망하게 행동하면 남에게 손가락질을 받게 된다.

둘째는 언어다. 말씨는 자상해야 한다. 하지만 그 안에 따뜻함이 깃들어 있어야겠지. 자상한 것과 수다스러운 것을 잘 구분해야 한다.

셋째는 덕성이다. 온화하고 부드러운 성품을 지녀야 한다. 하지만 그 곧고 매운 기상이 없다면 온화함은 자칫 물러터져 줏대 없는 것이 되고 만다. 각별히 살펴야 한다.

넷째는 집안일이다. 계절 따라 술을 빚고 음식을 마련하는 일은 마땅히 갖추어야 할 기본이다. 여기에 더하여 부지런히 길쌈해 집안 식구들의 의복을 마련하는 일도 소홀히 하면 안 된다.

아녀자가 겉모습과 말씨, 덕성과 집안일, 이 네 가지를 잘 다스려 집안을 이끌어간다면, 네가 어느 집에 시집가더라도 그 집안이 복을 받고 자손들에게 그 복이 계속 이어질 것이다. 명심 또 명심하여라.

안정복은 또 어린 손자를 위해서도 시 한 수를 따로 남겼다. 제목은 '시소손(示小孫)'이다.

젊은 날 책 안 읽고 놀기만 하다 보면	少日優遊不讀書
늘그막의 성취가 검주 나귀 같게 되리.	晩塗成就似黔驢
궁한 살림 후회해도 건질 길이 없으리니	窮廬悔切將無補
손자에게 이르노라, 나처럼은 되지 마라.	分付兒孫莫我如

손자야! 늙은 할아비의 이야기를 들어보련? 옛날 검주(黔州)라는 고을에는 나귀가 없었더란다. 어떤 사람이 나귀를 구해와서 산 밑에 매어놓았겠지! 하루는 범이 내려와 나귀를 처음 보고는 신령스럽게 여겨 대단히 무서워했더란다. 범이 차츰 가까이 다가가 건드려보니, 사실은 별것이 아니라 겨우 뒷발질이나 잘하는 미물이더라지! 그래

서 범은 그만 그 나귀를 날름 잡아먹었다는구나. 당나라 때 유종원 (柳宗元)의「삼계(三戒)」라는 글에 나오는 이야기다.

왜 이런 이야기를 하는지 궁금한 게로구나. 지금 너처럼 한창 공부해야 할 때 책을 안 읽고 그저 놀기만 하면, 마침내 검주 땅의 나귀처럼 되고 말겠기에 하는 말이다. 너는 훌륭한 집안에서 태어나 책도 조금은 읽었으니 남 보기에는 번듯해 보일 것이다. 하지만 남들이 네 공부를 점검해보아 차츰 네 밑천이 드러나게 되면, 그때부터 사람들은 너를 업신여기고 가벼이 보며 경멸할 것이다.

어디 그뿐이겠니? 마침내 아무 이룬 것 없이 궁한 살림을 꾸려나갈라치면 그때는 후회해도 아무 소용이 없을 것이다. 부끄럽지만 이 할아비가 바로 그 증거 아니겠느냐? 너도 이 할아비처럼 어찌해볼 수 없는 가난만 네 자식들에게 물려주려느냐? 책을 읽어라. 마음밭을 닦아라. 매일매일 향상되는 그런 삶을 살아나가야지!

이 외에도 52세 되던 1763년에 어린 손자를 위해 지은 시가 한 편 더 있다.「서증소손(書贈小孫)」이다.

성인이 밝은 훈계 남기셨으니	聖人垂明訓
어릴 때는 때 안 놓침 가장 귀하네.	蒙養貴及期
나이가 열아홉에 이르게 되면	年至八九歲
책 읽기에 딱 좋은 때가 된다네.	正好讀書時
아침 일찍 일어나 동창 아래서	早起東窓下
책을 펼쳐 소리내어 글을 읽어라.	展卷聲吾伊
마음 쏟아 눈동자도 안 깜빡이고	潛心目不逃
단정히 두 손 모아 무릎을 꿇네.	端拱坐必危

외우기를 마치면 다시 배워서	誦罷復受業
날마다 부지런히 읽어야 하네.	讀之日孜孜
책 속에 있는 것 그 무엇인가?	書中何所有
성인 말씀 날 속이지 않으시리니.	聖言不我欺
삼가 받아 다시는 잊지 말고서	愼受勿復忘
하나하나 스승으로 삼아야 하리.	一一以爲師
먼 곳 감은 가까운 데서 시작을 하고	陟遐必自邇
높이 오름 낮은 데서 비롯된단다.	升高必自卑

손자를 위해 할아버지는 독서의 단계를 하나하나 따져서 보여주었다. 아침 일찍 일어나 볕드는 동창 아래서 소리를 내어 책을 읽는다. 마음을 전일하게 해서 눈동자도 깜빡이지 않고 몰두한다. 두 손은 무릎 위에 단정히 얹고, 바른 자세로 앉아 전날 배운 내용을 다 외운다. 그러고 나서는 아침밥 먹고 다시 새로운 수업을 받고, 온종일 부지런히 읽고 또 읽는다.

옛 성현은 책 속에 절로 만종의 곡식이 있다고 했다. 한 마디 한 말씀을 모두 스승으로 삼아 하나하나 익혀나가다 보면, 아마득히 어렵기만 하던 내용이 머리에 쏙쏙 들어오고, 무슨 말인지 이해가 안 되던 말도 아주 쉽게 이해되는 순간이 오게 된다. 그러니 다른 의심을 거두고, 다만 부지런히 읽고 또 읽어야 한다.

네가 어떤 지어미가 되느냐에 따라 시댁의 흥망이 갈리고
본가의 영욕이 나뉜다. 네 행실에 두 집안의 성패가 달렸으니
어찌 몸가짐 마음가짐을 삼가지 않을 수 있겠느냐.

아녀자가 마땅히 힘써야 할 일

박윤원이 딸에게 준 훈계

여자의 선악은 시댁의 흥망과 본가의 영욕에 관계된다. 한 몸으로 두 집안에 관계되니, 삼가지 않을 수 있겠느냐?

몸가짐의 도리는 반드시 안팎으로 엄격함에 있고, 마음가짐의 방법은 반드시 곧고 한결같음을 귀하게 여기는 데 있다.

여자가 집에 있을 때 부모에게 효도하면, 출가해서 시부모에게 정성을 다하는 법이다. 집에 있을 때 형제간에 우애로워야 출가해서 동서지간에 화목하는 법이다. 이는 미루어 행하는 방법이다.

지아비는 하늘이다. 혹 지아비를 공경하지 않으면 이는 하늘을 공경하지 않는 것이다.

시부모는 지아비를 낳은 분이다. 시부모 사랑하기를 자기 부모같이 하지 않으면, 이는 지아비를 자기만 못하게 여기는 것이다.

부인의 행실은 성을 잘 내도 안 되고, 잘 다투어도 안 된다. 성냄과 다툼은 집안의 화기(和氣)를 해친다. 부인은 성품이 조급하고 도량이 좁으니, 더더욱 이를 경계함이 마땅하다.

부인은 다른 사람을 섬기는 사람이다. 그 방법은 순종을 위주로 할 뿐이다.

음(陰)의 도는 고요함을 귀하게 친다. 소리는 크게 내면 안 되고, 말이 많아서도 안 된다.

길쌈하고 옷 짓고 음식 만들기 등 부인의 일이 또한 많다. 부지런함이 아니고서 어찌 이를 이루겠느냐? 무릇 여자의 일을 방해하는 잡된 유희는 일절 하지 마라.

제사를 모실 때는 제물을 정결히 하고 정성을 지극히 해야 한다. 손님을 접대할 때는 민첩하게 차려내되 예를 갖추어야 한다.

노복(奴僕)을 부리는 데는 위엄보다 은혜로움을 앞세워야 한다. 비록 야단을 치더라도 나쁜 소리를 해서는 안 된다.

속된 말은 입 밖에 내지 말고, 오만한 기색을 얼굴에 비치지 말며, 교만한 뜻을 마음에 싹틔우지 마라.

비취구슬이 아름다운 것이 아니라, 선한 행동이 아름답다. 수놓은 비단이 화려하지 않고, 덕의 아름다움이 화려하다.

재화는 구차하게 취하지 말고, 재물은 함부로 쓰지 마라.

| 원문 327쪽 |

근재(近齋) 박윤원(朴胤源, 1734~1799)이 시집가는 딸에게 준 14조의 훈계다.

아가! 네가 어느덧 자라 시집갈 나이가 되었구나. 지어미의 자리가 얼마나 중하고 어려우냐. 어떤 지어미가 되느냐에 따라 시댁의 홍망이 갈리고 본가의 영욕이 나뉜다. 네 하는 행실 하나하나에 두 집안의 성패가 달렸으니, 어찌 몸가짐 마음가짐을 삼가지 않을 수 있겠느냐?

집에서 너는 부모에게 효도하고 형제간에 우애로웠다. 이제 이 일을 미루어 시부모님께 효도하고 동서들과 화목하게 지내라. 그저 집에서 하던 대로 미루어 하면 될 일이니, 여기에 두 가지 이치는 없는 법이다. 시부모님은 네 남편을 낳아준 분들이니, 시부모님 모시기를 네 부모 모시는 것만 못하게 한다면, 이는 네 남편을 업신여기는 것이나 다름없다.

공연히 성내거나 다퉈서는 안 된다. 특별히 당부한다. 언성을 높이지도 말고 말이 많아서도 안 된다. 부지런히 집안일에 힘써 부족함이 없도록 해라. 제사는 정결하게, 손님 접대는 민첩하면서도 품위 있게 해야 한다.

아랫것들을 다룰 때도 은혜로 해야지, 나쁜 말을 해서는 안 된다. 착한 행실이 비취구슬보다 값지고, 덕의 아름다움이 수놓은 비단보다 화려함을 잊어서는 안 된다. 재물을 아끼되, 구차해서는 안 된다. 너로 인해 우리 집안이 빛나게 해주려무나.

박윤원은 본관이 반남(潘南)이다. 자는 영숙(永叔), 호는 근재다. 김원행(金元行)의 문하에서 배웠으며, 1792년 학행(學行)으로 천거되어 선공감감역(繕工監監役)에 임명되었으나 나아가지 않았다. 1798년 원자(元子)를 위한 강학청(講學廳)이 설치되자 서연관(書筵官)에 임명되었다. 하지만 이 또한 사양하고 학문에만 전념했다. 후에 대사헌에 추증되었으며, 문집에 『근재집』과 『근재예집(近齋禮集)』이 있다.

『근재집』 권23에는 가훈을 모아둔 것이 있는데, 아내에게 준「증내삼장(贈內三章)」과 조카 박종보(朴宗輔)에게 준「육조계어(六條戒語)」, 조카며느리에게 준「팔조여계(八條女誡)」, 측실을 훈계한「계측실문(戒側室文)」 등이 앞에서 본「여계(女誡)」와 함께 수록되어 있다. 또 어린아이의 행동범절을 훈계한「동계(童戒)」와 노비를 훈계한「계노비문(戒奴婢文)」도 실려 있다. 이 가운데 어린이들이 마땅히 갖춰야 할 예의범절을 적은「동계」를 함께 읽어보자.

날마다 반드시 일찍 일어나 부모님께 문안올려라.

아침 일찍 머리 빗고 세수하고, 책을 끼고 어른 앞에 나아가 읽도록 해라. 어제 배운 글을 외우되 한 글자나 한 음도 잘못 읽어서는 안 된다. 내일도 또 이같이 한다.

매끼 식사를 한 후에 한가할 때는 벼루를 앞에 두고 글자를 익혀라. 자획은 반드시 반듯하고 발라야 한다. 기우뚱하거나 어지럽게 쓰면 안 된다.

앉을 때는 반드시 무릎을 꿇고, 설 때는 똑바로 서라. 갈 때는 천천히 걷고, 손은 반드시 앞으로 모아라. 옷과 띠는 반드시 갖춰입어야 한다.

동전은 지니지 말고, 수건을 차고서 콧물을 닦아라.

윷놀이를 즐기지 말고, 연놀이에 빠지지도 마라.

음식은 반드시 어른이 주시기를 기다려야지, 감히 먼저 가져다 먹어서는 안 된다.

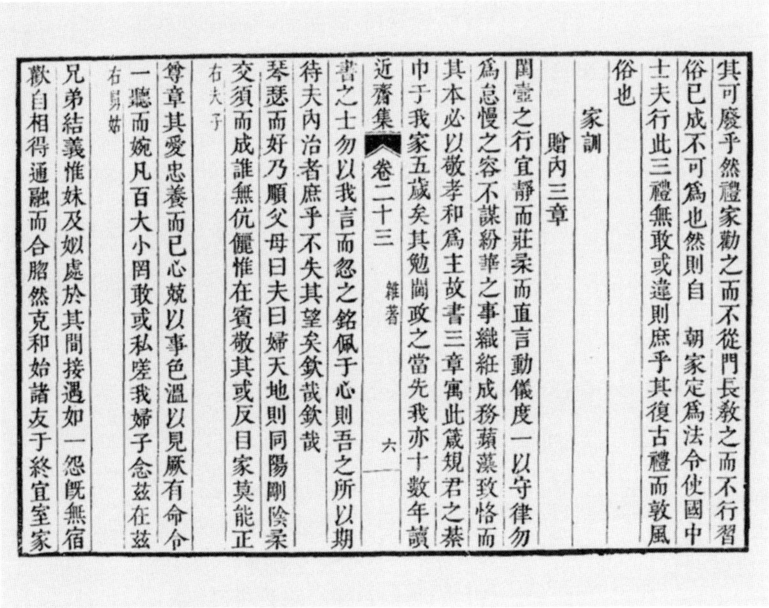
其可廢乎然禮家勸之而不從門長教之而不行習
俗已成不可爲也然則自　朝家定爲法令使國中
士夫行此三禮無敢或違則庶乎其復古禮而敦風
俗也

家訓

贈內三章

閨壼之行宜靜而莊柔而直言動儀度一以守律勿
爲怠慢之容不謀紛華之事織紝成務蘋藻致恪而
其本必以敬孝和爲主故書三章寓此箴規君之綦
巾于我家五歲矣其勉勗攻之當先我亦十數年讀

近齋集 卷二十三 雜著 六

書之士勿以我言而忽之銘佩于心則吾之所以期
待夫內治者庶乎不失其望矣欽哉欽哉
琴瑟而好乃順父母曰夫曰婦天地則同陽剛陰柔
交須而成誰無伉儷惟在賓敬其或反目家莫能正
右夫子
尊章其愛忠養而已心兢以事色溫以見厥有命令
一聽而婉凡百大小罔敢或私嗟我婦子念茲在茲
右舅姑
兄弟結義惟妹及姒處於其間接遇如一怨旣無宿
歡自相得通融而合胳然克和始諸友于終宜室家

박윤원의 문집인 『근재집』 중 가훈을 적은 부분.

대추나 밤을 가지고 다른 아이들과 다투지 마라.

손님이 오시면 반드시 어른께 여쭙고, 어른이 손님께 인사를 여쭙게 하면 절 올리고 무릎 꿇고 앉아 행동거지를 삼가야 한다.

여러 아이와 같이 책을 읽을 때는 서로 돌아보며 잡담하는 것을 가장 조심해야 한다.

서책을 더럽히지 말고, 그릇을 깨뜨리지 마라. 더러운 말은 입 밖에 내지 말고, 좋아하는 물건은 눈앞에 두지 마라.

유모가 있으면 반드시 사랑으로 대하고, 선배는 반드시 공경으로 섬겨라.

어른 앞에서 개를 꾸짖지 않는다.

종에게 손찌검하지 말고, 하인과 스스럼없이 지내지 마라.

세세하게 나열된 항목을 읽어보면 옛사람들이 어린이를 교육할 때 품행을 얼마나 중시했는지 잘 알 수 있다. 아이들은 어려서부터 이런 교육을 귀에 못이 박이도록 듣고 자라, 어느새 듬직한 청년으로 성장했다.

아내와 며느리, 그리고 측실에게 준 훈계의 말도 그의 꼼꼼한 성품을 반영하듯 자세한 항목들로 배열되어 있다. 다만 그 내용은 오늘날 보면 여성차별적 시각이 지나친 듯하므로, 여기서는 다 소개하지 않는다.

다음은 박윤원이 조카 박종보에게 준 「육조계어」다.

한집에 살고는 있었지만 아침저녁으로 훈계할 수 없고, 이별에 임해 또 많은 말을 할 겨를도 없다. 대략 몇 조목을 써서 주노니, 너는 늘 유념하여라.

선비는 항심(恒心)을 지녀 마땅히 빈궁을 편안하게 여기되, 우러러 부모를 섬기고 굽어 처자를 양육하는 바탕 또한 생각하지 않을 수 없다. 옛사람은 수레와 소를 끌고 먼 데로 가서 장사일을 했지만, 지금의 풍속은 그렇지가 않다. 한번 장사꾼이 되면 선비의 부류에서 내쳐져 서로 어울리지 못한다.

그런 까닭에 오늘날의 선비로서 산업을 경영하려는 사람은 농사밖에 할 수 있는 일이 없다. 너는 이제 시골에 살고 있으니, 마땅히 스스로 밭을 갈되, 마땅히 종신토록 밭두둑을 양보하는 뜻을 지녀야 한

다. 터럭만큼이라도 마을사람과 이익을 다투지 않는다면 수치를 면할 수 있을 것이다. 〔농사에 힘써라.〕

한나라 때 예관(倪寬)은 경서를 끼고서 호미질을 했고, 당나라 때 동소남(董邵南)은 아침에 밭 갈고 밤중에는 책을 읽었다. 비록 밭갈이에 힘써 부지런히 수고한다 해도 어찌 책 읽을 여가가 없겠느냐? 마땅히 사서육경을 차례로 되풀이해 숙독해서, 한 시각도 느슨하게 보내서는 안 된다.

중봉(重峰) 조헌(趙憲) 선생은 어렸을 적에 어버이의 명으로 밭 사이에 나가 곡식을 쪼아먹는 참새를 쫓으면서도 매번 주자의 책을 지니고 가서 온종일 읽고 외웠다. 선현의 부지런히 배움이 이와 같으니 원컨대 너도 이를 본받도록 해라. 〔부지런히 읽고 외워라.〕

고을 안에 사문(斯文)의 큰 어른이 계시거나 학문이 뛰어난 분이 많으면, 의문나는 것을 질문하되 어리석어 갈팡질팡하는 것을 걱정하지 마라. 네가 진실로 배워 물으려는 뜻을 지니고 있다면 폐백을 갖추어 그 문하에서 섬겨도 괜찮다. 만약 그리할 수 없거든 문하를 드나들면서 보고 느끼기만 해도 또한 마땅히 유익할 것이다. 몸가짐은 반드시 삼가고 조심하여, 다만 어진 이와 군자에게 죄 얻음을 두려워한다면 허물이 적을 것이다.

벗을 사귐에 있어서도 반드시 자기보다 나은 사람과 친하게 지내야 한다. 문자로 강마(講磨)하는 외에 바둑, 장기나 술 마시는 등의 행동은 일절 하지 마라. 시골사람이라도 중후하여 신의를 숭상하는 사람과 사귀고, 경박하여 예법을 무시하는 자와는 더불어 사귀지 마라. 〔사우(師友)를 얻어라.〕

집안에서는 효도하고 우애하며, 남을 대할 때는 어질고 관대하게 하라. 몸가짐은 반드시 공손하고 엄숙해야 하며, 일처리는 꼼꼼하고 치밀해야 한다. 너는 외가에서 나고 자라, 외할머니께 각별한 사랑을 받았으니, 마땅히 정성을 다해 섬겨야 한다. 율곡 선생께서도 외할머니 섬기기를 어머니 섬기듯이 하였으니, 이것을 본받을 만하다.〔행의(行誼)를 도탑게 하라.〕

여주는 서울과 가까워 사대부가 많다. 그 사이에 반드시 의론과 시비가 있을 것이다. 의론을 숭상하는 것은 좋지만, 시비가 끼어드는 것은 좋지 않다. 절대로 참여하지 않는 것이 좋을 것이다.

또 그때그때의 소식 같은 것은, 비록 성시(城市) 가운데 살더라도 잘못 들어 신의를 잃기가 쉽다. 하물며 근 2백 리 땅에 돌아 전하였으니 능히 잘못됨이 없겠느냐? 반드시 전하지 않는 것이 옳을 것이다. 진실로 혹 잘못 전하기라도 하면 그 해가 마땅히 어떠하겠느냐? 설문청(薛文淸)은 이렇게 말했다. "말을 삼가는 것은 덕을 기르는 큰 방법이다." 나는 이 말이 몸을 지키는 중요한 비결이라고 생각한다. 〔말을 삼가라.〕

옛날에는 선비가 밭두둑 사이에서 일어나 몸을 세우고 이름을 떨치는 경우가 많았다. 비록 궁벽한 시골에 있더라도 진실로 실다운 덕과 재주가 있다면 쓰이지 못할까 걱정하지 않았다. 그래서 선비는 항상 자중하면서 스스로를 파는 행위를 부끄럽게 여겼다. 후세에는 그렇지가 않아, 다만 과거(科擧)의 과목으로 사람을 취하고, 이것이 아니고는 벼슬길에 나아갈 방법이 없는 까닭에, 선비가 머리를 숙이고 서라도 나아가는 경우가 많아졌다.

너도 집안살림 때문에 과거시험을 볼 수밖에 없게 되었구나. 하지만 또한 문예와 같은 잔단 재주에 구차하게 얽매여서는 안 된다. 반드시 마땅히 경전을 궁구하여 실용을 이루고, 자신을 완성하여 사물에 혜택 주는 것을 뜻으로 삼아야 한다. 반드시 먼저 근본 되는 일에 종사하고, 남는 힘으로 과거글을 익혀야 할 것이다. 왕증(王曾)은 "뜻을 따숩고 배부른 데 두지 않았다"고 했으니, 너는 힘쓸진저. 〔뜻을 넓혀라.〕

어려서부터 한집에서 키운 조카가 여주로 살림을 나서 떠나게 되자 훈계로 내려준 글이다. 농사일에 힘쓰고, 부지런히 공부하며, 스승과 벗을 얻어 발전을 꾀하고, 행실을 도타이 하고, 말을 조심하며, 뜻을 크게 품으라고 당부했다. 문집에는 종보에게 보낸 편지가 또 여러 편 남아 있다.

끝으로 자신의 아들을 훈계하는 시 「계자(戒子)」를 읽어보자.

소동파는 바보자식 원했다 하니	東坡願愚魯
안타깝다, 올바른 뜻이 아닐세.	激哉非正義
도연명은 이른 출세 나무랐으니	淵明責太早
지나치다, 사사로운 뜻인 것일세.	過矣亦私意
잊지 않고 조장 않음 다만 귀하니	唯貴忘助間
중도로서 자애와 엄격 갖춰야 하리.	中道慈嚴備
아비가 평소에 널 못 가르쳐	汝父素無敎
너 컸지만 아직도 아이 같구나.	汝長尙如穉
올해로 네 나이 열다섯이니	汝今年十五
관 쓰고 구용(九容)의 일 행해야 하리.	弁髦九容事
옛사람은 태학에 입학했으니	古人入大學

네 마음에 부끄럽지 않아야 한다.　　　　汝心得不愧

진실로 문예를 지니려 하면　　　　　　文藝固宜有

행의를 도탑게 함만 못하리.　　　　　　莫如敦行誼

영달이 좋지 않음 아니지마는　　　　　榮達非不好

선대 법도 실추해선 절대 안 되리.　　先法必無墜

다른 집의 자제를 내 살펴보니　　　　吾觀人子弟

성내어 다투고 장난만 쳐서,　　　　　忿爭且狎戲

어릴 적 버릇이 점차 물들어　　　　　幼習漸馴成

커서도 다 버리지 못하더구나.　　　　壯大未盡棄

너 절대 이 행동 본받지 말고　　　　　汝勿效此行

삼가 살펴 그 뜻을 겸손히 해라.　　謹飭遜其志

네 능히 이 경계 지킨다 하면　　　　　汝能守此戒

내 어찌 번거롭게 나무라리오.　　　　我何煩呵詈

　소동파가 자기 자식이 똑똑하지 않기를 바랐다거나 도연명이 아들이 일찍 출세한 것을 마땅치 않게 여겼다는 것은 모두 난세에나 있을 법한 일이지, 군자의 바른 뜻이라 할 수 없다. 문예는 손끝의 재주에서 이루어지는 것이 아니라 떳떳한 행실의 밑바탕에서 나오는 것이다. 네 나이 벌써 열다섯이다. 이제 동네 아이들과 몰려다니며 장난치고 다투던 버릇을 딱 끊고 선대의 법도를 지켜 가문을 빛내는 의젓한 젊은이가 되어라. 이 아비가 너를 나무라는 일이 없도록 몸가짐을 똑바로 해야지!

　시 본문에 나오는 구용(九容)은 『예기(禮記)』 「옥조편(玉藻篇)」에 보이는, 군자가 마땅히 지녀야 할 아홉 가지 몸가짐을 가리킨다. 발은 무겁게〔足容重〕, 손은 공손히〔手容恭〕, 눈은 단정히〔目容端〕, 입은 말수 적게〔口容止〕, 말소리는 조용히〔聲容靜〕, 머리는 곧게〔頭容直〕, 기운은 엄숙히〔氣容肅〕, 서 있을 때는 덕스럽게〔立容德〕, 낯빛은 무게 있게〔色容莊〕 하는 것이 그것이다.

사또의 아들이 몸가짐을 잘못하면
아버지를 욕보일 뿐 아니라 자신 또한 사람구실을 할 수가 없다.
부끄럼 타는 처녀처럼 문밖에 나설 생각을 말고
들어앉아 학문에만 힘써라.

수령의 자제가 지녀야 할 마음가짐

오희상이 조카 치우에게 준 훈계

수령의 자제로 부형의 임소(任所)에 따라가는 자는 몸가짐을 마땅히 처녀처럼 해야 한다. 남이 볼까 두려워하여, 아침저녁 문안 때 외에는 백성들의 송사를 처리하는 곁에 이르러서는 안 된다. 비록 깊은 곳에 거처하며 숨어지내더라도 자주 문을 나서 관인(官人)과 접촉해서는 안 된다.

아전들은 모두 여항(閭巷)의 무식하고 천한 부류다. 관부를 드나들며 간사하게 농간 부린다. 아는 일과 행하는 짓이라고는 윗사람을 기망하고 사람을 속이며, 이익을 탐하고 욕심을 부리는 일뿐이다. 만약 이들과 가까이 지내면 실로 날마다 한통속이 될 염려가 있다. 어쩔 수 없이 심부름 시키는 일 외에는 가까이해서는 안 된다. 보통 때 집에 있는 어린 하인과 함께 있는 것은 괜찮다.

고운 소리와 아름다운 음악은 사람의 마음과 뜻을 흔들리게 한다. 하물며 너는 뜻과 기운이 안정되지 않았으므로 그 해됨이 더욱 깊다. 비록 풍악을 베푸는 때에도 절대 마음대로 나가 보는 일이 없어야 한다. 예전에 내가 화산(花山)의 거처에 있을 때는 어른이 따로 부르시지 않으면 한 번도 나가서 본 적이 없다. 이 뜻을 꼭 알아두도록 해라.

관가의 모든 물건은 공적인 물건 아닌 것이 없다. 비록 종이처럼 하찮은 것이라고 해도 자제들이 제멋대로 쓰려고 마음을 먹어서는 안 된다.

네가 비록 어리다 하나 나이를 따져보니, 바로 옛 성인이 배움에 뜻을 두셨던 나이, 열다섯이다. 네 나이를 네 성취와 견주어보면 참으로 한심하다. 그런데도 너는 부끄러움을 모르고 있구나. 맹자는 "남만 못한 것을 부끄러워하지 않는다면 어찌 남만 할 수 있으랴"라고 하셨다. 사람을 타이름이 지극히 깊고도 절실한 것이다.

하지만 부끄러워하는 데도 방법이 많다. 과거시험 공부가 남만 못한 것은 부끄러워할 것이 못 된다. 글씨나 글솜씨가 남만 못한 것도 부끄러워할 것 없다. 사람의 일을 주선함이 남만 못해도 부끄러워할 것이 없다. 오직 품은 뜻이 옛사람만 못한 것은 부끄러워할 만하다. "순임금은 어떤 사람이고 나는 어떤 사람인가?"라고 말한 안연(顔淵)이 어찌 나를 속여 거짓말을 했겠느냐?

너는 타고난 자질이 본시 어질고 착하니 그래도 착한 사람이라고 할 수 있다. 다만 뜻만은 아직 부족하다. 대저 뜻이 없는 사람은 자질이 비록 아름답다 해도 마침내 하류가 될 뿐이다. 내가 이를 몹시 근심한다. 이제 '지치(知恥)' 즉 '부끄러움을 안다'는 뜻의 두 글자를 가지고 너를 위한 약으로 펴 보이니, 너는 진실로 이 말을 돌아보아 깨달아야 할 것이다. 그리 되면 장차 스스로 발분(發憤)하려는 마음이 생겨나서 문득 진보하는 효험을 보게 될 것이다. 이것이 내가 깊이 바라는 바다.

| 원문 328쪽 |

노주(老洲) 오희상(吳熙常, 1763~1833)이 아버지의 임소로 따라가는 조카 치우(致愚)에게 써준 훈계의 글이다.

네가 벌써 열다섯 살이로구나. 공자는 그 나이에 배움에 뜻을 두셨다고 했다. 너는 어떠냐? 놀 궁리만 하고 몸가짐은 제멋대로이니, 참으로 한심하기 짝이 없구나. 이제 네가 네 아버지를 따라 임소로 간다 하니 내가 몇 마디 적어준다.

첫째, 사또의 아들이 몸가짐을 잘못하여 광망한 행실을 하면, 아버지를 욕보이는 것일 뿐 아니라 그 자신 또한 사람구실을 할 수가 없다. 부끄럼 타는 처녀처럼 문밖에 나설 생각을 아예 말고 들어앉아 학문에만 힘쓰도록 해라.

둘째, 아전붙이들과 어울려다니면 안 된다. 그들과 어울려 못된 행실을 흉내내면 결국은 한통속이 되고 만다.

셋째, 마음을 흔드는 음악에 귀 기울이지 말고 공적인 물건에는 털끝도 댈 생각을 마라.

넷째, 벽에다 '부끄러움을 알자〔知恥〕'라는 두 글자를 써붙이고, 꼼짝도 하지 말고 옛사람의 정신에 미치지 못함을 맹렬히 반성하도록 해라. 그저 사람 좋다는 소리나 듣는 것이 정말 부끄러운 일인 줄을 알아야 한다. 발분하려는 마음이 없이는 아무것도 이룰 수 없다.

한 발짝도 더 진보할 수 없다. 명심 또 명심하여라.

오희상은 본관이 해주(海州), 자는 사경(士敬), 호는 노주, 시호가 문원(文元)이다. 안동권씨 권제응(權濟應)의 딸을 아내로 맞아 슬하에 2남 2녀를 두었다. 그의 조부는 영조 대에 문형(文衡)을 지냈으며 18세기 초 대표적인 관각문인(館閣文人)이었던 월곡(月谷) 오원(吳瑗)이다.

오희상은 1800년 세자익위사(世子翊衛司) 세마(洗馬)에 천거되었고, 장릉참봉·돈녕부참봉·한성부주부·황해도도사·사어(司禦) 등을 거쳐 1818년 경연관(經筵官)과 지평(持平) 등에 임명되었다. 하지만 사퇴하고 광주(廣州) 징악산(徵嶽山)에 은거해 학문연구에만 몰두했다. 성리학에 조예가 깊어 이황과 이이의 설을 절충하는 태도를 취했다.

그는 이 글 말고도 생질 이윤우에게 주는 훈계와 손자에게 주는 글을 남겼다. 먼저 이윤우에게 준 「서증생질이윤우(書贈甥姪李胤愚)」를 읽어보자.

나와 너는 의리로는 비록 외삼촌과 생질이나 정리로는 부자간이나 진배없다. 너는 나를 아버지라 부르고, 나 또한 너를 자식으로 여긴다. 너는 태어나면서부터 내 집을 떠나지 않았고, 올해로 나이가 열여덟이 되었다. 그런데도 여태 어리고 어리석어 옛사람의 뜻을 지니지 못하고, 한갓 벼슬길에만 마음을 쏟는구나. 그렇게 해서 설령 소원을 이룬다 한들 다만 한 사람의 속된 명사가 되고 마는 것일 뿐이다. 어찌 귀하달 것이 있겠느냐?

이는 내가 너를 잘 이끌어 너의 뜻과 행실을 일찍 성취하게 하지 못했기 때문이니 실로 부끄러운 일이다. 하지만 내가 기대하고 바라는 것이 어찌 한갓 이 같은 데 그칠 뿐이겠느냐?

생각해보면 나도 나이 열서넛일 때는 놀기만 하고 배우기를 좋아하지 않았다. 어느 날, 우연히 우리나라 여러 선생의 연보와 행장 및 묘지(墓誌)를 살펴보고는 비로소 발분하여 스스로 힘 쏟을 줄 알게 되었다. 이제 늙었어도 아무 이룬 것은 없다. 하지만 당시의 그 마음만은 몹시도 좋아서 지금껏 가슴속에 그때 기억이 남아 있다.

대개 우리나라의 어진 이들은 다른 시대의 선현과는 같지가 않다. 행한 일의 친절함에서 보고 느끼게 되는 것이 마치 집안 선대의 문자와 같다. 너 또한 틈이 나거든 시험 삼아 이존중(李存中)이 지은 『해동명신록(海東名臣錄)』과 다른 선배들의 절행(節行)이나 사실을 기록한 글을 가져다가 마음 가는 대로 살펴보아라. 장차 그같이 되려는 뜻이 격앙되고 고무될 것이다.

비유하자면, 병든 사람이 위가 졸아들어서 먹지 못하게 되어, 비록 맛난 반찬과 진귀한 요리가 앞에 가득 차려져 있어도 거들떠보지 않다가, 하루아침에 문득 한 가지 입에 맞는 담백한 음식을 만나 차츰 입맛을 돋워, 마침내 위의 기능이 회복되고 병도 낫게 되는 것과 같다. 이제 내가 너에게 이제껏 경험한 것으로 권면하노니, 병자가 담백한 맛에서 입맛을 붙이듯 반성하여 깨달음을 만나 원대한 데로 나아가기를 바란다.

윤우야! 너는 우리집에서 태어나 지금껏 나와 한집에 살았다. 부자간의 의리도 이러하진 못할 터! 나는 네가 큰선비가 되어 바른 행실로 사람들의 표양(表樣)이 되었으면 한다. 그런데 너는 온통 과거에 급제하여 높은 벼슬을 해서 떵떵거리려는 마음뿐이로구나. 그나마도 노력하지 않고 거저 얻으려고만 드니, 내가 너를 위해 몹시 슬퍼한다.

나도 너만 했을 때는 놀기만 좋아했다. 그러니 너를 어찌 나무라기만 하겠느냐? 하지만 그런 마음가짐으로 이룰 수 있는 것은 아무것도 없다.

사람이 뜻을 세우려면 본받을 표양이 있어야겠지. 그렇다면 누굴 본받아야 할까? 먼 데서 찾을 것 없다. 『해동명신록』도 좋고, 그밖에 명현들의 행장이나 묘지명 같은 글을 틈날 때마다 읽어보아라. 그들이 어떻게 뜻을 세워 마음을 다잡고 학문에 몰두하여 후세에 아름다운 이름을 남길 수 있었는지 알 수 있을 게다.

지금까지 해오던 버릇이 하루아침에 고쳐지기야 하겠느냐? 하지만 마음을 조급하게 먹지 말고, 차근차근 차분하게 마음을 기울이다 보면 어느새 학문의 깊은 재미에 빠져들게 될 게다. 위장병 난 사람에게 산해진미의 진수성찬이 무슨 소용 있겠느냐? 그야말로 그림의 떡인 게지. 하지만 담백한 죽으로 속을 달래 차츰차츰 위장에 생기를 불어넣어주면, 묵은 병도 어느새 고칠 수가 있다. 입맛만 돌아오면 소화시키지 못할 것이 없게 되지.

그때는 욕심 사납게 이것저것 욕심을 부려볼 수도 있겠다. 하지만 지금은 아니다. 지금 너에게 필요한 것은 마음을 다잡아 작은 일부터 조심조심 출발하는 것이다. 이것은 내가 예전에 시험해보아 효험을 본 방법이니 의심하지 않아도 된다.

18년간 한집에 살았으면서도 네가 사람답게 성취하는 것을 보지 못한다면, 이 아니 슬픈 일이냐? 부디 네가 내 자랑이 되고, 네 가문의 기쁨이 되기를 바란다.

다음에 읽을 글은 오희상이 손자의 공부방에 써서 걸어둔 훈계의 글이다. 제목은 '서게손아서실(書揭孫兒書室)'이다.

근자에 고량계(高梁溪)의 유서를 보니 이런 말이 있었다. "자제들이 만약 명절(名節)의 제방과 시서(詩書)의 재미, 농사일의 힘겨움을 안다면 어질다 하기에 충분하다." 이 세 마디는 비록 천근(淺近)한 듯하지만 실로 지극한 이치가 담겨 있다.

명예와 절개를 중히 여기면 몸을 지킬 수 있다. 시서를 도타이 하면 식견을 늘릴 수 있다. 어려움을 알면 절약하여 검소할 수 있다. 오늘날 다른 집의 자제들은 온통 명절과 시서가 어떤 물건인지조차 알지 못한 채, 오직 호화스럽게 사치하는 것만 높인다.

온 세상이 한통속으로 그러하여 재물을 손상하고 백성들은 곤궁해져서 나라의 살림이 장차 엎어질 지경이다. 어찌 명나라 말기의 풍속이 지금과 더불어 한가지여서 고량계의 말이 나온 것이 아니겠느냐? 아아! 너희가 능히 이 말을 지켜 따른다면, 설령 세상에 도움은 못 된다 해도 선인이 끼치신 사업을 실추하지는 않을 것이다. 힘쓸진저!

고량계는 명나라 말기의 학자다. 그는 유언에서 세 마디 당부를 남겼다. 오희상 또한 이 세 마디 말로 당부를 적어 손자의 공부방에 내걸었다.

첫째, 명절(名節)이 든든한 제방이 됨을 알아야 한다. 물이 불어 넘실댈 때 제방이 튼튼하지 않으면 둑이 무너져 온 마을이 물에 잠겨 떠내려간다. 선비로서 명예와 절개를 지키는 일은 홍수에도 끄떡

없는 제방을 지키는 것과 같다. 명절은 환난과 역경에서 인간의 길을 지키게 해주는 든든한 보루다.

둘째, 시서(詩書)의 무궁한 자미(滋味)를 음미하여라. 『시경』과 『서경』을 읽되, 그저 글자풀이만 하는 것이 아니라, 그 행간을 차근차근 음미하고 그 정경을 하나하나 떠올려보면, 『시경』의 시 한 수한 수가 바로 눈앞의 인간사 아님이 없고, 『서경』의 구절 구절이 음미하고 되새길 교훈 아닌 것이 없다. 이런 것이 바로 공부하는 재미다. 그저 한 구절 배워 어디다 써먹을 궁리만 하는 공부는 공부랄 것도 없다. 이런 마음을 하나하나 미루어 확장해 나가면, 공부에 힘이붙고 방향이 생긴다.

셋째, 가색(稼穡) 즉 씨 뿌리고 거두는 농사일이 고된 줄을 알아라. 봄에 때맞춰 씨를 뿌리고, 여름에 김을 매며, 가을에 추수해서, 겨울에 간직하는 일은 사계절의 운행과 맞물린 거룩한 사업이다. 땅이 풀려 씨 뿌리는 일은 고되고, 한여름 굵은 땀을 흘리며 김매는 일은 괴롭기만 하다. 추수의 기쁨도 잠시, 수확에 따르는 노동과 이를 곳간에 넣어 간수하는 일도 결코 만만치가 않다.

손자들아! 내가 이 세 마디를 너희의 공부방에 써서 내건 뜻을 잊지 말아라. 나는 너희가 벼슬을 높이 해서 부귀와 함께하고, 고대광실 으리으리한 집에서 아랫것들 마음껏 부리며 사는 그런 사람이 되는 것을 원치 않는다. 차라리 명절로 제 한 몸을 오롯이 지켜 역경의 시절을 허물 없이 건너고, 시서를 부지런히 익혀 세상 보는 안목을 키우며, 노동의 신성함과 흘린 땀의 가치를 알아 근검절약이 몸에 밴 사람이 되어주기를 바랄 뿐이다.

세상은 온통 그저 잘 먹고 잘 사는 일에만 혈안이 되어, 모두들 미친 것처럼 그리로만 달려가고 있구나. 사치가 만연하여 재물을 물 쓰듯 하니, 나라 꼴이 장차 어찌 되겠느냐? 이 할아비의 말을 명심하 도록 해라. 세상이 필요로 하는 큰인물은 못 된다손 치더라도 선대 의 명예를 실추시키는 못난 자손이 되지 않기만 바란다. 힘쓰고 힘 쓸진저!

선을 행하면 남은 경사가 있고, 악을 행하면 남은 재앙이 있다고 했다.
그러나 보답을 바라고 한다면 그것은 이미 선이 아니다.
스스로의 기쁨을 위해 선행을 쌓아라. 그 복은 후손이 고루 누리리라.

선행은 보답을 바라지 않는다

서경창이 자제들을 경계한 편지

성인은 "선을 쌓은 집안에는 반드시 남은 경사가 있다"고 하셨다. 이는 선악(善惡)에는 응보(應報)가 있음을 말한 것이다. 그렇다면 선을 행하는 것은 한갓 남을 위한 것이 아니라 또한 스스로 자기 자신을 위하는 것인 셈이다.

본래부터 선한 마음을 가진 사람이 선을 행함에 미쳐서는 매번 저도 몰래 그런 마음이 일어나는 것이지 훗날의 경사를 위해 하는 것은 아니다. 진실로 능히 선에 마음을 두어, 한 가지 일이나 두 가지 일에 이를 행해 이것이 오래 쌓이면 그 보답이 바로 '남은 경사'인 것이다.

하지만 비록 선한 마음이 있더라도 만약 자기를 이롭게 하려고 남 해치는 것을 마다하지 않는다면, 이는 실로 악이 된다. 어찌 '남은 재앙'의 응보가 없겠느냐?

나는 말한다. 선을 행함은 마땅히 어떻게 해야 할까? 먼저 스스로 악을 행하지 않으려는 마음을 품는다면, 선은 그 가운데 있다.

정자는 이렇게 말했다. "일이 의리에 해될 것이 없다면 시속(時俗)을 따라도 괜찮다." 군자가 어찌 경솔하게 시속을 끊겠느냐? 하지만 진실로 시속과 한통속이 되는 것으로 통달했다고 여기는 것은 군자의 행실이 아니다. 그러나 반드시 시속을 멀리하고 다름을 추구하는 것은 더더욱 군자의 마음이 아니다. | 원문 329쪽 |

학포헌(學圃軒) 서경창(徐慶昌, 생몰연도 미상)이 자제들에게 내린 훈계다.

내가 너희에게 두 가지를 말해주마. 『주역』에서는 '선행을 하면 남은 경사가 있고, 악행을 하면 남은 재앙이 있다'고 했다. 지금 내가 하는 일이 훗날 내 후손들에게 복이 되고 화도 된다. 후손에게 경사를 남겨줄까, 재앙을 남겨줄까? 이렇게 생각하면 문득 일거수일투족이 조심스럽지 않을 수 없다.

하지만 곰곰이 생각해보아라. 선행을 하면서 훗날의 복을 위해 저축하는 것쯤으로만 생각한다면 그 선행은 조금도 순수하지 않다. 이런 선행은 오히려 악에 가깝다. 악을 행하지 않으려는 마음이 선의 마음이다. 선을 행하면 마음이 기쁘고, 악을 행하면 마음이 불안하다. 그래서 내 마음이 기쁘려고 선을 행하는 것이다. 그 기쁨이 오래 쌓이다 보니 기쁜 일이 많아진다. 이것이 '남은 경사'다. 염불을 열심히 외니까 잿밥이 절로 들어온다. 잿밥에만 온통 신경이 쏠려 있

서경창의 문집인 『학포헌집』의 표지. 서울대학교 규장각 도서관 소장본.

으면 염불도 안 되고 잿밥도 안 들어온다. 너 자신, 나 스스로를 위해 선행을 쌓아라. 그 복은 후손이 고루 누리리라.

또 시속을 따르는 일에 대해 말하겠다. 정자(程子)는 『논어』를 풀이하면서 '의리에 해될 것이 없다면 시속을 따르는 것이 문제 될 것 없다'고 말했다. 이것은 시속을 따르는 것이 마땅하다는 뜻이 아니라, 어쩔 수 없을 경우 따를 수도 있음을 말한 것이다. 이 말을 보고 시속과 하나가 되는 것을 통달한 군자쯤으로 여길 수도 있겠기에 토를 달아둔다. 그렇다고 애써 시속과 달라지려 하는 것은 더더욱 군자의 마음이 아니다. 화이부동(和而不同), 조화를 추구하되 한통속이 되지는 않으려는 마음을 지녀야 한다.

나는 너희가 마음에서 우러나는 선행을 쌓고, 조화를 추구하되 시속과 한통속이 되지는 않는 그런 군자가 되기를 바란다. 좋은 일 하나 하고 보답을 기다리고, 응답이 없으면 하늘을 원망하며 금세 선에서 멀어지는 그런 소인이 되지 않았으면 싶다. 함께 가되 휩쓸리지 않는 줏대를 지닌 사람이 되었으면 한다.

서경창은 중인 출신의 학자로, 그 생몰연도는 정확치 않지만 19세기 초 실학에서 주목할 만한 성과를 남긴 인물이다. 그는 바로 구황작물인 고구마를 심고 저장하는 방법을 고서적과 당시의 서적들을 참조해 저술한 『종저방(種藷方)』의 저자다. 『종저방』은 조정에 올려져 8도에 반포되었을 정도로 가치와 의미가 큰 책이다. 물론 그 이면에는 19세기 초 피폐한 백성들에 대한 애정이 짙게 깔려 있다. 이는 그의 다른 시문을 통해서도 쉬 확인할 수 있다.

문집인 『학포헌집』에 실려 있는 시문은 대부분 피폐한 백성들의 삶에 대한 탄식과 이를 구제하기 위한 방편들로 채워져 있다. 「을해탄(乙亥歎)」이나 「감저부(甘藷賦)」 같은 시에서는 고달픈 백성들의 삶에 대한 탄식을 엿볼 수 있고, 「구황설(救荒說)」 「저종생건변혹설(藷種生乾辯惑說)」 「저농해혹설(藷農解惑說)」 「북도종저설(北道種藷說)」 등의 글에서는 백성들의 삶을 구제하기 위한 다양한 방편을 찾아볼 수 있다.

이 외에도 「전군적삼폐설(田軍糴三弊說)」에서는 백성들의 삶을 피폐하게 만든 주범으로 전정(田政)과 군정(軍政) 및 적정(糴政)의 폐단을 지적하고 그 해결책을 제시했다. 또 「무비설(武備說)」에서는 나라를 다스리기 위해서는 문무(文武)를 함께 숭상해야 한다고 역설하면서, 문교(文敎)만을 숭상하는 당시의 통치체제에서 야기된 군정의 폐단을 지적했으며, 자신이 생각하는 군사정책을 조목조목 설명했다. 이처럼 서경창의 삶과 학문은 끊임없이 백성을 향했고, 백성들의 삶에 대한 관심과 애정을 바탕으로 의미 있는 결과물을 만들어 냈다.

그의 삶에 대해서는 구체적인 것이 알려져 있지 않고 생몰연도조차 불분명하지만, 자손을 위해 남긴 몇 마디 말에서 그의 도타운 마음과 만날 수 있다.

책과 두루마리가 소략하지만 또한 고심 속에서 나온 것이다.
거두어 보관하는 일을 늦춰서는 안 된다.

서책은 내 목숨과도 같다

허련이 자손에게 남긴 유언

내가 근래 들어 기침이 심하고 사지가 늘어져서 몸을 가눌 수가 없구나. 필시 가야 할 길이 멀지 않은 모양이다. 곰곰이 생각해보니, 문득 한 번 떠난 뒤에는 만사가 다 끝이로구나. 한두 가지 마치지 못한 일 가운데 눈감기 전에 마음에 오가는 것들이 누군들 없을 수 있겠느냐.

죽음에 임해 유언을 한다지만 그러지 못할까 염려된다. 대저 병으로 누운 것이 오래되면 정신이 산란해져서, 저승사자가 찾아오는 날에는 혼미하여 인사불성이 되고 목구멍은 가래로 막히고 눈빛은 흐릿해지고 만다. 비록 처자가 양옆에서 부축하여 수없이 흔들어 깨우며 한마디 말을 구하려 하여도 어찌 얻을 수 있겠느냐? 앉은 채 발을 굴러도 소용없고, 소리쳐 외쳐도 어쩔 수 없을 것이다.

내가 오늘은 조금 정신이 돌아오고 기운이 안정되므로, 죽음에 임해 당부하는 뜻을 직접 몇 줄 글로 이렇게 쓰니, 망령되다 여기지 마라. 노인의 아침저녁 일은 알 수가 없는 법이니라.

내가 세상을 뜬 뒤에는 집 뒤 가까운 산기슭에 무덤을 쓰도록 해라. 연전 한가할 때 무덤을 이장한 것은 훗날 쌍분(雙墳)으로 하려는 생각에서였다. 하지만 매번 생각해봐도, 이 산의 형국은 그런대로 괜찮지만 산자락 아래로 늘 습기가 있어 이끼가 푸르게 덮여 있고, 풀뿌리가 덩굴져 이어질 지경이니, 이미 묻은 광중(壙中)의 일이 염려스럽다. 긴 말 할 것 없이, 나 죽은 뒤에 장례시기를 미리 정하거든 우선 이 무덤을 뚫어보아 광중 밑을 살펴보아라. 필경 물이 드는 근심이 있을 게다. 그렇거든 광중을 깨서 관을 꺼내 한쪽에 놓아두고 곧장 세동(細洞)의 산소로 가서 좌우로 나눠 품(品) 자 모양으로 묻도록 해라. 이곳은 비록 협소하지만 어찌하겠느냐, 달리 쓸 만한 땅이 없지 않으냐.

서책은 내 목숨과도 같다. 책과 두루마리가 소략하지만 또한 고심 속에서 나온 것이다. 대개 거두어 보관하는 일을 늦춰서는 안 된다. 특히 돌아가신 아버님의 필적은 더더욱 공경하고 중히 여겨야 할 것이다. 그 책 끝에 자잘한 기록을 살펴 하나하나 싸서, 다른 사람에게 빌려주면 안 된다. 책자와 글씨는 늘 잃어버리기 쉬우니 십분 조심해 상자에서 꺼내지를 말아야 한다. 한번 나왔다가는 잃어버리게 될 것이다.

집은 병진년(1856)에 지어서 30년이 다 되었다. 사면에 둘러친 무성한 나무숲은 모두 내가 손수 심은 것이다. 아울러 여러 가지 화훼는 먼 곳에서 구해와 심은 것이다. 하지만 내가 떠난 뒤에는 모두 쓸

모없어지겠구나.

또 갈아먹는 척박한 논밭은 이미 새것과 옛것을 이어대기에도 부족하니, 어찌 여기에 기대 생계를 꾸려가겠느냐? 만약 한꺼번에 사겠다는 사람이 있거든 조금도 아까워 말고 허락해서, 필경은 가솔을 이끌고 읍내로 들어가 살도록 해라. 맏자손은 성 안에 사는 것이 나을 게다. 내 신세에 비추어볼 때, 만약 궁벽한 시골에서 나고 자랐다면 어찌 능히 이름을 얻어 세상에서 행세하며 오늘에 이를 수 있었겠느냐? 너희는 다만 깊이 생각해서 처리하여라.

두보(杜甫)는 그림을 잘 그리는 조패(曹覇)에게 시를 지어주며 이렇게 읊조렸다. "예로부터 성대한 이름 주변 살펴보면, 온종일 불우함이 그 몸을 얽었다네〔但看從古盛名下, 終日坎壈纏其身〕." 내가 한 세상에서 외람되이 삼절(三絶)의 이름을 얻었으니, 분수에 넘치는 일이었다. 어찌 다시 부귀까지 얻겠느냐? 이는 하늘이 반드시 꺼리고 귀신이 막을 일인지라 애초부터 감히 바라지도 않았다.

다만 내 분수 안에서 일을 한다면, 여러 곳의 산소에 표석을 세우고 족보를 바로잡고 집안간의 수계(修禊)를 다시 세우는 일만큼은 미약한 정성으로나마 이루었으면 싶다. 안타까운 것은 산소에 부러진 비석을 온전히 고치지 못하고 세 칸 재각(齋閣)을 세우지 못한 것이다. 이는 소나무가 필요한 일인데, 재물이 없음을 탄식할 따름이다. 무엇보다 우리 고장의 풍속을 변화시키려 하였지만, 시작은 있었으되 마침내 이룰 수 없었던 일은 비록 지하에 들어가더라도 길게 탄식할 만한 일이다. 병술년(1886) 11월 12일에 쓴다. | **원문 330쪽** |

소치(小痴) 허련(許鍊, 1808~1893)은 오원(吾園) 장승업(張承業, 1843~1897)과 더불어 조선 말기를 대표하는 화가로 본관은 양천(陽川), 자는 마힐(摩詰), 호는 소치·노치(老癡)·석치(石癡)·옥주산인(沃州山人)이다.

28세 되던 1835년에 고산 윤선도의 고택인 해남 녹우당에 소장되어 있던 공재(恭齋) 윤두서(尹斗緒, 1668~1715)의 그림과 소장 화보를 보고 회화에 눈을 떴다. 1839년에는 초의(草衣)의 소개로 추사(秋史) 김정희(金正喜, 1786~1856)의 문하에 들어가 본격적으로 회화수업을 받았다. 이후 42세 되던 1849년에 헌종(憲宗) 앞에 불려가 어전에서 그림을 그리는 영광을 누렸다. 한 시대의 명성이 찬란해서, 시서화(詩書畵) 삼절로 일컬어졌다.

소치는 추사가 타계한 1856년에 진도로 귀향하여 운림산방(雲林山房)을 마련하고 그림 그리기에만 몰두했다. 59세 되던 1866년에 「소치묵연기(小癡墨緣記)」를 지었고, 이듬해에는 자서전적 저술인 『몽연록(夢緣錄)』(일명 '소치실록' 또는 '소치실기'로 통칭됨)을 지어 자신의 삶을 회고하고 정리했다.

80세 되던 1887년 지중추부사(知中樞府事)에 제수되었고, 이후 생을 마칠 때까지 세상을 주유하며 화가로서의 삶에 충실했다. 이런 정황으로 인해 많은 작품이 전하고 있다.

소치는 추사와 초의 외에도 흥선대원군 이하응(李昰應), 권돈인(權敦仁), 신관호(申觀浩), 정원용(鄭元容), 정학연(丁學淵), 민영익(閔泳翊) 등 여러 명사와 조희룡(趙熙龍), 전기(田琦) 등 중인 출신의 위항문인(委巷文人)들과 두루 교유했다. 이들은 모두 19세기 당대의 문화를 선도한 인물들로, 이들과의 깊이 있는 교유는 사유의

남도 문인화의 모태라 할 만한 진도 첨찰산 자락에 자리잡은 운림산방의 모습.

폭을 확장시키고 작품세계를 풍성하게 만드는 촉매가 되기에 충분했다.

그는 회화의 여러 방면에서 뛰어난 재능을 보였는데, 그중에서도 특히 묵죽(墨竹)을 잘 그렸고 산수화에서도 뚜렷한 족적을 남겼다. 이러한 소치의 그림을 두고 추사는 "그의 화법이 우리나라의 누추한 습속을 깨끗이 씻어버렸으니, 압록강 동쪽에는 이만한 그림이 없을 것"이라고 극찬했다.

앞에서 본 유언은 79세 되던 1886년에 쓴 것이다. 세상을 뜬 것이 1893년이니 눈감기 7년 전에 쓴 글이다. 나날이 쇠잔해가는, 예전 같지 않은 건강을 생각하며 그는 문득 죽음을 예감했던 모양이다. 한 해가 저물어가는 겨울, 모처럼 기운이 가뜬한 날에 맑은 정신으로 유언을 남겨야겠다고 마음먹고 먹을 갈아 글을 썼다.

앞부분에서 길게 적은, 미리 유언을 남기는 것에 대한 변설이 재미있다. 미리 준비해두지 않고 갑작스레 죽음을 맞으면 하고 싶은 말이 있어도 입을 뗄 수 없는 경우가 많으므로 유언을 쓴다고 했다. 노인의 아침저녁 일은 알 수 없다는 말이 인상적이다.

이어 사후의 장례와 묏자리에 관한 당부, 서책 보관의 중요성에 대해 자세히 적었다. 또 자신이 손수 구해다 심은 나무와 화훼에 대해 애틋한 정을 피력했다. 워낙 궁벽한 살림인지라, 굳이 이곳을 고집하지 말고 임자가 나서면 아예 다 팔고 읍내로 들어가 사는 것이 좋겠다고 했다. 땅이 척박하여 생계를 꾸리기 어렵겠다고 판단한 것이다.

끝에서는 자신이 부족한 재주로 삼절의 기림을 얻어 분수에 넘치므로 애초에 부귀는 꿈도 꾸지 않았다고 하면서, 다만 선대의 비석

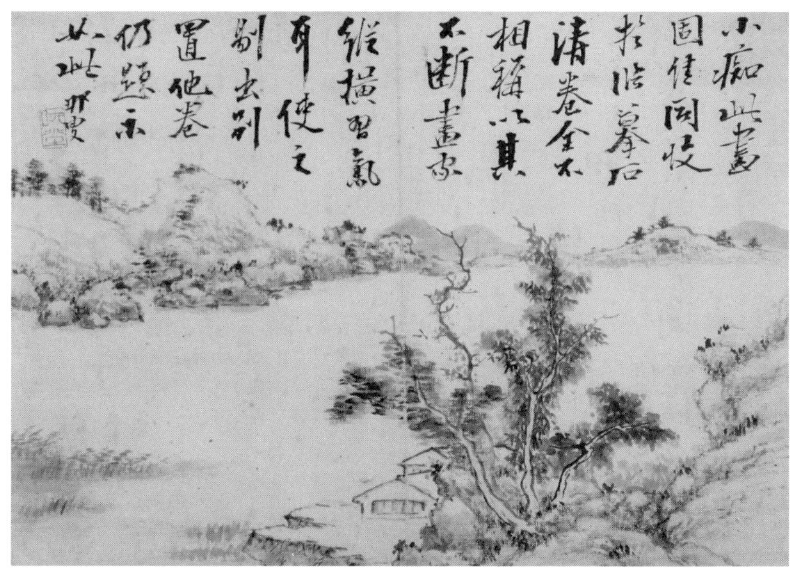

허련이 그린 〈초옥산수도(草屋山水圖)〉. 위쪽에 추사 김정희가 써준 제발(題跋)이 있다.

을 세우고 재각을 일으켜 후손 된 도리를 제대로 하지 못한 것을 안타까워했다.

소치는 이 유언에서 보듯 아주 꼼꼼하고 침착한 성품의 소유자였다. 그는 자신이 당대의 명류(名流)들과 교유한 자취와 임금 앞에 불려가 끔을 받은 과정을 자세히 기록해 남겼다. 『소치실록』이 바로 그것이다.

1877년 소치가 서울 걸음을 했을 때, 그가 왔다는 말을 들은 흥선대원군이 그를 불렀다. 대원군은 "소치가 이승에서 나를 알지 못한다면 소치라 할 수가 없네"라고 하면서 그를 처음 만난 기쁨을 숨기지 않았다. 뒤에 소치가 고향으로 내려오면서 작별을 고하자 대원군

은 그를 위해 난초를 그려주고 그 끝에다 "평생 맺은 만남이 난초인
양 향기롭네〔平生結契, 其臭如蘭〕"라고 적었다.

그는 한 시대 예단(藝壇)의 정점에 우뚝 서서 한 시대 예술계의 흐
름을 바꿔놓은 화가다. 하지만 유언에 인용한 두보의 시처럼, 쓸데
없이 이름만 높았을 뿐 불우와 가난 속에 쓸쓸한 삶을 마쳤다.

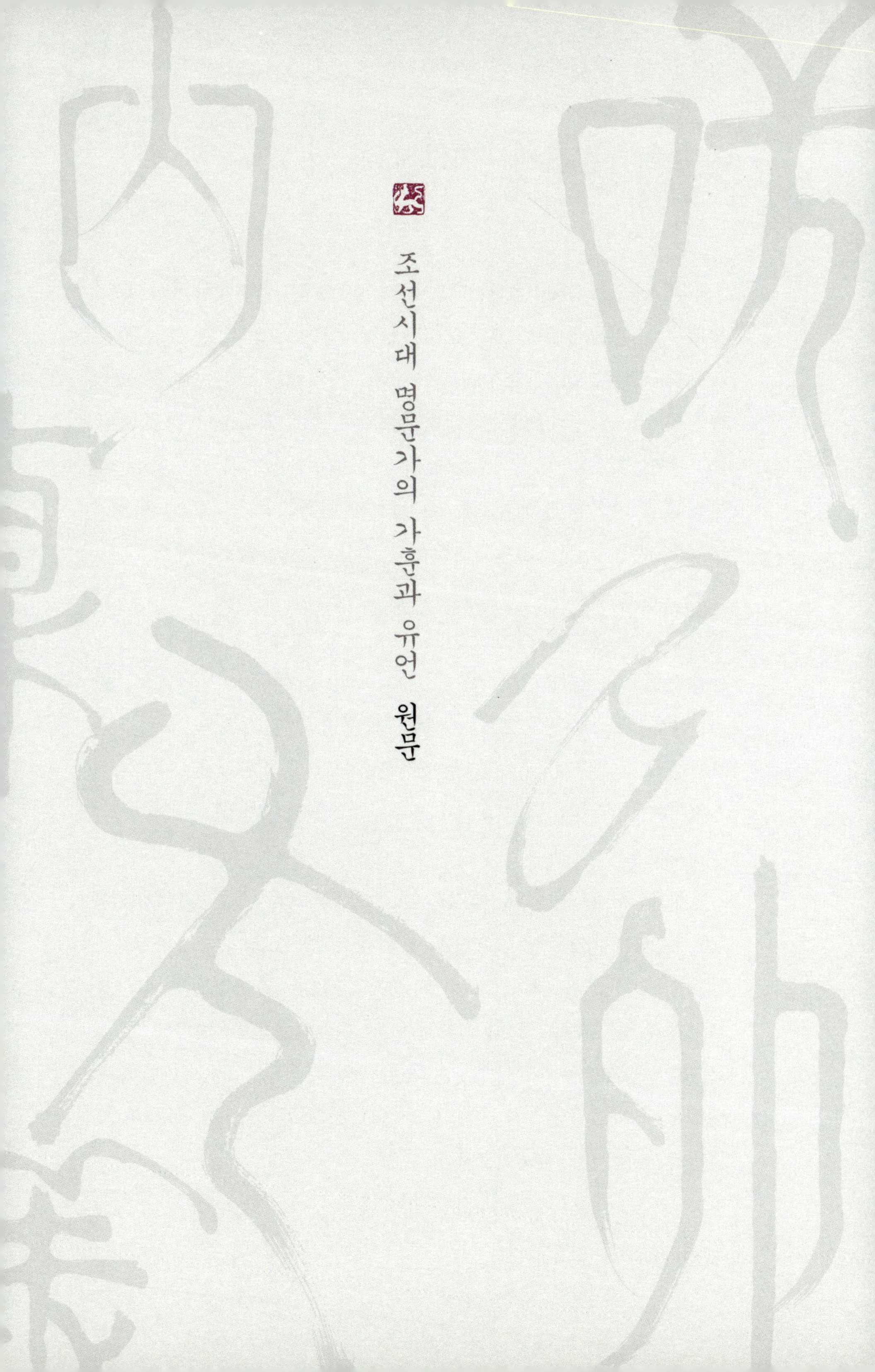

조선시대 명문가의 가훈과 유언 원문

호걸 되는 것은 내가 바라지 않는다 _ 신숙주

家訓

| 번역문 13쪽 |

我家先世, 初以文學發跡. 自是以來, 世守文學, 忠孝敦睦, 以爲家法, 相傳不失. 以叔舟不敏, 承先世積善餘慶, 受列聖知遇之隆, 乃有今日. 每念物忌盛滿, 爲之當寢不寐, 對案忘食, 戰戰兢兢, 思所以挹損. 庶幾與爾輩夙夜盡心, 小酬聖恩, 以不墜我家業. 然恐爾輩後生, 久而漸忘, 錄其大略, 著爲家訓. 玆乃我家世守遺法, 爾輩各寫一通, 出入寓目, 念玆在玆. 夫才智俊逸豪傑之事, 實非所冀. 但願汝曹謹守家訓, 日愼又愼, 號爲謹飭之士, 不貽我先人羞足矣. 成化戊子秋, 書于保閑齋.

操心第一

人心無常, 操之則存, 舍之則亡. 心苟不存, 視而不見, 聽而不聞. 況敢知有是非邪正歟? 是故, 要令心在方寸間, 虛靈不昧. 然後其應之於事, 遇是非邪正而不亂矣. 夫心者, 一身之主宰. 目之於色, 非心不見, 耳之於聲, 非心不聞. 百體之官, 莫不待心而行. 斯其所以爲主宰於一身者歟? 故欲正百體之官, 莫如先正主宰.

謹身第二

身不修, 不可以齋其家. 何以言之? 事父不盡其孝, 子之於我, 亦視我之於父. 事兄不盡其敬, 弟之於我, 亦視我之於兄. 故使一身立於無咎之地, 然後父子兄弟夫婦之間, 莫不一於正. 推而至於君臣朋友, 特一轉移之間耳. ○謙讓恭謹, 縱有非義相干, 亦當容之. 勿察察與較. ○血氣方剛, 戒之在色. 色慾之害, 古人謂之伐性之斧斤. ○惟口出好興戎, 駟不及舌. 故古之愼言者, 三緘其口, 守口如瓶. ○誠於中, 形於外, 十目所視, 十手所指. 君子愼其獨也.

勤學第三

夫耳目挾而心廣者, 未之有也. 欲廣耳目, 莫如讀書. 聖賢之道, 布在方册. 苟能立志旣堅, 循序而致精, 久久自然有得. ○爲學之要, 只在收放心. 心在方寸間, 自然光明四達, 照用有餘. 未有心不定而能進學者也. 收放心有要, 只在於敬. ○人而不學, 正如墙面, 苟學矣不力行, 雖讀書萬卷, 亦無所用. 故讀聖賢之書, 當求聖賢之心, 一一體之於身.

居家第四

今俗父子兄弟, 罕有司居. 旣立門戶, 各有婢奴, 漸成彼此, 遂致不睦. 爲父兄者, 固宜包容含忍, 寬裕慈仁, 不爲瑣瑣苛細. 爲子弟者, 亦當舍小念大, 推誠相體, 孝友雍睦而已. ○奢侈之害, 甚於天災. 家道旣窮, 鮮不爲濫. 故居家以節儉爲先. 是非欲嗇財圖富. 家道若贍, 其於養生送死, 救患周急, 豈不需然有裕哉. ○族親者, 與我同源分派, 在先祖視之如一. 苟因先祖積善餘慶, 得立門戶, 當思濟窮恤孤, 以均先祖之慶. ○財悖而入者, 亦悖而出, 取之不義, 必有天殃. 不義而富, 不若貧之爲愈. 故君子貴乎清愼. ○女謁所當先絶, 其昵比足以移人.

居官第五

爲長官者, 不能獨治, 必賴於下. 待下之道, 推誠以任之, 疑則勿任, 任則勿疑. 人知見疑, 必不敢盡其意. 雖有願治之志, 將無與共成矣. 女無妍媸, 入室見妬. 賢者之進, 小人所妬, 百計間之. 或爲公論以激之, 或爲飛語以中之. 或使左右諷之, 似出於無心, 要必間之而後已. 賢者以義自處, 斂衽而退, 不與之較. 官長於是, 不得無疑於下. 疑心一生, 又不得不爲苛察之政, 欲以求其實. 苛察之政一舉, 而萬事墮哉. 故以聖讒爲先務. ○爲下官者事長官, 一以至誠. 遇事不隱, 善則歸上, 惡則歸己. 如有所屈, 自省自責, 不尤於上. 雖爲同列所中, 亦以誠敬動之. 勢

不可自明, 可以引退, 平心恕物, 明哲保身耳. 小人不顧義與不義, 如與
之爭, 必爲所傷. 故君子愼之. ○淸白自守, 身無所累, 然後遇事泰然.
一汚贓賄, 畏人之知, 縮縮自愧, 安能令下? 遂爲猾吏所持, 以至於敗.
身名俱喪者, 世多有之, 豈不哀哉. ○凡於聽訟, 雖不爲請囑所移, 苟有
先執, 不得其正. 故平心以察之, 至公以處之.

教女第六

婦人配君子而主內治. 家道之興廢由之. 世人知敎男, 而不知敎女, 惑
也. ○婦人貞靜自守, 柔順事人. 專心內政, 不與外事. ○上事舅姑, 非
誠敬, 無以盡其孝. 下接婢使, 非慈惠, 無以得其心. 誠敬以事上, 慈惠
以接下, 然後夫婦之際, 情義無間矣. ○凡於女工, 亦當致已. 若不勤,
不足以率下. ○夫者所仰以終身, 禍福共之. 如有非宜, 當因事善規, 儆
戒相成, 期於無咎. 然不可强之, 强之則失恩. ○閨門之內, 恩常掩義,
易至狎暱. 狎暱之心一生, 敬謹之意必弛. 於是驕妬放恣, 無所不至. 夫
婦乖張, 實由於斯, 可不愼哉. ○女子從人, 所與處者, 非有骨肉之恩.
言語往復, 多生疑阻, 遂成嫌隙. 故古之賢婦, 謙恭柔順, 含垢匿瑕, 推
誠相與, 使上下相安, 身享諸福, 以永終譽.

저절로 이르는 것도 가려서 받아라 _ 한충

戒子書. 辛巳十二月二十七日, 獄中臨終時

| 번역문 27쪽 |

凡爲學者, 先正其心, 然後可以講明此理, 而謹守之. 一句之旨, 一字
之義, 不可放心看過, 今日解一義, 明日踐一事. 造次於是, 顚沛於是,

一心慥慥, 則自然向聖賢地位去, 若乃身外之榮悴休戚, 卽當一切聽天
所爲, 而無容心焉. 其自至者, 亦擇其可而受之, 其不至者, 則無求之之
理也. 此是終身立脚地位, 不可分寸移易.

從古聖賢, 嘗以此自勉, 亦不敢不以此待人. 其相傳指訣, 炳如日星,
而顧今寥寥一世間, 人知此義者無多. 頭出頭沒於富貴利達之場, 奔走
顚倒, 僥倖得之, 則自以爲天下之能事無過於是, 一身之事業無踰於
此. 冥冥悠悠, 滅身無寤, 此實見聞染習之陋, 貧窶困厄之累, 不得不如
此也.

後生小子知思無主, 脚跟不定, 苟先以干祿蹈利爲意, 則卒無以識夫
爲人之理, 而淪於汚下, 烏在其聖人爲後學開牖之道哉. 夫世之擧業干
祿者, 莫不曰爲親也非爲己也. 苟爲人親之心, 不願其子擧業干祿, 而
惟願學古希賢, 則不知更有何說以能捨此而取彼乎.

余則早忝不幸, 學未精而求進, 德未立而欲行. 風埃汨汨, 日失月亡,
上未能導其君於堯舜, 下未能置其身於皐夔. 獷牙虺毒, 左侵右觸, 致
有此境, 昏棄之甚, 悔懊之久, 尙何足言乎. 是余懲於己, 望於汝, 不欲
以自外至者爲吾榮也. 見今鋒鏑臨門, 借紙艱草, 汝等沒身不忘, 可也.

지하에서 네 어미를 볼 낯이 없구나 _송순

訓子

| 번역문 33쪽 |

吾憐汝曹早失所恃. 且愍汝曹之稟生孱弱, 任汝所爲, 不加拘束. 固一
時舐犢之愛也. 其流之弊至此, 慈母有敗子, 此之謂也. 而誤却汝者我

也, 又誰咎也. 吾聞下愚終身不移, 大惑終身不解. 汝曹元非下愚大惑之比, 則其移也其解也, 豈無其機.

顧我家世, 簪纓相襲, 而以文雅儒素爲箕裘. 則家風世德, 舊有令聞, 槩可想矣. 奚以之墜落先祖之休緒, 傾慕彼輩之狂態乎? 橘渡江而化枳, 渭入涇而爲濁. 孟母之所以三遷, 良有以也. 而魯無君子斯焉取斯之聖訓, 能無愧於此鄕及汝曹乎?

噫. 門戶衰替, 未見汝曹之立揚, 只見汝曹橫鶩之妄. 虎豹之鞹, 犬羊之鞹, 奚擇焉. 聞汝間者與乃如人, 旣遊衍於鶴洞, 又以是月初旬之越三日, 起大釀於鷲巖, 而一境畢至, 八音咸集, 爲窮歡極娛計, 其然豈其然. 方今天災地變, 層生疊出, 三倍春秋, 史不絕書. 而仙枕失華胥之夢, 玉觴忘馨香之味. 凡我世荷國恩, 獲沾王化者, 雖在草野山澤之間, 所宜傷時憂世, 燒眉薾目之不閒, 豈可視杞國於秦脊, 而縱談笑恣歌舞哉. 至無知之邱氓, 尙不忍爲, 汝曹乃爲之, 於汝心安乎. 一之已非, 其可再乎. 何數數不憚煩也. 彼猖被不解文字, 飮徒能醉紅裙者, 固不足誅. 汝曹則讀古書戴儒冠, 而抛棄仁義禮智之性, 自納於無知妄作之孼. 汝爲君子儒, 非所可望, 而謹勅之士, 亦不得爲也耶. 明之人非, 幽之鬼責, 將無處蘄免. 又況以禮飮酒者, 始乎治常, 卒乎亂, 寧有其始之亂而其卒之能治乎. 吾知其必敗也. 曩汝姍笑彼輩之同流合汚而紛紛馳逐, 今汝駸駸然漸入其域而恬不爲恥, 前何心也.

噫. 蝱處頭而黑, 麝食柏而香, 終始愼厥與. 前哲豈欺人哉. 汝不能取友益三耳. 所染因所濡, 是魍魎怪鬼輩事也. 將孰從而薰陶德性, 將孰從而激成善行. 有損無益, 不能斷棄, 使我心惻, 不孝爲大. 比比徐卿百不憂之二兒, 何如也. 非不知汝罪當笞, 而汝亦人也. 秉彝之良性, 自有知覺感悟之理, 何用撻爲. 繼自今克黜乃心, 思免厥愆. 缺昭乃德, 爰絕厥

交, 以父母之心爲心, 以先祖之業爲業, 非仁勿爲, 非義勿取, 非禮勿動,
則智者之能事畢矣. 在家爲佳子弟, 在邦爲好底人, 而內無自視之歉然,
外有令聞之蔚若, 使衰俗挹其淸芬, 而佳朋來自遠方, 豈不韙哉. 吾死
之日, 亦嘗瞑目矣. 若或盤樂怠傲, 塡箎唱和, 而不幡然改此度, 則不能
敎汝之責, 實在此身, 吾無以見汝母於地下也.

嗚呼. 杜漸防微, 自今日始, 悔往追來, 亦自今日始, 今日何夕. 壬辰
之冬至月旁死魄也. 口論之不足, 面命之不足, 筆之書, 貽如燕謨, 膠壁
以爲座右銘, 接乎目, 用替懷中簡, 勿付苦海間筌蹄. 重爲告曰, 周公戒
于觀于逸于遊于田之淫, 孔子有於道於德於仁於藝之訓, 吾亦云云.

아버님의 가르침을 네게 전한다 _ 유희춘
十訓

| 번역문 43쪽 |

先君贈吏曹參判城隱公言行文章, 爲粹無玷. 而孤早失敎訓, 常抱終
天之慟. 又不肖無以顯父母於世, 今不記載, 恐至湮沒. 謹泣血而記得居
家篤行十條, 日加警省, 庸作庭訓.

氣像第一

先君曰: "凡爲人氣像, 要端重而不輕, 深沈而不淺. 終日儼然, 時然
後言. 如此乃可以成德. 唐裴行儉曰: '王勃等雖有文藻, 浮躁淺露, 豈
享爵祿之器耶. 楊子稍沈靜, 應得令長.' 後悉如其言. 此格言, 汝宜佩服
而深省之."

窒慾第二

先君性恬虛安靜, 自少至老, 不聽鄭衛之音, 深遠女色, 而未嘗言及
於淫媟. 分外之財, 視如土塊, 於一切繁華世味, 淡然無所好. 嘗曰: "殉
乎貨色歌舞嬉游, 卒爲非人, 汝宜深戒之. 後漢盧植, 師事馬融. 女娼歌
舞於前, 植侍講積年, 未嘗轉眄. 融以是敬之, 汝宜法之."

事親第三

先君年二十三庚申歲, 丁外艱, 守廬于順天, 哀慕備至. 小祥後爲事
故, 不得已而往返海南, 與我母氏同宿一房者十三日, 而以禮遠之. 臨
別, 我母氏泫然垂淚曰: "雖留逾旬, 不得穩話, 尤可悵也." 先君亦慭然
而去. 婢訥非其時直宿房內, 至老每言此事曰: "前後見聞, 皆無如我主
之可敬者." 歎息不已. 厥後先兄聞之, 亦曰: "人所不可及也." 先君守禮
之嚴, 尤儷之間, 愼獨如此, 他可知矣. 平時事親, 愛敬洋溢. 每於海南,
得一佳味, 輒封送, 然後心乃安. 嘗曰: "父母書簡, 收拾而勿失, 人子之
道也."

齊家第四

先君夫婦相敬如賓, 而情愛自初至終如一日. 凡三十五年, 未嘗一見
姬妾之分寵. 蓋合於古人摯而有別之義. 唯一弟名桂近, 與之相愛, 怡怡
若古人姜被然, 至將己早稻田, 擧而與之. 有二妹, 爲萱堂所鍾愛, 分財
之時, 田土奴婢之美者, 悉以讓之, 自取荒且愚者, 因請自書其券以堅
之. 於諸子慈恤, 均而不偏, 有鳲鳩之仁. 教男女必以禮. 於奴婢, 亦愛
而知其惡, 憎而知其善, 慈詳惻怛之意, 浹于骨髓. 故其損館也, 奴婢無
老幼, 莫不失聲號哭, 如喪考妣. 外至村落小民之出入門下者, 亦皆歔
欷太息曰: "德人亡矣." 先君於三男中, 奇愛希春, 每親負以步. 嘗曰:
"成吾家者, 此子也." 仍戒之曰: "一家之內, 當公其心. 苟一有偏倚, 則
事不順而倫不明矣."

守身第五

先君自年三十, 卽樂幽貞, 杜門不出, 客來則接之而已. 蓋厭世風之澆薄, 而不欲屈節於人. 非有弔喪救災甚不得已之事, 終歲未嘗一出門. 有一太守曰: "古人稱大隱隱城市, 此之謂也." 嘗戒子曰: "脅肩諂笑, 病于夏畦, 遊居有常, 必就有德. 汝他日筮仕, 亦當安於守正, 不可屈節於人也."

處事第六

先君每處事, 不問其利害, 但視順理與否. 如不順理, 則輒曰: "是事不順理, 何可爲也." 又嘗戒子曰: "凡士君子處事, 但當順理, 不可以利害爲趨避." 又曰: "世人佞佛, 以求福利, 阿世以固爵祿, 多不知浩然之氣. 昔傅奕嘗闢佛, 及胡僧呪人致死, 奕不動心, 而胡僧自殞. 韓退之惡佛氏蠹財惑衆而力排之. 張綱當梁冀熏灼之極, 獨能埋輪劾罪. 柳大憲雲當己卯士禍之際, 諫之不從, 卽啓曰: '乞斬臣頭, 以快姦兇之心.' 如此等輩, 眞可謂大丈夫矣."

知人第七

先君幽居靜處旣久, 默視物理, 多有所覺. 知人之明, 逈出世人, 厚貌深情, 羊質虎皮者, 無所逃遁. 嘗訓子曰: "觀人之法, 便僻側媚, 進銳面譽者, 邪也. 質直樸實, 有恒有信者. 正也. 汝宜誌而察之."

接物第八

先君接物, 常以慈詳誠信爲主, 而遇當斷處, 勇不可奪. 嘗訓子曰: "人不可不愛, 而不可苟合. 楊之爲我固非, 而墨之兼愛亦倒. 凡交際以擇人爲先, 敎誨以持誠爲貴, 非其人而悅之, 是爲諂爲瀆, 無其誠而誨之, 是無益有害. 汝當誌之, 審於接物, 可也."

戒仕誨遷第九

先君曰：“仕宦之難, 難於山, 險於水. 人之所以不能辭爵祿而自隱者, 只爲無十頃良田而已. 苟有田園可喫著, 則滔滔宦海, 進不知止, 卒犯風波, 是何心也.”仍戒子曰：“汝之命, 範圍數下半, 井之九五. 其辭曰：‘一回低首一回仰, 楚水淮山恨更長.’此乃投竄之兆也. 仕宦不宜到頭, 中途而收身歸田, 可也.”又曰：“苟或知穎川必被兵, 先將家屬詣冀州, 鄉人安土不遷者, 多爲所害. 海南乃海寇初程之地, 汝若成立, 當遷居于中土, 以爲遠慮, 可也.”

文學第十

先君聰明過人, 文理透徹, 少年場屋中, 見擧子之作, 觸目成誦, 數十年之後猶記. 於諸書一誦, 則終身不忘. 故罕讀書, 古文聱牙肯綮處, 讀之如破竹然. 嘗自言, ‘吾看書則短於知詩, 屬文則長於立論’云. 四書及詩書禮記少微通鑑, 精研熟究, 無行不誦. 中國山川道里, 歷代治亂興廢, 如指諸掌. 每覽前古, 感慨忠良, 憤疾姦諛, 而揀擇文字, 皆務抑邪與正. 謂大學衍義者, 治國之元龜, 學者之至寶也, 丘濬衍義遠矣. 嘗讀綱目, 見尹氏發明, 不覺手舞足蹈, 而因自抄錄其尤精確者. 韓柳蘇文, 悉取其雄偉明快者, 文章軌範古文眞寶東萊博議剪燈新話, 莫不洞究脈絡, 諸葛武侯出師二表, 胡澹庵上高宗封事, 張文潛藥戒, 濯纓子中興對策, 每諷誦而玩味之. 鄉子弟從而受業, 提誨十數年, 亹亹不倦. 其教兒書也, 必先振其綱領, 暢其脈理. 故先兄少曉文義, 又善屬文. 希春自九歲, 受通鑑節要, 至十一歲, 始知文勢語脈, 泛觀諸書, 罕有窒礙, 非才性然也, 教導之功使然也. 又嘗手書李府使那訓子詩以賜兒, 其啓迪至矣.

내 너희를 위해 남긴 것이 없다만 _ 이정암

遺書

余以微瘁, 將理失宜, 轉成毒腫, 晝夜苦痛. 死在朝夕, 夫復何言. 五十不稱夭, 況吾六十, 而官忝宰列, 又有子孫哉. 甘心瞑目, 小無所恨, 汝等吾死後, 斂葬等事, 務從儉約, 以從平日之志.

國葬後, 卽窆于錢浦亡夫人側, 返魂于羔羊村家, 節哀終孝可也. 人之富貴貧賤, 稟於有生之初, 不可容力於其間. 吾之平日, 不爲子孫營立産業者, 以此. 但汝等旣無才德立身于當世, 又無家業, 何以得生? 其不免爲鄕人也必矣. 是亦命也, 奈何.

直長出繼于伯氏, 又無子而夭, 言念絶祀, 未能忘也. 慶成成長, 相議立爲後. 若其妻不欲, 則不須爲也. 老妾相隨千里, 備嘗甘苦, 而旣無子, 托之末兒澤可也.

第四子不幸死于兵, 骨肉葬非其所, 旅魂飄飄, 尤可念也. 姑俟慶蘭成立, 令移葬于錢浦, 地下魂魄, 庶有相依可也. 京中西部小家垈, 別給于慶蘭爲可. 其父生時, 吾欲傳給其家. 故今復云云.

錢浦墓直奴彦昌, 婢芿今, 果川奴莫山及其所生三口等, 奉祀長子孫世傳. 雖多勿分, 務令護恤. 廟祭墓祭, 皆令長子奉行, 諸子孫隨力助奠可也. 此其大略, 餘則具于陶淵明告五子孫書中, 付諸壁上, 勉以行之. 荒迷不宣. 付二子四孫二壻.

백성 부리기를 큰 제사 받들듯 해야만 _ 이덕형

戒子如璧文

| 번역문 63쪽 |

昔漢明帝時, 帝姊館陶公主爲子求郎, 帝曰, 郎官出宰百里, 上應列宿, 苟非其人, 民受其害. 百里之任, 卽古諸侯之任也. 孔子以有民人爲有社稷焉, 爲戒於一宰, 聖人之所愼重, 可想已. 漢之宣帝, 唐之宣宗, 猶不輕守令, 或親擇之. 蓋君相之所重者, 莫急於民事耳. 往昔先王朝, 擧遺逸爲守令. 繼而令該曹選才行過人者, 超敍六品職. 朝家之愼名器又如此矣.

汝以不解學之童子, 蒙上恩, 遽爲主簿. 纔數年而除關西縣宰. 是汝無有該曹之薦而與先王朝遺逸等也. 我旣負國竊廩, 尙叨匪據, 而汝又以我蔭爲民宰. 非有施爲政令之動於人者, 人皆指爲何哉. 辱親負國, 唯在汝處之以勤誠與否耳. 出門如見大賓, 使民如承大祭, 乃聖人勉以爲仁之功者.

汝自啓程以後, 臨事每思此言, 則心不放而思過半矣. 至於上司號令, 恪謹趁施, 使賓來往, 節適得宜. 愬狀雖夜速決, 民瘼雖微必察. 凡事順民之情, 一毫無累於官. 民心旣得, 然後以之措糧餉備官器, 乃其處置中一事耳. 古人云, 日計不足, 則月計有餘. 爾能居官而存盡職之念, 晝夜儆戒不怠, 雖卽爲遞還, 所報效者多矣.

若威儀之間, 飮食之節, 俱係居官大節. 小學不云乎. 無威儀則無以爲人上. 醫書亦謂飮食能促壽. 臨下以莊, 節食順時, 尤不可忽也. 聽政之暇, 勤讀經書. 本源自有培養之地. 竦然惕然, 必無待於酒次數行書矣. 汝其念之.

我違老親日久, 又送汝遠行, 此情有難向人道. 汝過浿江, 回望東道,則想必瞿然於今日席中之言矣. 不能盡.

선대의 가법을 더럽히지 마라 _ 김봉조
書奉先儀節, 訓誡時宗, 仍示後昆

| 번역문 73쪽 |

我家世襲衣冠, 追遠之誠, 奉先之禮, 爲世所稱. 不幸先大夫早世, 至于不肖, 家貧誠薄, 奉先無狀. 夙夜悚惕, 不寧于心者, 三十年于玆. 不幸先妣夫人又下世三年之後. 諸兄弟父母在世時所分授若干奴婢些少土田外, 餘存只奴婢四口土田數頃而已. 諸兄弟相議, 盡屬宗家. 蓋憫宗家窮不能奉祭, 欲以此稍贍宗家之力也, 其意至矣. 嗚呼. 奉先之事, 豈在田民之多寡哉. 余思之, 孝子慈孫稍知奉先之義者, 豈待財力足而後盡其誠哉. 若其悖子屛孫不知奉先之爲何事, 則雖有財力, 亦無益矣. 第念孝子慈孫固不可易得, 而悖子屛孫亦豈常有. 若其中人以上, 苟有財力足以供祭祀, 則必不敢忘先人之託, 而忽追遠之誠. 此余所以眷眷於此也. 玆添出余所使喚若干奴婢及土田以補之, 願余子孫, 覽此誠辭, 體余訓意, 奉先有誠, 祭祀以禮, 無忝於祖先家法則幸矣.

田民幷錄于左, 子孫世世相傳於宗家, 勿分勿添. 奴婢所生, 久或耗損, 不滿此數, 則隨力添補. 如或蕃息, 其數漸多, 三十口前, 亦不宜分. 至於四五十口, 則宗家自擇稍實者三十口, 其餘分執亦可. 宗家因此或至稍贍, 則祭祀亦當盡誠加豐, 豈不幸哉. 代盡之後, 亦勿分田土所出奴婢貢饍, 宗家主掌代盡先祖墓祭. 每年春秋, 精備設行, 子孫如或不遵余訓, 奉先不誠, 則門長及宗人相議責罰而勉敎之. 然而不悛者, 豈

吾子孫哉. 祭祀節目, 書于紙末, 幷宜覽察而遵行, 無侈無損, 不怠不廢,
克念余託付之意, 諸兄弟皆着署, 垂示後世. 區區之意, 幷宜諒之.

가문의 흥망이 이 종이 한 장에 달렸다 _ 윤선도
寄大兒書

| 번역문 79쪽 |

汝之錦山三製見之, 賦最勝. 雖居異等, 無足怪也, 而至於見屈, 可歎.
然鋪敍中納約之下, 解題事實, 略之太過, 是欠也. 策亦好矣. 而逐條題
意, 太略而沒實, 同一欠也. 大槩場屋程文, 寧過於詳而不可過於略, 寧
過於密而不可過於疏, 此意不可不知也.

且須着意細看古今文字, 得其轉換承接之妙, 然後乃可作文無欠. 若
不沈潛於古人文法, 徒使些少才氣於文字之間, 則必有鹵莽滅裂之弊,
尤不可不知也. 每榜皆落莫, 固是不勤之致, 而原其本, 則出於天不佑
也. 得天佑, 惟在積善, 汝曹不可不知也. 況兒孫幾盡不產育, 絶祀可慮,
尋常恐懼, 可勝言哉.

汝曹不可不以修身謹行積善行仁爲第一急務也. 汝曹亦曾念及乎此
否. 漢之文景, 節儉爲事, 屢蠲民租, 而子孫三興. 細思歷代靑史, 則無
不皆然. 雖以吾家先世言之, 高祖勤於稼穡, 取於奴僕最薄. 故曾祖昆季
勃興, 一門鼎盛. 靈光祖父主雖不爲不義之事, 似留心於爲富. 故生育衰
絶. 杏堂拙齋兩族曾祖皆不能體高祖家規. 故子孫皆陵替. 天報之昭昭,
此可知也. 高曾祖以節儉而興, 後代之事, 隨俗華美, 漸不如先世之風
而衰. 易理以月旣望爲大戒, 及滿招損謙受益等語, 無非至敎, 可不銘

心刻骨. 吾家所當損者, 思而錄之于左, 汝其惕念毋忽.

一. 衣服鞍馬, 凡百奉身者, 皆當改習省弊. 食取充飢, 衣取蔽體, 馬取代步, 鞍取堅牢, 器取適用, 可也. 所騎只求可以涉遠者一二頭, 以備行路而已. 何必要能步也. 青草刈時, 雖家牛隻, 不可用也. 況可用奴戶及洞人之農牛耶. 非徒人必苦之, 大不合於事理. 如此等事, 自今絕勿爲之. 只庇一二卜馬載取, 可也. 吾於五十後, 衲紬衣苧袷衣, 始試爲之. 而在鄕時, 曾見汝服衲紬衣, 心甚不悅. 蓋此兩物, 大夫之服, 而大夫而不爲者猶多. 況笠下之人而可衣大夫之服乎. 如此服飾, 須斥去不御, 以崇儉德, 可也. 大槩此等物, 須近於樸, 毋近於侈. 稱此以求, 一可知十. 諸葛武侯之言曰, 非澹泊, 無以明志, 非寧靜, 無以致遙. 旨哉言乎. 戒之勿忘. 丹書曰. 敬勝怠者吉, 怠勝敬者滅. 忽亦怠也, 怠之害, 乃至於滅, 豈不寒心. 須以敬存心, 毋敢斯須有忽於斯. 婦人之服, 則年老則用紬, 年少則雜用紬綿, 勿用綵段, 可也.

一. 奴婢之貢, 高祖時, 則每名常木一疋定式, 而其後或加或減, 無常矣. 今則定式如何. 奴則卅五尺平木密織者二疋, 婢則疋半. 貧者役多者則量減, 富者勿加. 以此爲定式, 可也.

一. 仰役奴婢, 不可不厚恤. 須用損上益下之道, 益減主家自奉. 而每優奴婢衣食, 使仰活於我者, 無所艱苦而含怨, 至可. 且逐日所役, 須限不盡其力, 定式敎之. 且奴婢雖有所失, 小則敎之, 大則略笞. 每令有撫我之感, 無虐我之怨, 可也. 在上之道, 惟當以寬爲主. 婦人性偏, 不可付刑杖之權. 笞亦定式, 使無敢過. 不敢爲手自雜打事, 亦須善喩嚴戒也.

一. 或有大運力外, 其他細小雜役及尋常使喚等事, 只任家內奴婢, 勿使戶奴. 使其優游, 而自盡於力本, 有生之樂. 洞人尤不可種種使之. 如此等事, 須留念察之, 忍耐過了, 可也.

一. 祈嗣一節, 須以入門求嗣條及祈嗣眞詮爲主, 勤而行之, 至當至當. 不信至人之言, 而信盲人之指示乎. 左道巫卜之說, 塞耳斥之, 使婦子毋惑也. 眞詮十篇中末篇祈禱, 而所謂祈禱者, 不過尼丘山之意也. 無孔顏之積善而禱之, 則不亦益神之怒乎. 況從巫俗無稽之說而禱之乎. 非徒無益, 而又害之者, 此等之謂也. 不但可笑而已也. 眞詮以改過遷善爲第一急務, 上面所云之事, 皆此類也. 念之念之. 爲求嗣祈禱重也, 而猶不可爲之. 況其他神事乎. 一切斥絕, 以正家道, 更須激昂毋墮.

一. 自前遠近奴婢, 每以貿販爲悶. 僧奴處簡在時, 力言於我, 而我不卽令改, 悔吝可勝. 吾所命南草之販, 自前從時直, 俾無所損於受者, 後亦當然. 而今茲若得送京, 則尤無授受之弊也. 此外一應貿販, 汝先勿爲. 而以我言痛禁諸子弟家, 一切勿爲. 汝須勿爲兄弟而欺父兄也.

一. 今茲雖爲船卜, 而使奴輩爲格, 則仰役奴外, 皆准時加減給格價.

一. 聖賢經訓, 則自汝曹解語時, 吾所提耳而誨者也. 小學是做人底樣子, 學者, 當以此爲主者. 亦於一生言語文字間, 勤勤懇懇於汝曹者也, 今不須瀆告也. 但有時靜坐, 着意閑看小學, 則必有新得. 且將經傳循環細玩, 則無非懾伏身心之助. 此皆一生當務, 而至死不可變者也.

一. 吾家興滅, 在此一紙, 切勿泛視, 且令孫兒輩銘讀勿忘.

내가 평생 지녀 지킨 경계 _ 허목

訓子孫十八戒

| 번역문 91쪽 |

毋樂貨利. 毋羨驕盈. 毋信怪誕. 毋言人過.

疑言亂族. 妬婦亡家. 好色者敗身. 崇飮者戕生.

多言必避. 多怒必戒. 言必忠信. 行必篤敬.

喪祭必謹. 宗族必睦. 擇人而交者遠過. 擇里而居者遠辱.

君子之行, 不以勝人爲能, 自守爲賢.

勉之毋忘.

吾老死迫矣. 毋令已死者魂魄愧恥.

此皆老人於吾身, 親戒而勉飭者也.

所言尤切.

할 말은 많은데 기운이 다해가는구나 _ 김경여

遺誡. 癸巳五月十一日

| 번역문 99쪽 |

吾雖蒙昧, 死生之理, 聞之熟矣. 謝寄就歸, 何恨之有. 但地下所不可瞑目者, 罪逆深重. 平生不識嚴父之顔, 獨侍所恃, 非無孝養之情, 而誠意淺薄, 殆無一日安樂. 年今八十, 遽爾先歸, 余懷之痛, 何可窮際. 汝須體余至意, 凡百奉養, 毋或失宜.

人生於三, 事之如一. 明甫英甫, 余之至友, 而汝之師也. 凡有大段之事, 必禀而后行, 毋得罪於鄕黨州閭, 幸甚.

先人遷厝, 有志未就. 余死之後, 恐不得辦此事. 年歲且久, 亦不無狼狽之慮. 此則須與士徵及諸兄弟, 相議善處. 遷厝之計若不行, 石物最急, 汝須惕念. 言無窮而氣有盡矣.

술꾼 아비의 훈계 _ 김휴

戒子說

| 번역문 103쪽 |

猖狂玩世, 高亢傲物, 殊非君子之美德. 雖曰穢跡而潔道, 全身而遠害, 然名敎中自有明哲保身之道, 何必乃爾. 余遭昏朝, 時政濁亂, 欲爲沈冥之托, 遂廢擧業, 敢事杯酌. 竟得崇飮之名, 自以爲保身之良策. 而旣醉之後, 危談大言, 傍若無人, 以取人唇吻. 到今思之, 懺悔無及. 汝宜切戒之. 處心行己, 須以端人爲法. 讀書以聖賢經傳爲根基, 次第讀詩騷, 以助其發越之氣. 凡製述亦須大占地步, 高占韻格, 必蹈古人畦徑, 而勿事科文腐軟之態.

너희가 소인 됨을 면해야 눈을 감겠다 _ 권시

兩兒遺書. 辛卯至月望日

| 번역문 111쪽 |

吾自數年來, 漸覺衰暮. 自今秋來, 日異而月不同. 近患泄症, 氣運漸盡, 頹然而臥, 殆其逝矣. 幸而得甦, 然是豈久於世氣力耶. 平日關念事多, 甚恐一朝溘然不能發言, 畫一聞後, 乞千萬銘心施行.

惛兒性好生惡殺, 是天地生物之心, 而不失祖先仁厚之意. 但恨其質弱氣躁, 且喜太執, 恐不足以成其性. 力恢平易包容之量, 以消鄙吝之萌, 冀至剛大之域. 欲汝因其材而篤焉, 則敬恕字最要. 欲以矯其質, 則靜嘿凝命, 庶幾變化. 且子張問明章, 汝宜平生誦之. 子張何人也. 而孔子猶以此治之, 況汝弱而無斷, 躁而太察, 安得不以此爲戒.

且古人云, 人君接宦官宮妾時少, 接賢士大夫之時多, 則不患不至賢聖矣. 至哉言乎. 何獨人君. 夫士尙然. 吾死後, 付汝弟幹蠱養母. 汝則出遊學. 入則定省外, 齋居讀書, 琢磨成就, 無忝我聲, 得免小人之歸, 則吾庶幾瞑目矣.

惟兒, 古人云: '不敎而殺, 謂之暴.' 汝性近暴. 力矯其偏, 以成其仁. 汝好不恭, 不恭近不仁, 不恭非獨謂容止簡傲而已. 盖謂視宇宙天下萬物萬事, 如無有. 故視乃翁屑屑規規於敎悔成物之志, 力量不及, 便至躁怒顚妄, 則竊笑而不善之. 其比乃父乃兄之躁則善矣. 苟無至誠愛物之心以將之, 則便不仁矣, 非細故也. 汝能會乃父之言乎.

汝得英甫, 而病不讀懶不學, 傲然自足, 吾無禁汝, 何也. 汝輩欲學, 不獨讀書然後爲學, 日用是學, 欲學則聖法先訓具在, 汝自知之, 吾何言. 欲學則汝可望矣. 似非乃父輩也, 奈汝不肯何. 汝父欲學而不能, 吾兒可學而不欲, 其已矣. 吾死後, 幹蠱養母, 汝自任之, 俾汝兄得以遊學讀書, 終有所成則幸矣.

吾生纔四周歲, 先妣見背, 纔冠纔娶, 而先人見背. 吾有父母, 旣不得養其生, 又不得繼其志, 半百生世, 只輸一不孝. 先人平生志學爲善, 嘗曰: "每事必求是, 毋落第二義." 又曰: "須學喜聞過, 小過大惡, 多自不喜聞過上作根窠." 又曰: "仁是周遍法, 是皆着功得力, 而誨人之語. 周遍法, 盖推已度物, 人我竝立之謂也. 每以世人讀書, 不求實得, 只爲口耳名利之資. 讀書實求, 有思必錄, 名之僭疑."

先人平生之志, 見於斯書. 周翰說柳公衿見而讀之曰: "篤實君子人也." 余嘗欲刪繁就簡, 圖爲傳後易行之計, 以酬先人成已成物之志, 久矣. 顧吾不肖, 有所不堪, 欲待吾年稍老, 庶冀見或少進. 愚蒙偸惰日甚, 貧窘事力未敷, 遷延未暇, 以至于今. 吾死後, 汝輩體吾意, 惟兒託英甫,

請成乃父之志. 英甫聽惟兒, 肯遂亡友之願, 則何幸如之. 乞尹婿爲我憐
其志, 鯉庭詩禮之暇, 將此書三復精閱, 得成此計, 則權某死無恨矣.

내가 평소 공부한 군자의 길 _ 유계
家訓

| 번역문 119쪽 |

君子之學, 莫切於存心. 存心之道, 莫切於居敬. 敬爲一心之主, 通動
靜該本末也. 言行之不謹愼者, 乃心之不存也. 心存則言謹, 言謹則行
愼, 謹愼言行者, 近乎德矣. 治其方寸之間者, 主敬湛慾而已. 主敬則慾
湛, 慾湛則心淸, 心淸則理明, 理明則道成矣.

天地之間, 事事物物, 皆是君子之道. 是道也, 本吾一心. 故省察吾心
之用, 而無所乖戾. 存養吾心之體, 而無所偏倚. 則天地位萬物育. 乃君
子之極工, 而不期然而自然也. 大抵心者, 氣之精爽也. 故非上知, 則不
能無不齊之歎. 維其不齊處, 緊着用工, 則仁便在其中矣.

仁不可須臾間斷於心也. 一時間斷, 則便是一時失其心也. 一日間斷,
則便是一日失其心也. 初學之士, 最於此而益加勉焉.

人慾淨盡, 天理渾全. 仰不愧而俯不怍, 則顏氏之樂處, 庶可觀矣.

大學序言變化氣質. 氣質變化, 極難也. 故以顏子之聖, 三月之後, 不
能無違仁之歎. 是亦氣質之病也. 君子之工, 必於變化氣質上, 尤可着力
也.

耳目之逐物, 最能喪德. 故聖人以視聽言動, 爲克復之第一工夫. 學者
最宜切戒也.

自家氣質之病, 雖能知之. 而不能改之者, 或有焉. 是則心力不足之致. 如是者, 卽其所知處而孜孜着念, 動靜焉常目於是, 語默焉常目於是, 則庶乎得焉.

君子之事君, 當如事親可也. 事親維何, 直而已. 事君維何, 直而已. 聖門直字符, 無處不當. 而其在事親事君之道, 吾以爲尤切也.

君子不合則去, 是在中國之道也. 在吾東, 只用鞠躬盡瘁, 死而後已之道而已, 可也.

近世山林從事者, 目之以道學種子, 科宦從事者, 目之以名利者流. 是誠野哉之言也. 古之程朱, 今之退栗, 豈非科宦中成德者耶. 大抵君子之道, 素位而行而已, 可也.

子思言天命之性, 性卽人本然之謂. 健順五常之或偏或全, 是也. 無論人物, 均是天命, 而有此偏全之殊者, 蓋由稟氣之異也. 由其稟氣, 各有當行之路者, 莫非那自然之理. 天下之言性, 卽故而已者, 此也.

所謂氣質性者, 本然所得之理, 墮在形氣中. 故日用當行之間, 剛柔鈍銳, 隨形各殊. 人之賢愚, 物之善惡, 莫非那氣質所使. 性相近者, 此也.

人物大本之性, 卽是天命中超形氣而言者也. 全體之德, 無物不具, 無所欠闕. 通天下一性者, 此也.

曾子言明德, 明德卽合心性言者. 此則人物皆同.

朱子曰: “心之本體, 未嘗不善.” 又曰: “不說惡不是心.” 蓋心者, 氣之精爽. 由精爽觀之, 本自虛明. 由形氣觀之, 本自不齊. 其虛明者, 雖在彼形氣之中, 其體則本自虛明. 故謂之未嘗不善. 其不齊者, 雖有此精爽之妙, 而其本則自來不齊. 故謂之不說惡不是心也.

大凡一理一氣, 道體之自然. 舍氣論理, 理無所摸捉, 道不得成說矣. 故天地分陰陽之位, 故乾坤有健順之德. 人物無分, 貴賤無別, 此豈可曰道也哉. 一言蔽之曰: "理通處, 看氣之局, 則命亦有不齊. 氣局處, 看理之通, 則性未嘗不全也."

此吾平日用功處. 記以示汝, 須體驗也.

작약은 번화해도 열매 맺지 못하나니 _홍여하
訓子篇

| 번역문 127쪽 |

麤糲縕袍絶汰奢

只循勤謹莫虛誇

　丈公戒子書曰: "勤謹二字, 循之以上, 有無限好事."

聲譽偏減要名士

災患多生好利家

　戒親戚不睦而爭小利, 以致獄訟挺災, 鄕黨賤惡, 而家道傾覆.

芍藥繁華難結實

　艶婦不必生佳兒, 文士不必做實事.

松篁節操肯成花

　詞華麗藻, 非君子之所尙. 冶容盛粧, 非貞婦之所爲.

丁寧更向雲孫道

忮害爲心去道賖

세상의 명리는 재앙일 뿐이다 _신정

示諸子文

| 번역문 133쪽 |

吾家簪組相傳, 八百有餘祀矣. 麗朝五百年間, 代有聞人. 逮我先祖奉
先公, 當衰季昏亂之際, 見時事日非, 退居平山別業, 有終焉之志. 能享
壽考, 及見仲子寅齋公季子西湖公擢第於我朝之慶.

厥後枝葉蕃茂, 而以吾家直派言之, 西湖公之子爲典牲主簿, 其嗣爲
社稷令. 高祖夷簡公弱冠魁科, 官至參贊. 有子三人, 其長爲郡守, 其次
卽我曾祖, 官止松都都事, 其次爲參奉. 先王父, 以間世卓異之資, 妙歲
登科, 進躋上揆, 爲世名臣.

自此吾家始爲巨室. 伯父東淮公, 以文章行誼, 爲諸名勝所推, 而拘於
國制, 未展其才. 吾先考, 淸淳和茂, 濟以家庭之學, 而位不過貳卿. 不
肖以寡學無識, 猥占科第, 分外官聯, 驟躋一品, 班次於丞相之下. 自顧
慙靦, 寤寐靡寧.

且有八男子, 其長選爲諸曹郞, 今拜市令. 其次早年發軔, 歷玉堂入銓
曹, 不無時望. 而舍弟曄, 時任玉堂亞長, 方與余同居. 造朝之時, 余乘
軒首路, 曄與啓華次之, 呼唱之聲, 接於里中, 人或稱其貴盛, 而余則甚
懼焉.

西湖公雖以寅齋爲兄, 纔拜正言, 掛冠歸隱. 主簿公及社稷公, 皆沈淪
下僚. 且無兄弟顯要者. 參贊公顯揚當世, 而諸子俱未達. 先王父位極人
臣, 名高一世, 而從祖父落拓不偶, 終未大顯. 如余不肖者, 濫叨謬恩,
並與子及弟, 而俱入要津, 爲人所指點, 每一念之, 非福伊災.

噫. 余年迫六十. 世念俱灰, 閉門却掃日飮, 無何幾何, 而不爲泉下客.
汝輩念此父志, 謹飭自守. 如石慶家法. 不以官達爲榮. 唯思不虧其行

檢. 敎訓子弟, 無替我家聲, 則余雖埋骨荒原, 無所知識, 四時奠杯, 或
可以彷彿歆饗. 勖哉勖哉.

독서하는 종자가 끊이지 않게 하라 _ 김수항
遺戒六則

| 번역문 145쪽 |

余位躋三事, 年踰六旬, 受命而死, 無復可恨. 而第有所恨者, 被三朝
罔極之恩, 無絲毫報效, 終陷大僇, 孤負願忠之志, 此一恨也. 自少有志
於學, 好觀義理書, 至老亦未敢忘此志. 而由其庸懦因循, 不能一日實
用其力, 終於無所聞而死, 此二恨也. 雖早出世路, 而實少宦情, 性且好
山水, 每思休官就閒, 送老於寂寞之濱, 嘗營茅棟於白雲山中. 意實在
此. 而拘牽韁鎖, 竟未遂初服, 此三恨也. 此不可不使汝曹知之. 故書以
示之.

余適當艱危之日, 久叨匪據. 弘濟之責, 本非所堪. 癏官病國之罪, 固
不可勝贖. 而若其愛君一念, 自謂可質神鬼. 及至今日, 區區此心, 亦無
以自白. 唯當祈知於後世之子雲耳.

先祖考臨終, 嘗以喪祭從儉有遺戒. 余之無狀, 固不及先祖萬一, 而況
今得罪君父, 忝累先德, 尤不可自同無故之人. 喪祭凡事, 務從儉約, 毋
得少有踰濫, 以遵余此志.

吾家喪祭之禮, 有違於古禮者頗多. 先祖考每以先世行之旣久, 難於
率意釐改爲敎. 而亦嘗有其中不可不改者, 則後孫可以量度而改之之敎
矣. 凡事久則當變, 不可一向膠守. 今余之喪, 喪祭諸禮, 除古今異宜財

力不逮者外, 一從喪禮備要以行之.

墓道石役, 固不宜過爲侈大, 以效弊習. 而先祖考神道, 亦因治命, 不得立碑. 今余之墓, 只樹短表, 且埋誌石, 略記世系生卒履歷, 毋得張皇文字, 以取人譏笑. 余素無才德, 徒以憑藉先蔭, 厚蒙國恩, 竊位踰分, 自速釁孽. 今日之事, 無非履盛不止, 求退不得, 以至於此. 雖悔曷及. 凡我子孫, 宜以我爲戒, 常存謙退之志, 仕宦則避遠顯要, 居家則力行恭儉. 至於愼交游簡言議, 一遵先世遺矩, 以爲提身保家之地, 至佳至佳. 諸孫之名, 今以謙字命之者, 卽此意也. 古人云不可使讀書種子斷絶, 汝輩果能勤誨諸兒, 終不失忠孝文獻之傳, 則持守門戶, 不必在於科第仕宦矣.

己巳四月初七日, 文谷翁書與子昌集昌協昌翕昌業昌緝, 待諸孫成長, 亦以此紙傳示.

술을 멀리하고 책을 가까이하라 _송규렴

戒子壻姪

| 번역문 153쪽 |

男兒事業泰山如　九仞工夫可忽諸

意馬易奔宜猛制　心田難闢盡精鋤

要全德性須疏酒　欲立身名在讀書

歲月一過追不得　莫敎虛老歎窮廬

네 가지 덕을 지녀라 _최석정

示兒四德箴

| 번역문 159쪽 |

戒爾勿驕, 驕則傷德. 何以去驕, 要在謙抑. 戒爾勿惰, 惰則廢職. 何
以制惰, 要在勤恪. 戒爾勿疏, 慮疏則滲. 何以治疏, 要在詳審. 戒爾勿
浮, 氣浮則勝. 何以鎮浮, 要在沈靜.

敍曰: "謙者德之基, 勤者事之幹. 詳者政之要, 靜者心之體. 君子執謙
足以崇德, 克勤足以廣業, 詳愼足以立政, 定靜足以存心. 君子行此四
德, 然後可以持己而應物." 乙亥冬, 存所子書.

굽어보고 우러러보아도 부끄러움이 없다 _김창집

寄濟謙書

| 번역문 167쪽 |

千里被逮, 僇辱備至, 反不如一死之爲快. 卽到星山, 始聞有後命. 金
吾郎至, 則卽將受命矣. 俯仰無怍, 含笑入地. 而只與汝不相面, 又不知
汝之生死, 此恨最無窮矣. 只冀汝善爲納供, 生出獄門耳. 在巨濟, 已有
告訣書, 茲不復縷縷.

학문은 마땅히 요점을 얻어야 한다 _정제두

壬戌遺敎

| 번역문 175쪽 |

凡家事, 惟丈夫主之. 婦人則雖有哲婦, 不宜當家與政. 故夫死從子, 以其無專制也. 道理自如此, 婦人奉母親, 須一意承受, 惟在順吉安意, 無有自專. ○ 兒輩旣長, 則便可當家, 人事未成, 則未能保其無虞也. 必須早近賢師, 受誨諸父兄, 俾有維持, 成就乃可望矣. 且凡事必受旨父兄而聽用之, 可免矣. 此吾所以綣綣者也.

生而死常事, 死而歸於朽亦常事. 聖人制作, 爲之厚葬, 只是生者不忍之仁耳. 非有補於死者也. 是以有斂手足還葬之訓, 可知其稱有無爲之而已也. 世俗至有假貸苟求而充備, 則非正理也. ○ 棺材不宜求擇. 只可僅過數十年足矣. 雖品薄邊白, 豈不支數十年乎. ○ 塗棺浮文也. 家禮不用, 宜勿爲之也. ○ 加漆無益也, 一則或可, 再勿爲之. 凡在實用猶省之, 況此等觀美乎? ○ 飯含必先楔齒, 實之口中可也. 時俗多施之齒外唇間, 若如此不如不爲也. ○ 襲斂皆以平日常着, 不過襲衣三件, 斂衣十數件, 以備於斂結充棺足矣. 不得以新表厚斂. 家禮只有小斂而無大斂, 只斂衾納棺而已. 爲從省簡也. 平日旣不能服深衣, 且從邵子服今服之義, 襲衣用一直領衫, 加以幅巾無妨. (中略)

後世學術不能無疑, 竊恐聖旨有所未明. 惟王氏之學, 於周程之後, 庶得聖人之眞. 竊嘗委質潛心, 略有班見, 而恨未能講. 乃以其書及所嘗抄錄表識而未及脫稿者, 竝與所藏經書數匣手寫數册, 藏之一篋以遺之, 惟是毋自卑下, 無忘吾志. 〔良志之學, 直是眞實, 只惟吾性一箇天理而已. 不是拘於文句, 逐於言語, 以爲論辨之資而已也. 須是知得至意所腦而領會之耳. 是人心良知之無不自知得者是耳, 惟實致之而已. 且不必與世俗相爲標榜, 而於末梢上爭辨而外面浮汎, 惟自老實爲之.〕然所用功者, 極費精力, 枉用無益之功. 且其錄中精麤不分, 多有零瑣不必觀者. 惟在擇領, 不必如吾枉用精力, 以致傷生戒戒.〔惟熟讀本書, 而實體可見耳.〕立兒明年, 可早畢史略, 復略授少微鑑等數冊, 以資文理. 自再明年, 授小學, 先外篇以資興起, 以次連授語孟四書. 次及詩書, 循環熟讀, 不離經書. 如時文俗製, 文理旣成之後, 隨衆習爲, 只可應擧而已. 終勿廢實學, 且如經書, 須是精學貫通, 不得如時輩涉獵鹵莽也.

凡讀經書, 必求知要. 肆其簡諒, 切於實體受用, 不宜泛濫無要, 徒費精無得. 凡於四書經訓中, 苟得其要, 終身儘多, 徒困博涉, 果何益哉. 凡敎兒童, 不宜摧殘其氣, 以折生意, 惟當順以導之. 王文成訓蒙大意, 最是善誘善養, 必可爲法. 但世人無能知其意. ○立兒稟弱, 須善調攝, 愛其精力, 可保. 不宜貪多務功, 傷費精力. 凡可力所不及, 太勞精力之事, 一切禁之. 此吾所悔也. 宜以牛溪訓滄浪之語爲法. 且人之爲業, 各隨氣像, 郭林宗之所以戒違方易務者是也. 汝惟專意經學守家, 或略治時文, 以應監試之後, 只效蔭祿, 則或可矣. 不必專事科第宜矣.

嘗觀世之學士大夫, 所趨有高下. 有以文詞藻繪以爲事業者, 以記誦博識爲多者, 以摘抉章句考校訓詁爲能而不知本者, 至有以拘曲小道爲專門者, 又爲外馳者也. 有矇識昧本, 而細行自多, 小節拘愼者, 徇高果行以自勵者, 篤行高節可敬可貴者, 至於性質清潔恬淡自然疏閑者, 則亦美矣. 又有以放浪風流爲高者, 外馳者也. 有愿厚而卑近者, 有論議風裁律身持世者, 有義理知識而踐行以爲儒宗者, 獨心性求仁之學, 爲聖賢宗旨, 其要於論之求仁克復, 孟之存養集義, 學之明德至善, 庸之中和率性, 周程之無欲定性之書可見. 至如有仁心仁術識明才高, 可以經濟, 則至矣. 又有以喜世務核事功爲務者, 外馳者也, 戒之戒之.

배움은 박잡하면 못쓴다 _ 이관명
書數紙授稚子

| 번역문 187쪽 |

余小也, 嘗慕右軍臨池之趣, 從事於斯者, 亦有年矣. 中歲爲便於流俗之用, 崎嶇馳逐於琅邪吳興之場, 失其舊步, 匍匐以歸, 則年衰而才全謝矣. 握管數歲, 終不得其點畫, 而心乎愛之, 亦不忍捨之. 未嘗不惕然悔之, 而亦或有逌然自笑也. 非敢欲壽其傳, 附諸阿見, 使見余平昔有志, 白首無成, 知所以爲鑒焉.

과거시험에 마음 두지 마라 _ 이건명
書示二子

| 번역문 193쪽 |

吾以不肖, 立朝幾四十年, 上不見孚於君父, 下不見信於同朝, 終陷大僇, 尙誰咎哉. 汝輩以吾爲戒, 勿留意於科擧, 惟以讀書飭躬爲勉也. 孫兒輩或不無聰明可惜者, 日夕訓勅, 俾勿墜忠孝舊家之風, 則吾可瞑目於地下也. 多少臨命不悉.

고을 원이 책상맡에 써두고 살펴야 할 일 _이익

訓子八條

| 번역문 199쪽 |

應事時, 輒省心不在腔裏.

溫柔近民. 赦小過, 察其有情無情.

戒暴怒. 下吏有罪, 談笑而治之.

召父老, 訪其疾苦.

事官長如父兄.

牒訴有詐者, 錄其名.

胥徒之過在疑似者, 勿輕泄, 姑默以觀之.

以治民爲心, 勿以家爲累. 不負國是孝子.

前後筵說. 常留案上觀省.

조상이 힘써 세운 것을 네가 잘 지켜다오 _오광운

訓子

| 번역문 209쪽 |

吾先高朗, 令聞保世以滋遠, 至晩翠默齋兩先生, 輝光尤宣著焉. 文學淸名, 爲世矜式. 又多賢子孫, 羅立爲國器, 政古所謂一門之內, 朱輪十二, 牙笏滿床者, 何其盛哉. 噫. 極盛而衰, 物之理也, 疾債之來, 寵祿過也. 不幸吾宗人, 或及於世禍, 遂衰而不振. 誠使宗人, 皆能守翠默家範, 禍何從而至哉. 反顧門戶盛衰禍福之際, 其爲宗黨鑒戒者深矣. 惟吾高祖竹南先生, 華而養素, 盛而執謙, 忠信惇朴, 以遺我子孫. 吾曾王考王

考, 皆早世, 不克食其報. 吾親謝公車棄仕宦, 恬泊自守, 不克施於世. 以我默齋竹南之積德, 與曾王考以後不克享而錫衍者言之, 意者其後衰者也. 余性隘才踈, 自知不可用於世, 而以親教從科第, 遂致邇列. 不敢與時俗沉浮爲進取, 決然奉身而退者, 不敢忝吾先也. 祖先辛苦立門戶, 子孫善守之, 雖百世可也. 不能守, 一擧手而毀之. 可不哀哉. 吾之子二人, 弟之子三人, 其幼者, 賢愚未可知, 已長者三人, 皆可敎也. 懼不敎, 不能持其世, 以貽吾先祖羞, 以重吾不肖罪. 遂作誡七條以授之.

其一曰, 戒科擧. 科擧者, 拔身第一步也. 一於此而不免私邪, 萬事皆不正矣. 以此啓軔, 雖有驚世之聲名, 軒天之事業, 何足息黥而補刖哉. 擧子之干私, 考官之循私, 其罪一也. 爲擧子而不干私, 然後可以爲考官而不循私也. 吾子孫如有惰遊踈書册者, 父兄勿令赴擧可也.

其二曰, 戒朋黨. 古者朋黨, 有邪有正. 故君子者不苟避朋黨之目. 今世則不然. 分門割戶者, 如春秋無義戰, 其患得患失, 忘君負國一也. 環顧一世, 無一片乾淨土. 爲君子者, 惟當特立獨醒, 無所浸染. 立於朝則目中只見一箇是, 而不見色目. 是在甲邊, 則是甲論而身未嘗甲也. 是在乙邊, 則是乙論而身未嘗乙也. 一人而前是後非, 一事而半是半非者, 不以是而恕其非, 不以非而掩其是, 則可免欺心而欺君. 若言不見信, 道不可行. 則卷以懷之, 沛然孰能禦之? 今世朋黨, 所以資進取也. 苟有豪傑之士視名利如腐鼠, 則其視黨論, 寧不如脂垢乎? 或曰: "世守也, 非身之所能爲也." 噫! 安有祖先而以患得患失, 遺其子孫者哉. 其誣祖先甚矣. 世之論者, 亦曰破朋黨, 而與吾言名同而實異. 吾欲去諸黨之非而合其是, 以爲一大是. 彼不肯去其非, 而只以皮毛相合, 此又不可不卞也. 吾欲汝戒朋黨者, 豈有他哉. 欲成就一箇是而已.

其三曰, 戒進取. 人之重爵祿者, 以其榮也. 不以其道而得之, 榮乎辱乎? 須思一蠹寒暄作何官, 又思高位之芭元衡作何等人, 則榮辱定矣.
高位寔價躓, 厚味寔腊毒. 雖以道得之, 君子猶且三揖而逡巡, 況以非
道乎? 前呵後擁, 以娛里閭, 皁隸之所艷也. 千鍾萬石, 百口飽煖, 妻妾
之所願也. 其視祖先之忝累, 識者之姍笑. 其果孰重而孰輕, 不特此也.
一以進取撓心, 則不知罟攫陷穽之在前. 小則流竄, 大則誅殛, 可不懼
哉. 爾等須以低一頭退一步爲心, 可以進可以不進, 則決以不進, 可以
去可以不去, 則決以去. 內重外輕, 多少快活, 可以全節, 可以全身, 可
以事君, 可以事祖先矣.

其四曰, 戒奢侈. 夫車馬服餙, 一時華鮮, 其人可知也. 凡爲此者, 欲
奉車馬服餙耶, 欲奉其身耶? 欲奉車馬服餙, 則吾不敢知, 欲奉其身, 則
使人艷其車馬服餙而賤其身, 一何愚也. 甚矣, 奢侈之禍也. 吾嘗取酒色
之人與奢侈之家, 互擧而數之. 其人之必死, 其家之必亡, 盖略相當也.
天下萬事, 何嘗不自刑妻始, 而儉約之政尤係焉. 近世士大夫家, 侈風
日盛, 婚姻讌集, 婦人以珠翠錦繡, 鬪華競勝, 而爲丈夫者, 不之禁焉,
可不哀哉. 汝等須先律己淸嚴, 又戒飭婦女, 使不敢近珠翠錦繡, 不徒
不敢近, 使知其不可近, 不徒不可近, 使知其不足近, 則可以養福而遠
禍矣.

其五曰, 戒驕矜. 驕何從以生? 生於不足. 如使驕生於足, 則周公最先
驕, 顔氏子傲三千同門矣. 吾嘗觀世所謂驕者, 遇勝己者, 不敢驕, 可不
哀哉. 婁人而暴富, 寒門而猝貴, 沾沾小藝, 硜硜小才, 必腸肥腦滿, 謂
人莫己若矣. 吾宗叔燕超齋弱冠, 詞章冠一世. 吾觀其人沖謙, 若無才
者. 遇稍解操觚者, 輒敬服推讓, 如逢大敵, 以其足於己也. 文章尙然,
況進於是者乎? 詩云溫溫恭人, 如集于木, 汝等須三復焉.

其六曰, 戒關節. 關節者, 其事至微瑣也, 其路至難防也, 其害至酷烈

也. 夫關節於我者, 非妻妾則親戚, 非親戚則姻婭, 非姻婭則門客傔從之有積勞於我者也. 却之, 則一席之間, 煖者冷, 和者索, 斯不亦難防乎? 不却之, 則爲一人之面皮, 而使我淸者濁, 廉者墨, 公者私, 直者曲, 斯不亦酷烈乎? 然以此較彼, 孰重孰輕? 須先與妻妾立法, 衣饋盖藏之外, 勿預他事, 親黨賓客之請折簡者, 地主問安饋酒之外, 一刀割斷, 則門庭瀟洒, 各行完全矣.

其七曰, 戒譏議. 昔馬援戒兄子嚴敦書曰: "吾欲汝曹聞人過失, 如聞父母之名. 耳可得聞, 口不可得言. 好議論人長短, 妄是非政法, 此吾所大惡也. 寧死, 不願聞子孫有此行也." 此眞格言也. 余性隘疾惡太甚, 見人之惡, 不覺怒形於色. 克治已久, 尙未至平疊. 此余德薄, 不足法也. 古語曰: "其父報讐, 其子行刦." 安知嫉惡之不流於譏議耶. 此余所以深懼而戒汝曹, 亦因以自戒也.

凡此七條, 一有闕焉, 小則以衰, 大則以亡, 可不懼哉. 至若詩禮學問, 先祖之職也. 本無二事, 所以不入於條目也. 噫! 世祿之家, 鮮克由禮, 欒郤胥原, 降在阜隷者衆矣. 汝曹能弛於擔負, 安坐而讀書, 烏可不知足, 而又乃不知其所自耶? 戰戰兢兢, 守此七條, 無或墜實, 以開罪於祖先可也.

공부를 안 하면 식견도 없다 _조관빈

戒子文

| 번역문 221쪽 |

唉我險釁, 遘此禍酷. 憂哀侵削, 不謀朝夕.

自視吾生, 生苦死樂. 而無一兒, 志業誰續.

取養斯急, 知所可擇. 非乏近親, 莫如善族.

惟爾所生, 派自東伯. 家傳美行, 棹楔煥若.

趨向之正, 雖窮不易. 嘗所親厚, 豈云疎逖.

夙計乃決, 後事斯託. 如蝶之蝯, 若粤於木.

父曰我兒, 聽我所祝. 彝倫一定, 慈愛靡極.

所我望爾, 惟孝是篤. 肆謂行源, 亦爾世德.

移彼施斯, 自應順適. 若言其餘, 可勉者學.

人不稽古, 焉所知識. 我有牀書, 足供爾讀.

日月不與, 古人所惕. 及此幼年, 勖哉方冊.

毋荒爾志, 毋怠爾力. 思卒父業, 免忝先澤.

哀哀爾父, 至痛塡臆. 父心爲心, 是固子職.

暨爾子孫, 世世是克. 我生心嘉, 我死神格.

嗟嗟我兒, 終始敬服. 父子之初, 斯用明告.

해서는 안 될 일과 해야만 할 일 _유척기

遺戒

| 번역문 233쪽 |

吾蔑有才德, 再玷匪據. 雖俱値時事艱棘之會, 不免冒承, 而久不及十朔. 近才半年, 輒致債退, 追思愧惕, 無以自措. 銘旌題主表刻, 只書領樞致仕, 而議政二字, 決不宜書, 以遵吾素意, 李判書眞望銘旌, 只書以知中樞府事兼賓客, 寒泉李台銘旌, 亦書以參贊知經筵賓客, 而文衡氷

銜, 則俱闕之. 盖不安於三館清華故耳. 吾之議政, 旣不敢自居以行公, 亦何安冒稱乎. 大匡崇資誠欲併不書, 而恐近打乖. 故已之.

諡者, 古有褒貶, 而後世有褒而無貶. 私意又大行, 雖美諡不足貴. 且人或遺戒勿請, 而後孫要他人陳白得旨, 尤爲不可也.

無功業可以示後, 求人溢譽已可恥. 況致位至此, 了無毫分報效, 尤宜自貶以志愧. 只以短表刻自述, 且用自識燔埋壙南宜矣.

棺材雖已有所置, 或自朝家有恩賜, 則宜用之, 以承德意. 不當分優劣用捨也. (中略)

我伯父喪時, 仲父及先君俱年弱. 從叔父監役府君主治喪, 以爲年少儒生之喪, 不當用紬帛, 衣服專取木緜. 其時家計不甚窘, 伯母又甚難之, 而終不撓云. 此又可以監法處也.

漆棺無過五度. 子孫官通政以上, 漆五度. 通訓以下, 漆三度. 儒士則漆二度. 貧甚則松烟亦可. 塗棺用紬. 儒士用壯紙或靑紙. 近多不塗, 亦可行.

朝奠果一器, 菜或脯一器, 而夕則只奠果. 官卑與力不足者, 朝夕但用果一器.

挽誄之送紙求於人. 停廢已久. 後亦永以爲式.

國俗大官葬, 必用小方牀, 必設曲墻莎臺石長明燈, 沿襲已久. 但小方牀, 徒爲觀美, 無益於運柩. 而治道之際, 勞民力害民田亦甚. 如吾者, 生旣無分寸爲惠於民, 尤何敢爲此. 只用恒例喪轝, 或近太簡, 則用九井紼, 堅縛座板爲可. 曲墻莎臺石, 無實用而有損於墓莎, 長明燈出於釋教, 此三事本不必爲. 又或値南北外寇, 則認作厚葬, 易被發掘, 尤不可爲.

大小科名, 人所艶羨. 持之以損約, 猶懼不勝, 況可以張大之乎. 後孫雖有中大小科者, 切勿爲倡優皷樂之習, 又勿設宴會. 近俗有科慶者, 又多招聚娼妓, 酣酗淫藝, 尤可駭.

私門屠牛, 旣係邦禁. 羽又畜之大者無如牛, 而服勤於民生本業, 又無如牛. 其可以任意宰殺乎. 勿論昏姻壽宴祭祀, 子孫中如有私自殺牛者, 勿令謁廟. 昔余爲戶判時, 因朝家錫類恩賚設壽宴, 而小犢亦不敢宰, 許多所用, 令盡沽於懸房人. 豈可慳小費, 而犯邦禁宰大畜, 莫之憚乎.

放債取息, 近世中外莫大之弊, 爲害於窮民, 又無甚於此者. 而外方各官, 或因用度不敷, 支費多門, 因循不改者, 固無論. 私家有錢穀者, 輒事取息, 或稱以長利, 或計朔徵息. 質當衣物, 侵虐辱罵, 甚至於毆打無忌, 致成訟獄者, 亦多有之. 此後子孫婦女中, 或犯放錢債給穀利二條者, 勿令謁廟, 衆擯之, 勿齒於族.

巫覡之害, 小則亂家, 大則取禍. 思之懍然. 子孫婦女中, 或令婢僕往來相交, 或招致門庭, 或使作神祀者, 重則告于宗子及尊長而黜之, 輕亦勿令謁廟. 盲卜之屬, 亦只可令推擇日子, 決不當招入中門之內. 又不當信妄言誦經. 如有犯此者, 亦勿令謁廟.

升斗權衡之屬, 所宜一其大小輕重, 爲家長者, 時加檢察, 切勿令大入而小出, 輕買而重賣. 如有犯者, 陰譴可畏.

季世交游, 不可不十倍詳愼. 其中多客氣好大言喜毀譽者, 尤不當親厚.

담박하게 지내며 행동을 삼가야만 _안정복

示家兒

| 번역문 245쪽 |

君子不夸言, 夸言無其實.

聖人示周行, 無妄與主一.

平生臨履意, 可以保性質.

身外百千事, 視此以爲律.

居家如釋子, 處鄕如閨婦.

閨婦恒畏人, 釋子不嫌竇.

淡泊而謹愼, 出入免憂懼.

戒爾又自警, 聊欲代矇瞽.

아녀자가 마땅히 힘써야 할 일 _박윤원

女誡

| 번역문 255쪽 |

女子之善惡, 夫家之興亡繫焉, 本家之榮辱由焉. 一身而兩家所關係, 可不愼乎.

持身之道, 必嚴乎內外. 操心之法, 必貴乎貞一.

女子在家, 孝于父母, 則出嫁忠于舅姑. 在家友于兄弟, 則出嫁和于娣姒. 此推行之道也.

夫則天也. 或不敬其夫, 則是不敬天者也.

舅姑生夫者也, 愛舅姑, 不如己之父母. 則是視夫不如己者也.

婦人之行, 無善怒, 無好爭. 怒與爭, 傷室家之和氣. 婦人性躁而量狹, 尤宜戒此.

婦人事人者也. 其道主乎順而已.

陰道貴靜, 聲不可大, 言不可多.

紡績衣服飮食, 婦人之事亦多矣. 非勤何以成之? 凡閒雜遊戲之有害於女工者, 一切勿爲.

奉祭祀, 物潔而誠至. 餉賓客, 辨敏而禮具.

御婢僕, 惠先於威. 雖罵詈, 勿以惡聲.

俚言勿出於口, 敖色勿形於面, 驕意勿萌於心.

珠翠非娟, 善行爲娟. 錦繡非華, 德美爲華.

貨無苟取, 財無濫用.

수령의 자제가 지녀야 할 마음가짐 _오희상
書示致愚

| 번역문 267쪽 |

守令子弟隨父兄任所者, 持身當如處子樣. 却怕人見, 朝夕定省之外, 不可輒至莅民聽訟之側. 雖深居幽鬱, 不可頻頻出門, 與官人接也.

知印輩, 皆是閭井無識賤流也. 出入官府, 奸竇早穿. 所知所行, 不出乎罔上欺人射利售欲之事. 若與之狎, 實有日與化之慮也. 不得已使喚外, 須勿昵近, 而尋常與處寡好耳.

聲樂蕩人心志, 況如汝志氣未定者, 其爲害尤深. 雖値張樂之時, 切勿恣意出觀, 可也. 曩余在花山子舍, 非長者特召, 未嘗一出而觀之. 此意不可不知也.

官家百物, 無非公物. 雖楮紙之微, 子弟不可生擅用之意也.

汝雖冲騃, 顧其年, 則卽古人志學之年也. 以汝年較汝所就, 極可寒心, 而汝猶不知恥. 孟子曰: "不恥不若人, 何若人有." 其所以警人也至深切矣. 然恥亦多術, 擧業不若人, 不足恥也, 筆翰不若人, 不足恥也, 周旋人事不若人, 不足恥也. 惟志趣不若古人, 爲可恥已. "舜何人也, 予何人也." 顏子豈欺我哉. 顧汝質本良善, 尙可謂善人. 但志尙不足耳. 夫無志之人, 質雖美, 畢竟下流而已, 吾甚憫之. 今以知恥二字, 爲汝發藥, 汝苟能省悟於此, 則其將自有發憤底意思, 而便可見進步之效. 此余所深望也.

선행은 보답을 바라지 않는다 _서경창

戒子弟書

| 번역문 277쪽 |

聖人有言曰: "積善之家, 必有餘慶." 此乃善惡有報之謂也. 然則爲善者, 非徒爲人亦自爲已然. 其本有善心者. 及夫行善也, 每自藹然而發, 非爲餘慶而作. 苟能存心於善, 一事二事, 行之積久, 則其報也餘慶. 而雖有善心, 若爲利已, 不顧害人, 則此實爲惡, 豈或不有餘殃之報也. 曰爲善當如何做去. 曰先自不爲惡爲心, 則善在其中也.

古人有言曰, 事之無害於義者, 從俗, 可也. 君子豈輕於絶俗哉. 然苟同於俗以爲通者, 固非君子之行, 必遠於俗以求異者, 尤非君子之心.

서책은 내 목숨과도 같다 _ 허련

某時臨終遺言

| 번역문 283쪽 |

吾於近日, 嗽喘甚促, 四肢委薾, 不能收檢, 必是當去之路不遠. 沈吟思之, 則奄然一去之後, 萬事已矣. 至於一二未了事之暝目前往來心下者, 人人孰不有之. 臨終遺言云, 恐未必其然. 大抵臥病幾時, 精神耗散, 至於直符來到之日, 昏迷不省, 喉門痰格, 眼光落地. 雖然妻子左扶右持, 千攬萬撓, 欲求一言, 何以得之? 躄踊無奈, 叩號無奈. 吾於今日, 初可回神定氣, 以臨死遺囑之意, 手書數行如是, 不爲妄邪. 老人朝夕事, 未可知耳.

吾之負後, 宅兆攏於屋後咫尺之麓. 年前閒意塚移葬, 卽某時雙墳之意也. 然每念, 此山作局則稍可, 唇齦之下, 濕氣常存, 至於苔髮綠覆, 艸根嫩延, 可慮其已葬之壙內事. 蔽一言, 吾死後, 葬期預定, 先於此塚鑿破, 壙下試看之. 畢竟水患有之. 仍破壙出棺, 措置一邊, 直往細洞山所, 分左右, 以品字埋之. 此地雖短狹, 奈何. 且他無可之地耳.

書册乃吾之性命, 略于卷略于軸, 亦苦心中出來者. 槩其收藏, 不可歇后, 而最是先考筆蹟, 尤爲敬重. 按其册末小記, 一一襲之, 勿令他人借看. 册子與書幅, 每易闕失, 十分存心. 都不出箱篋內, 一出則失之.

家庄丙辰年搆成, 恰爲三十年. 環四面林木之盛, 皆吾手種植. 兼之花卉諸品, 求於遠地而栽者. 然我去之後, 皆屬無用. 且畊食之瘠田薄畓, 旣不足爲新舊之繼, 則何以藉此而聊生乎? 若有願都買之人, 卽諾無吝. 畢竟率眷入邑居之. 長子孫, 莫如城府. 以我身世見之, 若生長於窮村僻塢, 則何能浪得名行世以至今日乎? 爾輩直其深思處耳.

杜子美贈善畵曹霸詩云: "但看從古盛名下, 終日坎壈纏其身." 吾於

一世, 枉得三絶之名, 於分濫過矣. 何以更得富貴. 此天必慳, 鬼必沮,
初不敢希望也. 但吾分內作事, 則各處墓所表石也, 族譜歸正也, 族禊
復設也, 庶可遂殘微之誠. 而所可恨者, 都山所斷碑未得改完, 三間齋
閣未建. 是則松事, 而有無貲之歎. 最是吾鄉變風俗一欵, 有意發端, 而
竟不能成. 雖入地下, 長太息者耳. 丙戌十一月十二日.